Muchachas

Katherine Pancol

Muchachas

★ ★

ROMAN

Albin Michel

IL A ÉTÉ TIRÉ DE CET OUVRAGE

Vingt-cinq exemplaires
sur vélin bouffant des papeteries Salzer
dont quinze exemplaires numérotés de 1 à 15
et dix exemplaires, hors commerce, numérotés de I à X

Pour Patricia Connelly

— *Happy Monday!* clame Heather en jetant son sac sur une chaise.

— *Happy Monday!* grognent les trois filles attablées au Viand Café, sur Madison, devant une bouteille de chardonnay.

Jessica, Astrid et Rosie lèvent la tête vers Heather qui remonte la taille de son collant à deux mains avant de s'asseoir à son tour. C'est lundi et chaque lundi soir vers dix-neuf heures, elles se retrouvent. Ces réunions ont été instituées par Heather qui avait déclaré le monde est une jungle, l'union fait la force, unissons-nous pour affronter la jungle, *hasta siempre, Comandante!*

Heather est irlandaise. Elle a décidé de partir vivre au Chili. Elle s'entraîne à rouler les « r » et les hanches, mais elle est trop raide, trop massive pour cet exercice de roulis. Elle est directrice de publicité chez AOL, payée au pourcentage, et engrange des bonus de millionnaire chaque mois.

— Ça va pas, les filles ? lâche-t-elle en faisant bouffer

9

ses maigres cheveux blonds. On dirait un gang de veuves après un enterrement !

— Faudrait déjà avoir un mec pour être veuve, marmonne Rosie. Deux ans que je fais ceinture ! Je vais revendre ma virginité sur eBay.

Rosie est la plus âgée des quatre. À trente-cinq ans, elle a perdu espoir de faire carrière et travaille chez Gap en espérant ne pas être renvoyée. Mariée et divorcée deux fois, elle a deux petites filles qui la rendent toupie. Elle ne sait pas dire non. C'est mon problème, on fait de moi ce que l'on veut. Son beau visage de blonde un peu fade s'affale en une moue triste. Elle contemple avec résignation le désastre de sa vie et relève les adresses de lifting à crédit.

— Me suis couchée à trois heures du matin, bâille Jessica.

— Moi, je me couche tellement tard et me lève tellement tôt que je me croise dans l'escalier ! pouffe Heather. Trop de trucs à faire avant de partir ! T'as retrouvé David hier soir ?

— On est allés au Gansevoort, dit Jessica. Il était déchaîné…

David et Jessica. Ils se sont connus à l'université de Princeton. Deux personnages élégants, charmants, nonchalants. À vingt-huit ans, David est alcoolique et connaît des pannes sexuelles à répétition. Jessica fume des pétards pour oublier que son couple prend l'eau de toutes parts.

— Coke ou whisky Coca ? demande Astrid.

Astrid a la grâce et la sensualité d'une Bardot noire. Une gazelle échappée de la cour d'un sultan. Longues jambes, taille étranglée, bouche crémeuse. Ses longs cheveux raidis au fer chaque matin s'ordonnent en un haut chignon torsadé. Un large bandeau noir écrase une frange coupée au ras des yeux et deux fossettes lui donnent un air perpétuellement joyeux. Sous des allures de biche alanguie, elle dissimule une poigne de fer et mène sa carrière tambour battant. Seule faiblesse : elle tombe amoureuse de mauvais garçons. Le « gentil » la fait bâiller. Avec un gentil, j'ignore le frisson, je reste au pied du coït.

— Je sous-loue mon appart pour six mois, vous connaissez quelqu'un que ça intéresse ? lance Heather.

— Tu vas vraiment t'installer au Chili ? dit Jessica qui ne comprend pas qu'on puisse vivre ailleurs qu'à New York.

— C'est la ruée vers l'or, ce pays. Tu plantes un boulon, il pousse une usine ! Je pourrais vendre des saucisses, des tuyaux d'arrosage, des luminaires, des tee-shirts ou de la porcelaine. N'importe quoi. J'ai trente-deux ans. Je me donne six mois pour réussir. On est le 26 mars, si le 26 septembre je n'ai pas touché mon premier gros chèque, je reviens.

— Tu laisses tomber ton boulot ici ? T'es gonflée ! s'exclame Rosie.

— Qui ne tente rien n'a rien ! Alors…, reprend Heather

en revenant à sa petite annonce, chambre à coucher, salon, doorman, piscine intérieure, salle de gym, piste de jogging sur le toit, métro en bas de l'immeuble, le tout à deux blocs de Wall Street, quatre mille quatre cents dollars par mois.

– Une affaire! grince Rosie qui compte les petites pièces.

– Je peux descendre à quatre mille si c'est un de vos amis…

– Change de sujet ou je te crève les yeux, menace Rosie.

– Ok, ok! soupire Heather. Hortense ne vient pas?

– Tu la connais, elle se fait désirer. Elle veut faire son entrée.

– Elle est si classe! soupire Heather en se redressant brusquement.

«Un dos rond n'habille pas une fille», a décrété un jour Hortense en la regardant.

– Cette fille a tout bon, dit Rosie, la peau, les yeux, les cheveux, les dents, la cervelle… Tu crois qu'elles sont toutes comme ça en France?

– Même son mec est parfait! soupire Jessica.

– Calme-toi, ma vieille, dit Heather. Y a pas que le sexe dans la vie! D'ailleurs, je trouve qu'on lui donne bien trop d'importance. Vous voulez mon avis?

– Non, grognent en chœur les trois filles.

L'avis d'Heather, ça marche pour les stratégies, les

12

bilans, les entretiens professionnels, pas pour les garçons. Elle est nulle en garçons. Pathétique même. À la fin d'un *blind date,* elle paie l'addition et la dernière fois, elle a raccompagné le type chez lui en taxi après qu'il eut vomi ses bloody mary sur ses genoux.

— Gary… J'en mangerais bien un morceau, rêve tout haut Jessica en pensant à David qui se vautre dans l'alcool chaque soir avant de se vautrer dans son lit.

— Oublie, il est fou d'elle, dit Astrid en agitant ses larges créoles qui se cassent sur le col de sa veste en fausse fourrure.

— C'est un modèle de la prochaine collection J. Crew ? demande Rosie en palpant la veste.

J. Crew est la marque qui monte, monte et menace les plus grandes enseignes. Trois cents boutiques, un style inimitable que tout le monde s'arrache. Sa styliste, Jenna Lyons, a transformé la maison autrefois classique et sage en un must de la mode. Michelle Obama s'y habille. Anna Wintour affirme qu'aucune femme habillée en J. Crew ne peut être moche. C'est un honneur d'y travailler. Une décoration sur un CV.

— Mais non ! Tu t'en souviens pas ? C'est un modèle dessiné par Hortense. Un prototype. Je l'adore. Je le mets tout le temps.

— Elle est vraiment douée ! dit Jessica. J'adorais bosser avec elle. Elle avait une idée par minute.

Les filles se sont connues chez Gap. Elles travaillaient

au même étage, se retrouvaient au *deli* du coin pour avaler un sandwich entre midi quinze et midi quarante-cinq. Heather et Rosie étaient au département publicité, Astrid au commercial, Jessica et Hortense dans le bureau stylisme. Elles passaient leur temps à s'envoyer des piques, mais dès que l'adversité menaçait, elles se regroupaient. Hortense lançait d'un coup de crayon les modèles que Jessica exécutait. «Le jour où je dessinerai ma première collection, tu seras ma chef d'atelier, lui avait-elle promis. Tu pourras même être mon mannequin. T'es sûre que ta grand-mère ne s'appelle pas Lauren Bacall?»

— Frank tire la gueule depuis qu'elle est partie, dit Rosie. Il passe son temps à nous engueuler. À nous répéter qu'on n'a aucune idée...

— Et tu t'écrases comme une merde, conclut Jessica.

— Exact, reconnaît Rosie en mordillant le bord de son verre. Si je l'ouvre, il me dit que je n'ai qu'à prendre la porte, qu'il y a foule pour me remplacer, tu sais combien de candidatures je reçois chaque jour avec cette crise qui n'en finit pas, blablabla.

— Fallait partir avec nous chez J. Crew, dit Astrid. Juste prendre ce risque... Jessica et moi, on l'a bien fait.

— T'as pas deux gosses à nourrir, toi!

— Tu les mets au régime! s'esclaffe Astrid.

— Je te parle de tes mecs qui finissent tous en prison et te demandent de payer la caution? gronde Rosie, blessée.

Elle sait qu'Astrid a raison. Elle n'a pas su dire non à Frank quand il lui a demandé de rester. Sans l'augmenter.

— Arrêtez, les filles! On se voit une fois par semaine, c'est pas pour nous chamailler! intervient Heather.

C'est le moment que choisit Hortense pour pousser la porte du café. Elle aime cet endroit. On dirait un de ces *diners* qu'on voit dans les vieux films. Jackie Kennedy était une habituée. Elle s'installait au bar avec le journal, ses lunettes noires, commandait un *chicken salad sandwich, so chic*!

— Hey, les filles! ça va?

— On parlait de toi, dit Heather. Tu connais pas quelqu'un qui cherche un appar...

— Que du bien, j'espère! la coupe Hortense en dénouant la grande écharpe autour de son cou.

Elle s'assied. Prend ses aises sur sa chaise. Fait semblant de lire le menu en les observant à la dérobée. Pourquoi je les vois? Parce que je les aime bien. Et... pour être au courant des derniers ragots, des dernières tendances, pour m'en servir le jour où j'aurai monté ma boîte car elles sont d'excellentes professionnelles. Je sais ce que je ferai de chacune d'elles. Elles ont déjà leur bureau avec leur nom sur la porte.

— La vie est belle? elle demande d'une voix chaude et grave.

— Dis, reprend Heather, pour mon appart, tu ne connaîtrais pas...

– Parce que moi, je suis à l'aube d'un grand quelque chose. Je le sens... ça frissonne. Je vais vous épater ! Et je vais aussi avoir besoin de vous.

– Comme au bon vieux temps de ce bon vieux Frank, sourit Rosie.

Frank paradait à la tête de son escadron de filles, se vantant d'être ouvert, tolérant et d'œuvrer pour la cause féminine. Une Française, une Irlandaise, une Noire du Bronx, une mère célibataire, une fille de bonne famille, on ne peut rien me reprocher. Et toutes de bons petits soldats ! Que désirer de plus ?

– Une augmentation, marmonnait Astrid entre ses dents.

– Moins de mains aux fesses, chuchotait Jessica.

– Une promotion, clamait Heather en claquant des deux mains sur ses cuisses.

Rosie mâchait son éternel chewing-gum.

– Frank est d'humeur massacrante à cause de toi, dit-elle à Hortense. Il ne digère pas ton départ.

– Il n'avait qu'à me confier plus de responsabilités.

– Il t'a appelée ?

– Il arrête pas. Il devient collant.

– Il te propose de revenir ?

– Avec un très gros salaire.

– T'as pas envie ?

– Qu'irais-je faire dans cette galère ? Je suis sur le point d'avoir une idée géniale...

— Et tu tiens le coup financièrement ?

— J'ai des économies...

J'avais des économies, pense Hortense. Elle ne prendra qu'un café ce soir. Elle se nourrit de cafés. Et de mines de crayon. Elle bouffe tous ses crayons.

— Pourtant..., dit Rosie, qui ne finit pas sa phrase mais qui aimerait qu'on la supplie, elle aussi.

— Pourquoi dire oui à un truc moyen quand je pourrai bientôt dire oui à un truc formidable ? déclare Hortense, enchantée de sa formule.

Je la ressortirai, se dit-elle, elle sonne bien. Je suis brillante !

— Tu viens avec nous à Brooklyn dimanche ? Il y a une *food fair* et on ira traîner dans les bars à bière, les boutiques de fringues...

Brooklyn est le nouveau quartier à la mode. Manhattan est devenu trop cher. Autour de Bedford Avenue se sont établis stylistes, peintres, musiciens, écrivains, photographes qui débutent. Habiter Manhattan, c'est dépassé, bourgeois, proclament ces jeunes trop fauchés pour s'y offrir un toit, mais qui y reviennent dès qu'ils ont gagné leurs premiers dollars.

— Vous y allez en voiture ? demande Hortense.

— Avec Rosie. Elle n'a pas ses filles ce week-end.

— C'est elle qui conduit ?

— Pourquoi ?

— J'ai pas envie de finir en *T-bone steak*.

Les filles éclatent de rire.

Rosie a obtenu son permis en conduisant une ambulance. Étudiante, elle avait fait un stage d'infirmière puis s'était lancée dans la mode.

— Vous n'avez qu'à y aller en métro, proteste Rosie, vexée.

— Je mets une option sur une place à l'arrière, dit Jessica en levant le doigt.

Le garçon s'approche, égrène les *specials* du jour. Hortense commande un café en soupirant qu'elle sort d'un rendez-vous avec un type qui l'a gavée de blinis et de saumon, elle n'a pas faim. Puis, pour détourner l'attention, elle demande des nouvelles de Scott, l'adjoint de Frank, qui faisait partie de leur petite bande autrefois. Les filles le toléraient, il avait l'oreille du patron et payait les additions.

— Toujours célibataire, dit Astrid. Je l'ai aperçu la semaine dernière au Baron. Il traîne, en manque de filles. Les chances sont minces vu son physique.

— T'as raison, pouffe Hortense. C'est le genre de mec, quand on le croise, on se prend un vent de pellicules…

— Tout le monde peut pas sortir avec Gary Ward ! grogne Rosie, qui a accepté d'aller dîner avec Scott au Pick Up Bar le lendemain.

En entendant le nom de Gary, Hortense sourit, énigmatique. Hier soir, ils se sont rapprochés dans le grand lit, il a posé son coude en travers de sa gorge et a murmuré d'une voix froide maintenant, tu ne bouges plus, tu ne parles plus, tu m'obéis, je ne veux pas entendre le moindre bruit… et il l'a prise sans l'embrasser, sans la caresser, elle a gémi, il s'est arrêté, a murmuré j'ai dit pas de bruit, et il lui a tourné le dos. C'était délicieux.

— Hé! Reviens parmi nous! s'exclame Heather. Dis donc, rien que de prononcer son nom, tu décolles!

— Vous ne pouvez pas comprendre, articule Hortense en les écrasant d'un arc de sourcil.

— Bon, on va à Brooklyn ou pas? reprend Astrid.

— Je t'appellerai. Il n'y a pas urgence, on est lundi.

Et la soirée se poursuit avec les plats que le garçon dépose et les dernières nouvelles. Le fond de teint qui ne dessèche pas la peau, la boutique où acheter LE pantalon cigarette, ce qu'a déclaré Laura Denham aux Glamour's Women of the Year Awards, comment était habillée Jenna Lyons, son pantalon en soie imprimée, sa chemise d'homme, quelle allure!

Un jour, je serai comme elles, se jure Hortense, et mieux encore *I'll crush them*[1].

Elle forme ce souhait, se concentre, plisse le nez, se rappelle comme elle a tremblé cette nuit dans le grand lit. La bouche de Gary était revenue lui mordre l'épaule alors qu'elle reposait et guettait son souffle.

---

1. «Je les pulvériserai.»

– Ma chef chez J. Crew aimerait te rencontrer…, dit Jessica.

– Qu'elle m'appelle, répond Hortense en jetant un œil sur les plats.

J'ai faim ! Je piquerais bien un morceau de pain mais ce serait avouer que j'ai inventé l'histoire des blinis et du saumon.

– À mon avis, elle voudrait faire de la pub sur ton blog. Elle est impressionnée par le nombre de gens qui te suivent.

– Ils veulent tous me sponsoriser ou m'acheter de l'espace, je refuse. Je veux rester crédible. N'appartenir à personne et dire ce que je pense.

– Oui mais en attendant, tu ne gagnes pas un rond.

– Je gagne le respect.

– Ça ne se mange pas en salade, le respect !

– Pour moi, si. Et puis, le jour où je lancerai ma propre collection, tout le monde me suivra et je m'installerai direct à la première place. Fais marcher un peu ta tête !

– Hortense a raison, déclare Heather. Elle est en train de se forger une réputation et ça, ça vaut de l'or.

– Y en une qui va s'en mettre plein les poches, c'est ma petite sœur, dit Astrid. Elle a été repérée par un photographe dans le métro, il lui a fait faire des photos et bingo ! elle signe le mois prochain son premier contrat chez IMG. Elle va avoir seize ans.

Les filles baissent le nez. Elles se sentent vieilles soudain.

— Seize ans…, soupire Rosie. Ma fille de six ans se met du vernis à ongles et me pique mon rimmel.

— Seize ans, continue Astrid, un mètre quatre-vingt-deux, cinquante-huit kilos, des cheveux raides, châtains, un nez fin, droit, une bouche de bébé, une peau de rêve, de grands yeux bleus…

— Des yeux bleus ? s'exclament les filles en se redressant.

— Ma mère l'a eue avec un Letton qui était venu réparer l'air conditionné. C'était son premier acte d'indépendance, elle avait acheté la clim avec ses économies. Ils ont fêté ça ensemble et neuf mois après… Ma mère est contre la pilule. Pas à cause de la religion, mais parce qu'elle refuse de vivre sous le joug d'un produit chimique. Elle dit qu'après des siècles d'esclavage, ça suffit !

— Elle s'appelle comment, cette merveille ? demande Jessica.

— Antoinette. Ma mère n'enfante que des reines.

— Pourquoi tu ne nous l'as jamais présentée ?

— Vous êtes trop vieilles. Elle m'appelle mamie et j'ai juste dix ans de plus qu'elle. En plus, elle est trop belle. J'ai l'air d'une souillon à côté.

— Arrête ! T'es canon ! proteste Rosie.

— Attendez de la voir. Une tuerie ! Le type s'est aplati devant elle en plein métro, pour un peu il lui baisait les pieds ! Elle n'en avait rien à cirer. Elle bouquinait Schopenhauer. Il lui a cavalé après jusqu'à la maison. Quand il lui a expliqué qu'avec l'argent qu'elle gagnerait elle pourrait s'inscrire dans les plus grandes universités, elle a consenti à l'écouter. C'est une intello pur jus. Elle se fiche pas mal de son physique.

— La veinarde! gémit Jessica.

— Résultat des courses : elle va faire la couverture de *Vanity Fair* dans six mois. Ils la veulent tous.

— Je te préviens, moi, je ne veux pas la voir, gémit Rosie.

— Ça sera dur : elle va être affichée partout!

— *Ré, do, ré, do, fa, mi, ré, do, si, si, la...*, chantonne le professeur, les doigts sur le piano. *Ré, do, fa, mi, ré, do, si, si, la... si.* Qu'est-ce qui s'est passé pendant ces huit mesures?

Les étudiants du grand amphithéâtre demeurent muets. Prudents, ils guettent la réponse du professeur.

— Qu'est-ce qui aide à comprendre une phrase musicale? demande Pinkerton en élevant la voix.

Un élève ose «le rythme», un autre «la répétition». Le professeur s'impatiente, insiste, et puis? Et puis?

— Les rapports entre la tonique et la dominante? propose Gary.

— Et puis encore? s'emporte le professeur en élevant la voix.

Il est interrompu par une sonnerie de portable. Gary sursaute. C'est le sien. Il est formellement interdit de garder son portable allumé. Le professeur peut vous bannir de son cours. À l'entrée de chaque salle s'affichent les mots PORTABLES INTERDITS, en gros, en gras, en souligné.

Il le sort discrètement pour l'éteindre, a le temps de lire « *Hate you*[1] *!* ». C'est Hortense. Ils se sont encore disputés, ce matin. Et hier soir, hier matin, avant-hier soir…

Ils s'affrontent le jour, s'enflamment la nuit. Feu, glace, feu, glace, STOP !

Son voisin se penche, lit par-dessus son épaule.

— Ça veut dire je t'aime, ça, mon vieux.

Gary hausse les épaules, remet le téléphone dans sa poche.

L'amphi tout entier s'est retourné vers lui dans un même mouvement réprobateur. Gary pique du nez.

— Un problème ? demande Pinkerton. En tout cas, ce doit être plus important que mes propos.

— Je suis désolé, j'avais oublié de l'éteindre.

— Nous avons tous pu le constater…

Pinkerton fait la moue, il est sur le point d'ajouter quelque chose, sa bouche s'arrondit, prête à prononcer l'exclusion redoutée, Gary retient son souffle, mais Pinkerton se reprend.

— Il me semble par ailleurs que vous ne vous êtes pas encore choisi un partenaire pour l'audition de la fin du mois. Et nous sommes le 2 avril. Vous devriez être déjà

---

1. « Je te déteste ! »

en train de répéter. Il me faut un cinquième tandem, et c'est le vôtre qui manque à l'appel.

— Euh…, marmonne Gary.

— Une bien pauvre réponse ! Vous filez un mauvais coton, Gary. S'il y a bien une chose que la musique exige, c'est une concentration absolue. Vous me paraissez un peu distrait.

Il a un geste du bras et soupire. Il semble accablé, et les longs poils blancs qui ornent ses larges oreilles le rendent pathétique. Une forêt de ressorts capillaires tels des vermicelles en bataille. Pourquoi ne songe-t-il pas à s'épiler ? se dit Gary. Ce n'est pas sérieux, un professeur aux oreilles si velues.

— N'oubliez pas de vous inscrire. Si vous avez encore la tête à ça…

— Je sais qui je veux comme partenaire, j'ai oublié de le marquer sur la feuille, c'est tout.

— Ah… Et pouvons-nous savoir le nom de l'heureux élu ?

Les étudiants doivent former des équipes piano-violon, étudier une sonate et se produire devant toute l'école le lundi 30 avril à dix-neuf heures dans la grande salle de concert. C'est l'événement le plus important de l'année, celui auquel sont conviés professionnels et agents. Avoir été retenu par Pinkerton pour y participer est une première étoile accrochée au revers de sa veste, mais il faut ensuite briller et se faire remarquer par ces professionnels à l'œil froid et sec.

– Si cela vous paraît de quelque intérêt, bien sûr, ajoute le professeur, pincé.

– Eh bien…, dit Gary.

À vrai dire, il n'y a pas songé. Il a la tête encombrée du fracas d'Hortense. Ses cris, ses récriminations, les objets qu'elle jette à terre, mais tu es où, là ? Tu penses à quoi ? Je te parle d'un truc archi-important pour moi et tu ne réponds pas ! Tu sais ce que tu es, Gary Ward ? Un égoïste. Un sale égoïste. J'en ai marre, marre… Les mots résonnent, s'amplifient, forment des accords stridents, déraillent. Il est entraîné dans un brouhaha de mots qu'elle lui corne aux oreilles. Avec le sentiment que la réalité lui échappe, se déchire en confettis. Sa tête est à la fois pleine et vide. Elle bourdonne de bruits mais aucun ne fait sens.

Son regard balaie la salle. Trouver quelqu'un sur-le-champ. Il ne faut pas que Pinkerton devine les confettis dans sa tête. Très mauvais pour son appréciation de fin d'année.

Il aperçoit au bout d'une rangée, en bas sur sa gauche, Calypso Muñez. Il l'a revue plusieurs fois au Café Sabarsky. Elle lave, essuie les tasses et les verres derrière le bar. Découpe des gâteaux. Remplit des sucriers. Verse la crème chantilly dans des bols blancs. Ajuste les napperons en papier dentelle sous les assiettes. Agit avec une précision minutieuse, fervente, concentrée sur chaque mouvement de ses mains, de ses doigts, de ses poignets, comme si elle désirait créer un instant parfait. Comme si chaque geste était une œuvre d'art. Il ne se lasse pas de la contempler… et il entend des notes. Jeudi dernier, il s'est levé, a marché vers elle, lui a montré son petit carnet, « je crois bien que je te dois des royalties ». Elle a eu un sourire presque maternel qui disait c'est bien, continue. Il n'y avait aucune coquetterie dans ce sourire, mais une satisfaction profonde.

Est-ce une illusion ou cette fille est différente des autres ? Paisible, étrangère au tumulte qui l'entoure. Il y a en elle une gravité dont certains se moquent. Lui, non. Chaque fois qu'il l'approche, il se retient de poser les mains sur elle pour la protéger.

Ses yeux s'attardent sur sa nuque, la maigre natte noire qui serpente sur un col roulé marron, dégageant deux longues oreilles, translucides, un friselis de cheveux fins.

– Gary Ward ? Vous êtes toujours parmi nous ? demande Pinkerton.

Calypso a entendu le nom de Gary et s'est retournée. À peine a-t-il attrapé son regard qu'elle rougit et baisse la tête. Une douce paix l'envahit, il dit :

– Calypso Muñez.

Un murmure étonné emplit la salle. Un oh ! qui se répand dans les rangs, remonte le long des gradins, enfle jusqu'au plafond. Des chuchotements qui font un bruit de papier froissé. Gary Ward et Calypso Muñez. Cela ne se peut pas! Un homme plein de grâce et une fille au museu de rongeur!

Gary répète d'une voix assurée :

— Calypso Muñez.

Le professeur interroge Calypso du regard. Elle hoche la tête et donne son accord.

— Bien, dit monsieur Pinkerton. Gary Ward et Calypso Muñez. Notez que vous devez être prêts pour le 30 avril. Cela vous laisse moins d'un mois pour répéter.

— Drôle de fille, chuchote Mark à ses côtés, une reine à l'archet, Minnie Mouse dans la vie! Et encore... Minnie Mouse peut être sexy parfois!

— Tu l'as déjà entendue jouer? demande Gary.

— Oui. C'est pas mal.

— Pas mal? Ben, mon vieux, faut te faire déboucher les oreilles!

— Si elle portait un masque... on n'entendrait que la musique. Ce serait mystérieux, romantique.

— Tu me déçois.

— Oh! Ça va! Ne fais pas l'hypocrite.

— Elle m'inspire.

— Fais gaffe à ce qu'elle ne t'aspire pas! Tu sais ce qu'on raconte dans mon pays : «Il était une fois un monsieur très laid. Il épousa une femme très laide. Ils eurent un enfant, il fallut le jeter!» T'es pas laid, mais là, tu prends des risques, tu joues avec le feu...

Mark ricane. Gary se demande comment il peut être ami avec un type aussi grossier.

— Ton pays est peuplé de barbares.

— Peut-être... mais il donne des génies au monde entier ! Je ne citerai que Lang Lang pour te confondre.

— Ok, Mark-Mark !

Gary croise les jambes et repart dans sa rêverie. La *Sonate pour piano et violon nº 5 en* fa *majeur* de Beethoven, dite *Le Printemps,* c'est celle-là qu'il choisira. Avec l'accord de Calypso Muñez, bien entendu. Il entend la première phrase du violon, le piano qui l'accompagne en sourdine, puis s'impose, s'empare de la mélodie pendant que le violon murmure... un, deux, trois, quatre, les deux instruments se retrouvent, s'enlacent, s'affrontent, le piano se met en colère, le violon élève la voix pour réclamer l'apaisement... et le récit reprend, emporté par le violon virtuose et le piano tour à tour furieux et doux. Ils n'auront pas assez d'un mois pour répéter. Il passera son temps à l'école, enfermé dans une salle face au piano et à Calypso.

Hortense va froncer le nez.

Hortense va fracasser des verres, des lampes, des dictionnaires.

Il aura la tête remplie de confettis.

Hortense claquera la porte et montera chez Elena. Elle se réfugie de plus en plus souvent chez elle.

Il frappe d'un doigt nerveux le bord de son pupitre.

Je ne sais pas ce qui nous arrive, il y a des trous partout entre nous, on marche sur une toile d'araignée.

– C'est épuisant de vivre avec Hortense ! soupire-t-il.

– T'avais qu'à en choisir une bien moche, bien gnan-gnan et en adoration devant toi. Elle te foutrait la paix ! Tu veux que je te dise : tu n'as pas les moyens de ton ambition. Cette fille est juste... plus grande que la réalité.

Gary ne répond pas. Il sait que Mark plaisante, mais il sait aussi qu'il est fasciné par Hortense. Tout le monde est fasciné par Hortense.

Pinkerton a repris son cours.

– Vous vous souvenez des propos de Nadia Boulanger au sujet de la composition ? Quand elle disait qu'il fallait entendre, regarder, écouter et voir. Mais attention ! On peut écouter et ne rien entendre, voir et ne rien regarder, regarder et ne rien voir. Alors soyez concentrés et donnez toute votre attention à ce que vous faites.

Un murmure révérencieux parcourt la classe. Pinkerton marque un temps afin que l'attention soit à son comble, son doigt pointe vers le ciel.

– Quand vous composez, restez naturels, libres. N'essayez pas de paraître autres que vous êtes. Prenez le risque de vous tromper pour trouver ce que VOUS avez à dire. Si vous avez quelque chose à dire, bien entendu... Cherchez. Cherchez ce que vous n'attendez pas. Un jour, Nadia Boulanger avait demandé à Stravinsky s'il pourrait écrire une pièce uniquement pour de l'argent et il lui avait répondu je ne peux pas, cela ne me donne pas de salive.

Le professeur répète, comme s'il mâchait la phrase, cela ne me donne pas de salive.

Hortense fait à nouveau irruption dans la tête de Gary. « J'ai besoin de saliver, tu comprends ? Si je ne salive pas, je ne peux rien faire, je n'ai plus d'idées. » Depuis qu'elle a quitté son emploi chez Gap, elle reste chez eux à crayonner, à lire les journaux, les magazines, à les découper, invente le look « Premier rendez-vous » ou « Le rendre accro sans en avoir l'air » ou « Humilier la limace qui se prétend votre amie ». Elle imagine trois règles pour mélanger les imprimés puis sort brusquement en claquant la porte. Part « alimenter » son blog comme s'il lui fallait nourrir de toute urgence un affamé. Photographie des détails dans la rue qu'elle poste et commente sur son blog, Hortensecortes.com. Elle dessine des silhouettes, des tendances, impose des « surtout », des « surtout pas ». Surtout : une parka sur une petite robe en mousseline. Surtout pas : le blouson en cuir avec des bottes moto. Surtout : la grosse montre d'homme qui sort de la manche et rien d'autre. Surtout pas : le collier de perles avec des grosses boucles d'oreilles et des bagues à chaque doigt. Elle prend des photos de filles mal attifées, les poste sur son blog, les barre d'une grande croix noire et change la dégaine, les vêtements, la coupe de cheveux des filles photographiées. Elle floute les traits du visage pour qu'on n'identifie pas ses victimes. Cette rubrique remporte un succès fou. Elle est reprise par le *New York Times* du samedi. Chaque fille souhaite ardemment se retrouver barrée par la grande croix noire, puis transformée par la magie d'Hortense.

« Il n'y a pas de femmes laides, il n'y a que des femmes paresseuses[1] », affirme Hortense. Travaillez, inventez-vous, soyez impitoyable avec vous-même.

Elle s'est acoquinée avec une maquilleuse de chez Bergdorf Goodman et prodigue des conseils, recommande un crayon, une poudre, un fond de teint, raille un vernis à ongles. Telle une pythie, elle lâche ses verdicts, aussitôt recueillis par des fans avides qu'elle malmène avec entrain. Elle les moque, les rabaisse, les épingle. Son audience ne cesse d'augmenter. « Tu vois ? La gentillesse ne paie pas », assure-t-elle à Gary quand il tente de tempérer son humeur. Elle se fait un point d'honneur de refuser la publicité, elle veut rester libre.

Sa-li-ver.

Elle va aux puces à Brooklyn, sur Columbia ou Broadway. En rapporte des haillons qu'elle transforme en chiffons impeccables et les photographie.

Descend Downtown, vole une idée chez Opening Ceremony sur Howard Street, erre dans le quartier chinois, achète des bouts de tissu qu'elle assemble, pique,

---

1. Citation d'Helena Rubinstein.

coupe. Monte à toutes jambes chez Elena Karkhova, la bouche pleine d'épingles. Lui montre ses essais. Attend le verdict en tirant sur une mèche de cheveux. Trépigne. Redescend, défait tout, remonte un pli, efface une hanche, repart dans les escaliers, guette une lueur dans l'œil de son mentor, revient en donnant des coups de pied dans les plinthes. Jette ses crayons, crache ses épingles, balaie de la main les ciseaux, les coupons de tissu, pousse un cri J'Y ARRIVE PAS, ET J'Y ARRIVERAI JAMAIS, ET LE TEMPS PASSE ET JE SUIS UNE CHAISE.

Sort son poudrier bleu, se poudre le nez, s'observe dans la petite glace, esquisse un sourire.

Ajoute aussitôt, rageuse, sur son blog MON SEUL DOUDOU : MON POUDRIER BLEU SHISHEIDO. LUI SEUL ME CONSOLE DES AVANIES. ME REND JOLIE. JE NE PEUX PAS VIVRE SANS LUI. VOUS NON PLUS.

Et les ventes du petit poudrier bleu explosent chez Saks, Bloomingdale's ou Barneys.

Il lui arrive de bouder son blog.

Elle n'écrit plus, ne photographie plus, ne dessine plus. Ne raille plus aucune silhouette. Les mal attifées attendent en vain au coin des rues que l'œil d'Hortense les rectifie. Les fidèles protestent, supplient, revenez s'il vous plaît, revenez.

Elle boude toujours.

Ils s'immolent sur Twitter pour renouer ? Elle boude encore.

Bouder est son arme fatale.

Hier...

On était le 1ᵉʳ avril. Et le printemps faisait semblant de naître. Gary était en train de jouer une étude de Chopin. Tellement concentré qu'il n'entendait plus que les notes. Il ne sentait pas ses doigts, ni ses mains, ni ses bras. C'était comme si quelqu'un d'autre jouait. Celui qu'il appelle le Voisin du dessous.

Il avait entendu un tintamarre effroyable, avait levé la tête. Saisi un long monologue irrité. Repris son exercice. Il était sur le point d'atteindre l'accord parfait quand il avait reçu un brocoli sur le crâne. Ploc ! La bulle avait éclaté, il avait dégringolé.

— Et pourquoi ? avait-il demandé en maîtrisant son langage et la colère qui montait en lui.

— Sa couleur m'inspirait... et, comme tu m'ignorais, je l'ai pris comme messager.

Il avait haussé les épaules, tenté de se concentrer à nouveau.

— Tu penses à quoi ?

— Pas à toi, il avait répondu en grinçant.

— Je souffre l'enfer et cela t'indiffère !

— Hortense, s'il te plaît... J'ai besoin de travailler.

– Dis-moi quelque chose.

– On va encore se disputer. T'en as pas marre ?

Elle l'avait regardé, hésitant entre la provocation et la capitulation. Avait balancé un moment puis hissé le drapeau blanc.

– On pourrait aller flâner ?

« Flâner » dans la bouche d'Hortense signifie traîner à la recherche d'une idée, d'une couleur, d'une silhouette, n'importe quoi qui lui donne de la salive.

– Je sèche, je me dessèche, je me déteste. J'en ai marre ! Allons flâner, Gary, je t'en supplie.

Il avait lu une telle supplique dans ses yeux qu'il avait cédé. Méfiant, tout de même. Ce désarroi était-il feint ou réel ?

Ils étaient partis vers la 57e Rue. Avaient longé le Parc, aperçu une équipe de cinéma qui filmait une geisha à face blanche sous une ombrelle de papier rouge, traversé Columbus Circle, acheté un café frappé chez Whole Foods. Elle l'avait jeté dans la première poubelle en déclarant que ça sentait le crottin de cheval, que ça gâchait tout.

Les chevaux abrutis des calèches pour touristes mastiquaient leur avoine. Elle leur avait tiré la langue.

Ils s'étaient retrouvés face à Carnegie Hall. Gary avait passé son bras autour des épaules d'Hortense, l'avait embrassée dans le cou, non, tu n'es pas nulle, tu es embourbée, c'est tout, ça arrive aux plus grands ! Elle avait haussé les épaules et avancé la lèvre inférieure pour bloquer une larme de rage.

— Je suis ce qu'il y a de plus triste au monde : une fille qui ne sert à rien…

Il avait resserré son étreinte, appuyé un baiser dans les cheveux embroussaillés, aspiré une bouffée de santal et d'orange. Ils avaient attendu, enlacés, que le feu passe au vert. Un cycliste moulé dans un maillot à damiers les avait frôlés en hurlant *fuck off*, Hortense lui avait fait un doigt d'honneur. Une trace d'encre noire ornait le bout de son doigt, Gary avait eu envie de l'embrasser. Une femme avait jailli d'un taxi dans une robe vert pomme. Elle avait claqué la portière, et nasillé au chauffeur gardez la monnaie ! Sa robe ressemblait à un tube orné d'une aile sur le côté. Horrible ! avait grimacé Hortense, et en plus, elle a dû payer ça une fortune ! Quelle abrutie ! La femme s'était élancée vers l'entrée de Carnegie Hall, mais avait été arrêtée net dans sa course : l'aileron de la robe restait coincé dans la portière. Le taxi avait redémarré en faisant hurler les pneus. La femme avait poussé un cri de détresse. Figée sur le trottoir, nue jusqu'à la taille, elle plaquait une main sur ses cuisses et tendait l'autre vers le taxi qui emportait un pan de satin vert dans la portière jaune.

Gary avait étouffé un rire. Bien fait ! Il détestait ce genre de pimbêches qui vous piquent sans vergogne le taxi que vous aviez hélé et lancent désolée ! Je l'avais vu avant ! Ces femmes qui sourient sans plisser les yeux, aiment sans donner leur cœur, mangent sans rien avaler, que du vent, de l'air, zéro calorie garanti.

Il observait la scène, satisfait, lorsque Hortense avait attrapé son poignet et demandé, haletante, t'as vu? T'as vu ce que j'ai vu? Je tiens un truc, un super-truc! Dis rien! Tais-toi! J'ai une idée, elle est là, elle est...

Elle mordillait le bout de son doigt taché d'encre et il avait encore eu envie de l'embrasser.

– Oh non! Elle s'en va!

– Mais tu parles de quoi?

– J'ai eu une idée et pfft, partie!

– T'as eu une vision? il avait demandé, goguenard.

Hortense, plantée sur le bord du trottoir, la prunelle sombre, mâchouillait ses lèvres. Gary lui avait pris la main:

– Viens, on va voir le programme des concerts à Carnegie.

– Non. Pas envie. Je rentre. Salut!

Elle était repartie, la tête rentrée dans les épaules, les mains enfoncées dans les poches de son Burberry acheté aux puces.

Il ruminait, furieux. Je m'arrache à mon piano pour l'accompagner et elle file sans un mot. Je suis son larbin, sa suivante, son cireur de pompes, *fi-ni-to*!

Il était entré dans le hall de la salle de concerts, avait admiré la grande horloge Breguet à tourbillon, le marbre bordeaux, les luminaires boules, et sa colère s'était apaisée. Il avait réservé un fauteuil d'orchestre pour le concert de Radu Lupu. Schubert, César Franck, Claude Debussy. Une seule place ? avait demandé la caissière, une grosse Noire avec des boucles d'oreilles en plastique jaune, en pianotant sur son clavier. Oui, une seule. Elle crachotait dans un micro qui lui déchirait les oreilles.

– Vous avez de la chance, c'est la dernière et vous êtes rudement bien placé.

Elle avait relevé les yeux et lui avait décoché un sourire qui avait fait trembler les pendentifs en plastique. Il avait payé, glissé le ticket dans sa poche. Avait poussé un soupir de plaisir, Ra-du-Lu-pu, était ressorti, détendu. Il venait de gagner un soir de félicité sans charivari ni brocoli.

Il s'était mis à pleuvoir dru. Il s'était engouffré dans le métro. « *Stand clear of the closing doors, please*[1] », recommandait une voix mâle et grave dans les haut-parleurs.

C'est d'Hortense que je devrais me tenir éloigné, avait-il pensé, en glissant la clé dans la serrure.

Elle parlait au téléphone avec Junior. Recroquevillée sur le canapé. Tirant sur ses cheveux, tressant des mèches entre ses doigts. Gary était allé chercher un verre de Coca, un paquet de bretzels dans la cuisine et s'était assis à l'autre bout du canapé.

– Tu te rappelles le coup de la pomme et de la tige ?

---

1. « Tenez-vous éloignés des portes, s'il vous plaît. »

disait Hortense à Junior. Mais oui, tu sais, la tige qui porte
la fleur puis la pomme sans casser alors que le poids est
multiplié par mille ? Tu te souviens de ce que tu m'avais
dit ? Eh bien ce soir, j'ai failli comprendre. J'ai été à deux
doigts. Si, si. La tige, la fleur, la pomme, la robe verte, le
taxi jaune, mes robes. J'ai tendu la main pour attraper
l'idée, et pfft, elle s'est envolée ! J'en ai marre, Junior. Je
piétine, je ne trouve rien, je ne gagne pas un rond, l'argent
que j'avais mis de côté a fondu... Je glandouille et je rouille.

Elle écoutait Junior et s'exclamait :

– Non ! Je ne veux pas dépendre de Gary. Manquerait
plus que ça ! Être entretenue ! La honte ! Et pourquoi
pas nous marier et faire des enfants pendant que tu y es !
N'importe quoi !

Gary grignotait ses bretzels en se disant que ce n'était
pas une infamie de se marier et de faire des enfants. Peut-
être pas tout de suite. Mais dans quatre ans ? Il aurait
vingt-huit ans, Hortense vingt-sept. Ils feraient un bébé,
une petite fille qui jetterait des dictionnaires par terre. Il
l'emmènerait dans son château en Écosse, la promènerait
sur les remparts, lui raconterait l'histoire de ses ancêtres
fous à lier, si prompts à répandre le sang. Elle sourirait en
bavant, elle serait en train de faire ses dents. Hortense lui
confectionnerait un petit kilt, il lui achèterait une corne-
muse et... Il se reprenait. Hortense promenant un bébé
dans le parc d'un château écossais ? Impossible. Elle
l'aurait étranglé avant.

Quand elle avait raccroché, Gary avait demandé :

– C'est quoi cette histoire de pomme, de fleur et de tige ?

– C'est une idée de Junior, elle avait répondu en tirant sur une mèche.

– Mais encore ?

– Ça t'intéresse vraiment ou tu fais semblant ? Parce que j'ai pas envie de parler dans le vide.

– Hortense, s'il te plaît.

– Bon. Je t'explique… L'autre jour, Junior m'a dit que j'allais avoir une idée géniale, qu'elle me tomberait dessus par hasard, que ce serait la base de ma première collection qui serait un immense succès. Il s'agissait de tige, de fleur, de pomme, de résistance, il voyait une portière qui claquait, une robe, des flashs, des photographes, mais il ne pouvait pas m'en dire plus. Il devient de plus en plus vague, je me demande s'il n'est pas en train de perdre son don.

– C'est pour ça que tu flânes dans les rues ?

– Oui. Et tout à l'heure, quand on a vu la femme et sa robe coincée dans la portière du taxi, j'ai eu une fulgurance. J'ai failli comprendre. Et puis c'est parti.

– Dommage…, avait marmonné Gary en mâchonnant ses bretzels.

Le paquet avait été mal refermé et les bretzels étaient mous. Il n'aime pas les bretzels mous. Ce n'est pas difficile de bien refermer les paquets de bretzels. Il y a une fermeture éclair en plastique à cet effet.

Hortense, les yeux dans le vague, avait continué :

39

– Comment les pommes tiennent-elles sur un arbre ? Comment leur queue peut-elle porter aussi bien une fleur légère qu'un fruit lourd ? Comment une plante, avec juste quelques sucres, est capable de fabriquer une tige aussi résistante ?

– Tu veux faire une robe avec de la résine ?

Hortense s'était redressée d'un coup, avait ordonné, continue, continue, tu tiens un truc, là. Elle claquait des doigts, impatiente, et ce petit bruit qui le transformait en sonnette de room service l'avait irrité.

– Sais pas, il avait bougonné. Si la tige fragile de la pomme peut supporter le poids d'un fruit, c'est qu'elle est faite d'un matériau spécialement résistant...

– Et ? Et ? Vas-y ! Gary ! T'arrête pas !

Elle était penchée vers lui, le visage déformé par l'avidité. Ses doigts claquaient, sa voix devenait stridente, des coups de fouet cinglaient ses oreilles.

– Mais t'as qu'à réfléchir toi-même. J'en sais rien, moi !

– Oh ! Je te déteste ! Tu m'allèches et puis tu me laisses tomber comme une pomme pourrie. T'es un sale pervers.

Elle avait lancé un livre lourd comme un annuaire qui avait rebondi sur son épaule. Il s'était levé. Était parti dans leur chambre, avait fermé la porte à clé. Elle avait dormi sur le canapé. Et ce matin, elle était passée à côté de lui, raide, drapée dans son dédain telle la statue de la Liberté.

Il était allé prendre son petit déjeuner au Starbucks sur Columbus. Avait acheté un muffin givré au chocolat.

Commandé un cappuccino. Observé un vieux type qui lisait le *New York Times* en se curant l'oreille puis suçait son doigt. Avait repoussé le muffin. Sur l'écran vidéo passait une chanson, «Kiss Me on the Bus». Ils s'embrassaient dans le bus avant, mais depuis quelque temps ils ne s'embrassaient plus, j'ai pas la tête à ça, disait Hortense.

Il avait posé sa cuillère sur la mousse de son cappuccino et l'avait regardée s'enfoncer, dépité.

L'homme ne pouvait compter sur rien ni personne dans la vie.

L'homme était seul. Toujours.

– Elle m'épuise, confie Gary à Mark. Je ne comprends plus rien. Je jette l'éponge.

– C'est sûr que Calypso doit être plus reposante.

– Mais je ne vais pas tomber amoureux de Calypso! Arrête! Je vais répéter un morceau avec elle!

Pinkerton leur lance un regard exaspéré et les deux garçons se taisent.

– Ça va pas, Elena, ça va pas du tout.

– Qu'est-ce qui ne va pas, Hortense?

Elena Karkhova se tourmente, Hortense affiche une triste mine. Hortense baisse la tête, accablée.

– On est le 21 avril.

– Et… ?

– On est le 21 avril, le temps passe à toute allure, et moi, je ne fais rien.

On est le 21 avril et je deviens enragée. Je déteste le soleil, je déteste la lune, je déteste les gratte-ciel, les feux rouges, le crottin de cheval dans le Parc, les canards sur le lac, l'odeur de barbe à papa. Je déteste Gary.

– Pas bon, ça, pas bon du tout, dit Elena en secouant la tête. Et pourquoi ce raffut ?

– Parce que j'ai un truc sur le bout de la langue que je n'arrive pas à articuler. Parce que ça me prend la tête et me la fait bourdonner. Plus rien ne sort de ma cervelle, je suis à sec, je voudrais sauter dans le vide.

– Très bon, très bon. La peur que tu enjambes est le pont vers la réussite.

– Vous pouvez traduire ?

-- Pour grandir, il faut renoncer à la sécurité. C'est un proverbe de ma grand-mère.

– Et… ?

– Tu es en train de grandir et tu vas trouver. Mais en attendant, tu es perdue, tu meurs de peur. Très bon signe.

– Mauvais signe ! Je glandouille et je rouille.

Elena agite les mains, retourne les poignets pour indiquer qu'elle ne comprend pas.

– Pas grave ! dit Hortense. C'est mon mantra en ce moment.

Ce matin, elle a travaillé de huit heures à midi. Elle a

attendu que Gary claque la porte pour s'installer à sa table à dessin. Elle a gribouillé des pommes, des fleurs, des tiges, des taxis jaunes, des robes vertes. Elle n'a pas pris de petit déjeuner. Elle déteste les petits déjeuners. Ça lui donne mal au cœur. Son ventre dort jusqu'à midi. Puis se réveille, réclame un café, une barre de chocolat noir. Et se rendort.

Elena appuie sa tête sur sa main gauche et sort un chapelet qu'elle égrène, les yeux mi-clos.

— Tout cela est devenu beaucoup trop émotionnel. Tu mélanges tout. Arrête de penser. Distrais-toi.

— J'ai pas envie. Je veux trouver.

— Tu trouveras. Laisse faire le temps. C'est lui qui décide. Va te balader. L'artiste travaille même quand il est oisif. « L'artiste est une exception : son oisiveté est un travail, et son travail un repos », disait Balzac. Promène-toi.

— Je ne fais que ça ! J'en ai marre. Je ne trouverai jamais.

— Malheur ! Ne dis pas ça ! s'écrie Elena en levant au ciel ses doigts lourds de bagues serties de pierres précieuses. Si tu penses qu'il va pleuvoir, il pleuvra ! Si tu penses que tu vas perdre, tu perdras !

— Vous préférez que je vous dise que tout va bien ? Vous voulez que je vous mente ?

Elena roule des yeux noirs. La colère lui donne des couleurs, lui rend une certaine jeunesse, une vivacité, et Hortense, étonnée, découvre dans cet éclat d'humeur toutes les femmes qu'a été Elena.

– Il est interdit de me mentir! rugit-elle. Si un jour tu me mens, Hortense, tu ne remettras plus jamais un pied dans ma maison!

– Alors, je vous le dis : ça ne va pas. Ça ne va pas du tout. J'ai envie de donner des coups partout!

– Tu n'as pas le droit de devenir pesante! En ce moment, tu es lourde, encombrante, on ne sait plus quoi faire de toi. Allez, du balai! Mon masseur va arriver, il faut que je me prépare... Va voir Meme. Je t'offre une manucure. Ça te reposera la tête.

– J'ai pas de sous.

– Je te dis que je te l'offre!

– Non. Pas question.

– Hortense! On va finir par ne plus être amies, toi et moi. Un peu d'humilité, s'il te plaît. Et de politesse. On ne refuse pas un cadeau. Ou alors parce qu'il vous vient d'une ennemie. Est-ce que je suis ton ennemie?

Hortense secoue la tête et soupire.

– Alors file! Et dis à Meme que je n'ai plus de ses herbes magiques! Qu'elle m'en redonne une poignée. Il n'y a qu'avec sa ramille sèche et odorante que je consens à m'endormir...

– Regarde-moi, que je consulte tes yeux! ordonne Meme de sa petite voix aigrelette en glissant un coussin en éponge rose sous les mains d'Hortense. Je n'ai pas de cliente avant une heure, on a tout notre temps. C'est Elena qui régale ?

Hortense lève deux yeux bordés de cernes mauves sous des mèches de cheveux blonds emmêlés.

– Oh ! T'as les yeux fatigués et tu es en colère, dit Meme.

– Qu'est-ce que tu en sais ? Tu ne connais de moi que mes mains et mes pieds.

– Et tu mords ! Tu dois être bien malheureuse.

– C'est toi qui le dis...

– Je le vois bien. Tes yeux, quand ils sont heureux, on dirait des noisettes vertes. Quand ils sont colère, du mazout sur la mer.

Hortense fait la grimace et envoie gicler les petites boules de coton sur le bord du guéridon.

– Tu veux un thé ?

– J'ai pas envie de parler, Meme. Ni de boire.

C'est écrit MEME sur la poche de la blouse rose, mais on prononce Mimi. Meme vient de Corée du Nord. Elle a traversé à pied les frontières mais elle refuse de raconter par où elle est passée. Elle se ferme chaque fois qu'Hortense la taquine :

– Ça va, on n'est pas en Corée du Nord, tu peux parler librement !

– Et s'il y avait d'autres gens qui voulaient passer par là ? Et si précisément, *right at this moment,* il y avait un espion du gouvernement dans le salon ? Tu me prends pour qui ? Une imbécile de Yankee ?

Meme voit des espions du gouvernement nord-coréen partout et déteste les Américaines qui trouvent tellement «pittoresque» qu'elle ait fui la Corée du Nord. Elles agitent leurs mains manucurées, déforment leur bouche caoutchouc en disant *so wild*[1]! Meme les regarde, soupire et se dit qu'elle ne touche que vingt pour cent de la manucure, le reste va dans la poche de sa patronne qui trône derrière la caisse.

– Tu ne veux pas parler? Tant pis pour toi! J'aurais pu te raconter de belles histoires aujourd'hui...

– Par exemple? se laisse tenter Hortense qui résiste mal aux histoires de Meme.

– Celle des deux filles derrière...

Hortense se retourne et aperçoit deux splendides créatures aux yeux étirés jusqu'à la racine des cheveux qui jacassent, les pieds dans l'eau chaude et savonneuse d'un bac.

– La blonde, commente Meme, c'est Svetlana. La brune, Yvana. Elles sont sœurs et bulgares. Beaucoup, beaucoup d'argent. Le père a fait fortune dans l'immobilier. Il aurait racheté tous les immeubles de Sofia pour un dollar symbolique lors de l'effondrement du communisme. Et les aurait revendus une fortune. Il ressemble à une barrique de bière ornée de moustaches géantes.

– Tu plaisantes?

---

1. «C'est fou!»

46

— Les filles confondent les billets de dix et cent dollars. On se bat pour les avoir comme clientes.

— Elles font quoi dans la vie ?

Meme pouffe de rire derrière sa lime à ongles. Elle a les dents si éclatantes qu'Hortense la soupçonne de les faire blanchir, mais elle jure sur ses ancêtres tombés sous Kim Il-sung que c'est grâce à la racine de *tea tree*. Elle l'achète en extrait dans les magasins bio et ajoute quelques gouttes d'essence soir et matin à son dentifrice. Hortense a essayé et a dû reconnaître que ça marchait.

— Elles n'ont pas besoin de « faire », juste de dépenser. Et elles dépensent beaucoup ! Leur père les encourage. Elles dépendent entièrement de lui.

— Et puis elles se marieront et dépendront de leur mari. Tu parles d'une vie !

— J'ai beaucoup de pitié pour ces femmes.

— De la pitié ? s'exclame Hortense. T'es folle ?

— Il les empêche de grandir. Elles ne sont pas prêtes à affronter la vie.

— Ben moi, je veux bien qu'il m'adopte, cet homme. Et j'affronterai la vie !

— L'aînée, la brune, allait se marier et un jour...

Meme se penche vers Hortense et chuchote :

— ... son père l'appelle et lui ordonne de passer à son bureau. Là, il la prévient « ce que tu vas voir ne va pas te plaire, mais tu dois regarder... tu dois être forte, ma fille », et il lui montre une vidéo où son fiancé batifole avec une bimbo dans un bain de mousse.

— Il le faisait espionner?

— Sûrement.

— Et alors, et alors? la presse Hortense.

— Miss Yvana convoque le fiancé qui commence par mentir, affirme que c'était longtemps avant elle... Manque de chance, il portait dans la vidéo un bracelet Cartier qu'elle venait de lui offrir. Il a avoué et a été congédié. Il a perdu la belle maison à cinquante-six millions de dollars où ils allaient emménager, les Porsche, les Lamborghini, les Ferrari qui l'attendaient dans le garage et tout le reste. Il s'est retrouvé à poil sur le trottoir d'où il venait!

Meme éclate de rire en se cachant dans sa main.

— Elle s'est fait effacer le tatouage qu'elle avait au bas du ventre, c'était le prénom du fiancé. Elle se l'était fait graver au lendemain de leur première nuit!

— C'est pas malin, dit Hortense. Comment un homme qui s'était si adroitement placé a-t-il pu se conduire si bêtement?

— Parce qu'il a oublié d'où il venait. Il s'est cru tout permis. Il a fini par croire que l'argent était à lui. Qu'il était tout-puissant.

— Et Yvana? Elle a beaucoup pleuré?

— Elle a fait crépiter sa carte bleue. Elle est partie à Los Angeles avec sa sœur. Elles ont dévalisé les boutiques de

Rodeo Drive, le chauffeur les suivait dans une Rolls rose bonbon.

— Arrête, Meme! Je vais me trouver mal!

— Et quand elles sont revenues de Los Angeles, le père a offert à sa fille humiliée un duplex à dix millions de dollars sur la Cinquième Avenue avec une baignoire à un million de dollars! Elle adore prendre des bains.

— Dis donc... si elles ont autant d'argent, elles pourraient peut-être investir dans ma première collection?

— Tu veux que je te les présente?

Meme tapote un flacon de vernis incolore.

— Je te fais une french?

Hortense acquiesce et revient à son idée.

— Il faudrait que ça ait l'air naturel. Elles doivent se méfier des parasites.

— Je vais préparer le terrain, leur parler de toi.

— Tu ferais ça?

— Ça m'amusera. Ça me changera de ces idiotes que je tripote à longueur de journée! Toi, au moins, t'as un projet dans la vie, tu travailles dur. Elena dit le plus grand bien de toi.

— Dis, au fait, elle réclame tes herbes qui font dormir...

— Encore! Il faut lui dire de ne pas trop en prendre. Elle pourrait ne plus jamais se réveiller! Ce n'est pas parce que ce sont des herbes qu'elle doit en abuser. Je l'ai mise en garde, mais elle n'en fait qu'à sa tête.

— Tu crois qu'elle a des idées noires? demande Hortense.

– Elle m'en demande un peu trop souvent. Un jour, chuchote Meme, j'ai fait les mains d'une cliente qui l'avait connue à Paris. Elle m'a assuré que c'était une grande beauté, une femme très riche, très influente, qu'il y avait eu un scandale terrible et qu'elle s'était réfugiée ici. Elle n'a pas voulu me dire ce qu'il s'était passé.

– Je me suis toujours demandé… Il vient d'où, son argent ?

– J'en sais rien. D'un prince charmant. Ou d'un vieux dégoûtant.

– Elle a dû beaucoup voyager. Elle parle au moins six langues.

– Ou alors elle a appris avec ses nombreux amants… On dit que c'est le meilleur moyen pour apprendre une langue.

Meme pouffe de rire à nouveau.

– Meme ! siffle la patronne du salon derrière son comptoir.

Et dans ce « Meme », il y a l'interdiction de parler avec les clientes, de se montrer trop familière, de ralentir la cadence de travail. Meme incline la tête, pose la dernière couche de fixateur et se lève en murmurant entre ses dents :

– Je vais chercher les herbes dans mon vestiaire. Et je te donnerai en plus un flacon de khôl. Elle en raffole. Tu le déposeras dans son armoire de salle de bains. C'est là qu'elle le range.

Hortense regarde ses doigts dont les ongles sont devenus dix petits miroirs. Miroirs, miroirs, quand vais-je trouver mon idée ? J'ai les dessins, j'ai les modèles, j'ai tout en tête. Il me manque... Que me manque-t-il ? Je ne sais pas.

Et ça me rend folle.

Cent fois, elle a été sur le point de demander de l'aide à Elena. Que celle-ci mentionne son nom à Karl ou à Anna afin que les portes s'ouvrent avec roulements de tambour. Chanel, *Vogue,* une première marche vers la gloire.

Cent fois, elle s'est reprise. Plutôt me couper la langue que de lui demander le moindre service ! Je veux que ce soit elle qui me le propose, qu'elle me tende son carnet d'adresses et déclare dis-moi qui tu veux rencontrer et je te présente.

La femme au grand destin ne demande rien aux autres et tout à elle-même. Je suis une femme au grand destin.

Hortense a lu des coupures de presse entassées dans des boîtes à chaussures au fond des placards d'Elena. Des vieux articles d'*ELLE, Jours de France, Paris-Match, France-Soir,* des photos jaunies, des titres qui chantent la gloire d'une Elena Karkhova jeune et triomphante aux côtés de Maurice Chevalier, Duke Ellington, Cole Porter, Gregory Peck, Kirk Douglas, Jean Gabin. Ou bras dessus, bras dessous avec Marlene Dietrich, Édith Piaf, Coco

Chanel, la princesse Margaret et Élisabeth juste avant qu'elle ne devienne reine.

« Elena Karkhova, l'héroïne d'un conte de fées. » « Elle n'avait que vingt ans quand elle rencontra le comte Karkhov qui fit d'elle la reine de Paris. » Ou : « Tous les hommes étaient amoureux d'elle. Longue liane racée, cou délié d'échassier hautain, elle est l'absolue beauté, la séduction, le chic parisien. Pour elle, on crée des robes, des fleurs, des parfums, des étangs, des haras, des maisons. Rien n'est assez beau pour célébrer sa beauté. » Les photos ont jauni mais les mots chatoient toujours.

Elena ne parle jamais du comte.

Elena a vécu les heures joyeuses et fécondes de la vie parisienne. Les fêtes, les bals costumés, les paris insensés, les ivresses dangereuses, les voyages interdits.

Elena vit seule à New York. Sans enfant ni mari.

Hortense connaît les images de sa vie, il lui manque les détails.

Cet homme-là, à côté de Chanel, est-ce l'amant de Coco ou celui d'Elena ? Et cet autre au regard sombre pleure-t-il ou rumine-t-il une vengeance ? Pourquoi Elena Karkhova s'est-elle enfuie à New York ?

Un beau jour, elle avait quitté Paris.

Une dernière coupure de presse signale en quelques lignes son arrivée à New York sur un paquebot de luxe.

Et cette précision : « La comtesse Karkhova, née en 1921... »

En 1921 ! Elle a donc quatre-vingt-douze ans !

Hortense a alors songé à Henriette, sa grand-mère, bien plus jeune qu'Elena, mais si vieille dans son âme.

L'une a aimé, a été aimée, est restée vibrante, curieuse, généreuse. L'autre, avare de sentiments, d'émotions, d'effusions, est devenue une vieille dame sèche et rude. Zoé lui donne des nouvelles dans ses mails. La coriace s'est reconvertie. Chassée de son appartement par le brave Marcel Grobz, elle a repris la loge de la concierge et fait régner la terreur dans son immeuble. Elle ouvre des lettres « par mégarde », découvre des secrets-boules puantes, des factures indécentes et fait chanter le destinataire. Ou elle surprend un jeune en train de dealer une barrette de shit sous le porche et menace de le dénoncer. L'adolescent est alors soumis à des corvées. Il sort les poubelles, cire les escaliers, passe l'aspirateur, prétend qu'il aime rendre service. Les parents, étonnés, le félicitent. Louent la bonne influence d'Henriette.

Ainsi, à force de roueries et de calculs mesquins, Henriette demeure vigoureuse, grande dans le crime, mais son âme est naine. Elena, elle, a connu l'exil pour une raison qui semble mystérieuse, mais sûrement plus capiteuse. Hortense aimerait bien savoir laquelle. Elle a beau fouiller dans les cartons d'Elena, elle ne trouve pas le moindre indice.

Meme revient s'asseoir avec un petit sac en papier, une tasse de thé et un *fortune cookie*[1] qu'elle pose sur la table en disant ouvre-le et tu connaîtras ton avenir.

Hortense fait la moue.

— Pas envie de savoir.

— Tu as peur ?

— Peur ? Connais pas. T'écris ça comment ?

— Alors lis ce qui est écrit. C'est magique, ces biscuits...

Hortense fait craquer la papillote d'un coup de poing, en extrait une bandelette de papier sur laquelle est écrit : « Toutes les grandes actions et toutes les grandes idées ont toujours un début ridicule », Albert Camus.

— C'est qui, Alberte Camou ?

— Un écrivain français.

— Il joue dans quel film ?

— Un écrivain, Meme !

Meme demande à Hortense de relire la phrase.

— Qu'est-ce que ça veut dire, d'après toi ?

— Je n'en ai pas la moindre idée, dit Hortense.

— Pourtant je suis sûre qu'il voit juste, Alberte Camou. Tu me diras, hein, tu me diras ?

---

1. Petit gâteau creux que l'on sert au dessert dans les restaurants chinois et qui contient un dicton ou une prédiction écrite sur un papier.

Meme a raison de croire en Alberte Camou.

La nouvelle aventure d'Hortense allait commencer d'une manière si ridicule que plus tard, bien plus tard, elle choisirait de ne pas raconter cette histoire. Car ce n'est pas tout de réussir, il faut ensuite forger sa légende, s'inventer une vie, grimper sur la lune afin d'épater ceux qui, restés en bas, voudraient y monter mais n'ont pas trouvé d'échelle.

Ceux-là préfèrent toujours la légende à la vérité.

Hortense glisse la clé dans la serrure. Elena lui a donné un double afin qu'elle puisse aller et venir à sa guise. D'habitude, elle sonne pour prévenir de son arrivée et ne pas froisser la susceptibilité d'Henry, le majordome anglais. Mais ce mercredi, Henry est de sortie. Il a une partie de boules en bois sur la pelouse de Central Park. Un sport pratiqué entre Anglais ou habitants du Commonwealth. Les joueurs arborent, par tous les temps, une tenue blanche immaculée, se saluent après chaque point, se murmurent les scores sans jamais élever la voix et boivent le thé à cinq heures précises.

L'appartement est silencieux, on entend la radio classique WQXR qui diffuse en sourdine un air d'opéra italien. Grandsire, le masseur, doit être en train de pétrir Elena dans sa chambre.

C'est un homme grand, fort, silencieux, qui se déplace

sans faire bouger l'air. Il est né à Port-au-Prince, en Haïti, il y a cinquante-cinq ans, et parle un français de château fort et de mâchicoulis. « Oncques jamais ne fut... », « point ne voudrais vous offenser... », « le samedi au soir finit la semaine ». Il a des mains si larges qu'Hortense se demande comment il ne brise pas les os d'Elena en la massant.

Il officie chaque mercredi et le lendemain, Elena repose, alanguie, au creux d'une pile de coussins avec un certain rose aux joues qui rappelle la jeune fille heureuse. Elle exhale une odeur de tubéreuse, dodeline de la tête et parle dans un filet de voix exténuée comme si elle avait couru un marathon.

Grandsire apparaît à dix-huit heures, toujours moulé dans une marinière Jean-Paul Gaultier que lui a offerte Elena. Il sent l'ambre, le poivre et le café. Son regard de bon docteur porte la promesse d'une santé florissante.

Hortense, cachée derrière la porte entrebâillée, l'avait aperçu un jour en train d'opérer. Grandsire tournait autour de la table de massage telle l'abeille qui dessine des huit avant d'entrer dans la ruche. Il se frottait les mains, faisait craquer ses phalanges puis prenait une profonde inspiration avant de commencer. Elle aurait bien aimé en savoir davantage, mais Henry, le majordome, l'avait chassée.

– Ce n'est pas convenable d'espionner ainsi, mademoiselle.

Elle était repartie, vexée d'avoir été prise en flagrant délit de curiosité.

Aujourd'hui, la porte de la chambre est à nouveau entrebâillée et Henry ne la chassera pas.

Hortense tient à la main le sac où sont enfermés les herbes et l'antimoine gris. Elle coule un œil dans la chambre et respire à bas bruit.

Elena gît, répandue sur un drap blanc, à peine recouverte d'un plaid en mohair rose. Grandsire lui pétrit les bras, les épaules, les yeux fermés, le menton levé. Il psalmodie une litanie étrange, un chant de son pays qui convoque les bons esprits sur le corps qui repose entre ses mains. Il se dresse, torse nu. Des perles de sueur s'accrochent à sa poitrine. Sa peau foncée et lisse brille d'une lueur chaude. Elena, allongée sur le ventre, pousse des petits gémissements que Grandsire reprend en écho comme s'il s'agissait d'endormir un enfant.

Drôle de spectacle! pense Hortense, incommodée par la vue de cette chair étalée. Devenir vieille… quelle disgrâce! Et puis elle s'interroge, comment cette femme nue, bien pleine dans sa peau, peut-elle dans la journée ressembler à une longue tige qui se balance? Avale-t-elle sa graisse d'une seule aspiration? Ou porte-t-elle un corset serré qu'Henry lace chaque matin en tirant à perdre haleine?

L'œil dans la fente de la porte, Hortense tente de comprendre quand son regard soudain se fige. Elle retient un cri et ses yeux s'écarquillent. Gaillarde, Elena a saisi de ses deux mains la cuisse de Grandsire qui glousse de plaisir.

– Laissez-moi finir ma tâche, ma gourmande.

La poigne d'Elena se fait plus hardie. Ses mains empoignent les fesses de l'homme qui glousse à nouveau.

– Vous êtes bien impatiente ! Il vous faudra attendre. Le travail d'abord, le plaisir ensuite.

– Grandsire, supplie Elena, la bouche ouverte en carré, ma peau a faim de toi.

Hortense se rejette contre le chambranle. Grandsire et Elena s'emboîtent ! Beurk ! Beurk ! L'étreinte amoureuse lui paraît soudain hideuse. Elle se pince le nez et son cœur se soulève. La fornication devrait être interdite à partir d'un certain âge et l'acte sexuel réservé aux jeunes à la peau ferme, élastique, savoureuse. Depuis combien de temps s'emboîtent-ils ainsi ? Lui donne-t-elle de l'argent ? Et lui, que ressent-il pour elle ? Il ne paraît pas éprouver de répugnance et même, elle doit le reconnaître, une franche camaraderie semble les unir. Leur échange est joyeux, libre.

Elle demeure un long moment appuyée contre le mur. Elle se demande si elle pourra à nouveau regarder Elena dans les yeux. Lui parler comme si elle n'avait pas assisté à cette faute de goût absolue. Une vieille femme devrait rester chaste. Oublier qu'elle a un corps. Porter une robe de nonne, en avoir l'appétit.

Un cri s'échappe de la chambre. Un cri étonné de

femme heureuse. Un ululement voluptueux que le masseur accompagne de petits mots doux oui, oui, sois heureuse, ma belle, déploie tes ailes, vole, ma chérie, vole.

Hortense court se réfugier dans la salle de bains, la main sur les lèvres. Revoit la scène. La lumière chaude des lampes qui joue sur les lourds rideaux, glisse sur la table de massage, dessine des ombres sur le corps nu d'Elena, motte de glaise informe.

Secoue la tête pour effacer cette vision saugrenue.

Ouvre le placard à pharmacie. Dépose les herbes somnifères et le flacon de khôl sur l'étagère parmi les crèmes, les pinceaux, les fards et les faux cils. Aperçoit un crayon pour les yeux dont la couleur l'attire, un brun tendre et chaud, étend le bras pour le prendre...

Frôle le petit flacon de khôl qui vacille, roule et tombe à terre, dispersant une traînée noire de poussière scintillante.

– Mince ! s'écrie Hortense qui ignore l'usage des gros mots. Mince ! Zut ! Et flûte !

Elle cherche des yeux une boîte de kleenex et entreprend de nettoyer. Le flacon ne s'est pas vidé tout à fait, il en reste encore une bonne partie. Elena ne s'apercevra de rien.

Elle frotte, rince, essuie.

Recule pour vérifier que tout est propre.

Le carrelage, le lavabo, l'étagère en verre.

Râle et siffle si elle n'avait pas un amant – un amant à

son âge! –, je lui aurais remis le paquet en main propre. Je ne serais pas allée traîner dans sa salle de bains.

Essuie une dernière fois en maugréant. Roule les kleenex sales, les met dans sa poche. Ouvre le robinet pour se laver les mains. Cherche une serviette, tâtonne, trouve une matière un peu rugueuse, l'élève jusqu'à ses yeux.

Le corset d'Elena.

Elle va pour le lâcher quand son regard s'affûte. Sa main étreint le tissu, tâte la matière, observe la coupe, la manière dont le tissage est serré, croisé, recroisé, doublé, coupé, surpiqué. Je n'ai jamais vu un tel ouvrage, se dit-elle en détaillant la gaine à la lumière.

Quel travail d'orfèvre! Quelle astuce dans le tricotage des fils! Ils courent dans la maille, dessinent une bande fine, compacte, qui donne un effet caoutchouc. C'est donc ainsi que la vigoureuse nonagénaire garde la ligne. Maintien et illusion d'optique. Les fibres contiennent la chair et trompent par une découpe astucieuse. Une matière qui ne se déchire point, ne cloque ni ne s'effrite.

Hortense cherche l'étiquette pour en lire la composition et ne trouve qu'un pâle bout de tissu sur lequel l'inscription a été effacée par les ans et les lavages.

– Dommage, murmure-t-elle, déçue.

Elle glisse ses mains dans le corset, l'étire, le relâche, et le tissu se remet en place. L'étire plus fort encore et il reprend aussitôt forme. Sans gondoler, ni pocher, ni plisser.

Elle appuie son pied sur une extrémité, tire, tire, lâche sans que la maille se déchire.

Tu as trouvé, ma fille, tu as trouvé…

Encore plus fort que Gaultier et Alaïa, ces grands sorciers de la ligne. Ce corset-là te fait faire un pas de géant.

Tu ne connais pas le secret de la formule, mais tu tiens le résultat entre tes mains, c'est déjà une victoire.

La tige qui porte la fleur et le fruit. Qui moule aussi bien l'allumette que la poutre maîtresse.

La matière première de ta future collection.

Chanel a inventé le chandail, la petite robe noire, Madeleine Vionnet la coupe en biais, Madame Grès le plissé, Saint Laurent le smoking pour femme, moi je vais mettre au point le tissu, bandage serré, invisible, gracieux, qui affinera n'importe quelle silhouette et posera un style.

Ce sera révolutionnaire. Je ferai fortune. Et je serai la reine du monde.

Elle palpe le corset. Le hausse, le respire. Il sent le savon en paillettes. Elena doit le laver à la main. Elle en prend soin. C'est son secret de beauté. Il va falloir que je perce le mystère de sa composition. De quoi est-il fait ? De pulpe de bois ? De rayonne ? De cellulose ? De résine de pomme ?

Trouver la formule secrète.

Ce qui a été fait jadis par un façonnier appliqué peut être recréé aujourd'hui. Il suffit de trouver un artisan capable et consciencieux.

Elle voudrait sortir de la salle de bains, crier Elena! Elena! J'ai trouvé! mais elle songe à Grandsire.

Ont-ils fini de s'emboîter?

Elle regarde l'heure à son poignet. Il est tard! Il faut qu'elle parte. Et si Henry rentrait et la trouvait là?

Elle s'approche de la chambre, pousse la porte doucement.

La table est rangée. Le plaid en mohair rose replié. La radio joue un nocturne de Chopin. Un bâton d'encens se consume, odeur de tubéreuse qui s'élève et embaume. Ils dorment dans le grand lit. Elena, contre le torse nu et sombre, semble prise dans les bras du bonheur. Grandsire la tient par les épaules, sa bouche dessine un sourire de mâle utile et heureux.

Elle parlera à Elena demain.

Il faut qu'elle rejoigne Gary. Il doit savoir, le premier.

Le soleil décline sur les toits de New York, les néons s'allument sur Broadway, les taxis jaunes klaxonnent sur la route des théâtres et des cinémas, c'est l'heure des spectacles, des restaurants, des femmes en hauts talons qui se pressent pour parader, Gary ne va pas tarder à rentrer.

Ce soir, on va faire la paix. On va signer un traité de douce reddition. On va s'aimer sans se mordre ni se menacer.

J'ai trouvé, oh, Gary! J'ai trouvé!

Hortense ouvre une barquette de raviolis, la vide dans une casserole, allume un feu doux, ajoute un peu de thym, de laurier et deux cuillerées de tamarin. Gary aime les raviolis. Elle les saupoudrera de gruyère râpé quand elle entendra grincer la clé dans la serrure, et le tour sera joué.

Il faudra aussi qu'elle débouche une excellente bouteille de vin, de celles qu'ils gardent dans le placard de l'entrée pour les grandes célébrations. La dernière fois, ils avaient dégusté un pape-clément pour fêter sa rupture de contrat avec Frank. Et le début de sa nouvelle vie.

Ils s'étaient endormis en posant le bouchon sur l'oreiller comme une promesse qu'ils se faisaient de ne jamais préférer la paix et la sécurité au désir et à la joie de vivre. Porte-moi chance, pape-clément, fais-moi saliver toujours et toujours, que jamais je ne trahisse mon serment, avait murmuré Hortense avant de sombrer dans le sommeil.

La nuit est tombée et la grande horloge Crate & Barrel, au-dessus de l'évier, indique neuf heures. Gary ne va pas tarder. Hortense débouche une bouteille de château-franc-pipeau 2007. Allume deux hautes chandelles blanches. Cherche un CD de Richard Goode, il doit se produire à Carnegie Hall prochainement. Elle a vu une annonce dans les couloirs du métro, RICHARD GOODE, EN CONCERT PROCHAINEMENT À NY. On est le

21 avril. Elle fera une surprise à Gary, elle s'arrangera pour acheter deux billets. Elle se pendra à son bras et ne fera aucun bruit durant le concert, même s'il lui vient une idée qu'elle doit gribouiller dans son petit carnet. Elle ne décroisera pas les jambes, ne se tortillera pas pour attraper son Bic au fond du sac. Elle restera digne, attentive. Concentrée.

Maintenant qu'elle tient son idée...

Il y a dans cette soirée une légèreté triomphante, un air de succès qui fait pom-pom-pom comme l'ouverture d'un opéra italien. Elle voit la vie en rose.

À quoi tient une destinée? À un petit flacon de khôl qui roule sur un sol carrelé. Alberte Camou avait raison.

Elle soupire de bonheur. Rit en haussant les épaules. A envie de hurler. Elle ne boudera plus, elle ne lancera plus de dictionnaires ni de brocolis.

Elle a trouvé la matière dans laquelle elle façonnera ses modèles.

Le petit truc qui lui manquait, qui reculait sur le bout de sa langue et lui échappait.

Je pourrais commencer à crayonner?

Juste un peu. J'en ai tellement envie...

Elle se souvient de ses cours à Saint-Martins. Des conseils de ses professeurs : « Ne faites pas porter aux autres ce que vous ne porteriez pas vous-même. N'ayez pas peur d'être ce que vous êtes. Vous voulez faire un métier, donnez-vous-en les moyens et prenez-en les risques. »

Elle prend le risque d'être simple. De travailler la ligne, l'épure. Elle ne fait pas une mode qui s'affiche, elle fait une mode pour la femme qui court derrière les autobus, saute dans une réunion, file chez l'épicier, caracole vers un dîner et veut rester la plus belle sans y penser jamais.

Elle ferme les yeux, savoure cette première victoire. Fixe sa table à dessin. Tend la main vers ses crayons...

Non, non!

Je dois être prête à verser le vin dans les deux grands verres, à jeter le gruyère sur les raviolis, à lui passer les bras autour du cou et à l'embrasser. Si je commence à crayonner, je vais oublier le vin, le râpé, le baiser.

«Hortense Cortès présente...» Ma première collection. Que disait Chanel? «Le génie, c'est de prévoir.» Gabrielle avait fait sauter les boutons, les fanfreluches, les chapeaux, les cheveux longs et lourds pour que la femme bouge, monte, descende, s'allonge, bondisse, défile, proteste, brandisse. Moi, je vais inventer le vêtement qui non seulement gaine et embellit mais ne se déchire pas, résiste au temps, aux lavages. Le vêtement qui dure et reste impeccable. Il faut avoir une idée noble pour lancer sa maison de couture. Je ne vais pas libérer la femme, mais son porte-monnaie. Je vais vendre de la qualité.

Elle repousse encore une fois les crayons qui lui brûlent les doigts. Louche sur la bouteille de château-franc-pipeau.

Rien qu'un tout petit verre en l'attendant.

Il va falloir trouver un artisan qui recrée ce tissu étonnant.

Elena m'aidera. Peut-être a-t-elle gardé l'adresse du fabricant ?

Elle verse le vin, caresse sa table à dessin. Tant d'images dansent dans ses yeux mi-clos !

Quelle heure est-il ?

Dix heures déjà ! Que fait-il ? Il lui est arrivé quelque chose ? Cela ne se peut pas. Je le saurais. J'aurais le souffle coupé.

Oui mais...

Ce matin, nous nous sommes quittés sans nous parler.

Elle entend une sirène. Un accident ? Impossible. Il doit traîner avec Mark. Ils jouent sans se lasser un morceau de piano, l'allegro vivace de la *Sonate pour piano en la mineur* de Schubert. Débattent sur la façon de frapper un accord.

Il faut qu'il rentre vite.

Il ne peut rien lui arriver.

– ... puisque j'ai trouvé mon idée, elle dit en se resservant un verre de château-franc-pipeau.

Repousser mes crayons. L'attendre vraiment. Brosser mes cheveux, mettre un peu de rouge, un peu de noir, un peu de rose. Ressembler à une fille qui guette les pas de son homme.

Elle allume la télé et regarde sur TCM un vieux film en noir et blanc, une femme pleure en attendant un homme sur le banc d'une gare. Elle passe sur une autre chaîne. Encore une femme qui pleure, son amant l'a quittée. Elle éteint l'écran, jette la télécommande.

Allume l'ordinateur. Va lire ses mails. Les classe, les trie.

Trouve un message de Zoé qui date de trois mois. Le glisse dans le dossier « Zoé ». Elle aime lire les mots de sa sœur, ils lui rappellent la France, son enfance, les casseroles qui fument sur la plaque électrique, la buée sur les vitres de la cuisine, les glaçons dans le verre de whisky de son père, la baguette et les croissants du dimanche matin. Zoé passe le bac cette année. Elle voudrait être professeur de français. Elle vit en couple depuis qu'elle a quatorze ans. Quelle drôle d'idée! soupire Hortense en se versant du château-franc-pipeau.

« Le 15 janvier,
Bonjour Tu-me-manques!... »

Parfois Zoé écrit « Bonjour, Je-t'aime » ou « Bonjour, Je-me-sens-moche-aujourd'hui » ou « Bonjour, t'aimes-ce-petit-haut? ». Elle écrit des vraies lettres. Elle les travaille. Elle est folle de Diderot et de Madame de Sévigné. Drôle de fille ! Je ne la comprends pas. Souvent elle m'énerve mais je l'aime. Je voudrais la protéger et la gifler. La secouer et la cajoler. On est si différentes. Et pourtant, nous sommes sœurs.

« Tout va très bien ici, j'aurais besoin d'un grand espace vide pour le crier, pour me vider de mon bonheur.
Alors je t'écris.
J'espère que tu vas bien, que Gary va bien, que tout va bien parce que moi, en ce moment, je n'ai plus de cerveau tellement je trouve tout beau. »

Ah, je me souviens maintenant, c'est le passage au sirop de rose.

« Avec Gaétan, c'est le bonheur. Maman n'est pas là souvent, elle court les conférences dans tous les coins de France ou se précipite à Londres et c'est comme si on était seuls dans l'appartement. Je crois que, finalement, ça l'arrange bien que je vive avec Gaétan.
Je te raconte ? Allez, je te raconte ! C'est toujours la même chose, la même vie à deux, mais c'est toujours nouveau.

Le matin, c'est Gaétan qui me réveille. La chaude odeur de pain grillé me sort de mes rêves. Il s'allonge à côté de moi en disant ton thé est prêt mais il faut le temps que ça refroidisse, alors il m'enroule dans ses bras, caresse mon dos, mes cheveux, et je voudrais qu'on soit encore le soir pour m'endormir encore une fois et passer toute la nuit mes genoux dans les siens.

Cette année, il a voulu retourner dans son ancien lycée, alors on ne se voit jamais dans la journée.

Il part tôt le matin avec un bout de tartine dans la bouche, son sac mal fermé et son écharpe qui pend de chaque côté, et moi je ris de le voir se dépêcher.

Il a trouvé un petit boulot, l'après-midi, quand il n'est pas au lycée, et le samedi toute la journée. Il fait des livraisons pour le cordonnier de la rue de Passy. En fait c'est un cordonnier de luxe qui répare des tas de choses. Ce type a des doigts de magicien, il fait du neuf avec du vieux. Il avait besoin d'un coursier, alors il a engagé Gaétan. Il ne le paie pas, mais lui laisse les pourboires et, avec sa bonne tête, Gaétan en récolte un max ! On est presque riches ! Si, si, je t'assure… Il dit que ça met du beurre dans les épinards, il dit qu'il ne veut pas dépendre de maman, que c'est déjà bien qu'elle le loge gratis. Il remplit le frigidaire. Il lui achète des fleurs. Il m'emmène au cinéma. Il donne de l'argent à sa mère. Parce que sa mère, ça ne s'arrange pas du tout ! Elle a trouvé un studio boulevard de Belleville et elle tourne en rond. Il va la voir souvent et essaie de lui maintenir la tête hors de l'eau.

Ça le rend vachement fier de gagner tant de thunes ! Il se sent responsable, utile. Ses yeux racontent bien plus de choses depuis qu'il travaille. »

Quelle angoisse, ces filles qui ne sont heureuses qu'à deux ! Et quel petit bonheur étriqué ! Moi, ça me rendrait zinzin, cette vie à scruter l'œil de Gary pour y lire mon destin ! Un remake de *Sissi* sans crinolines. On sait comment ça finit… Anorexique, à galoper sur un cheval. Non merci.

« Quand je rentre le soir, que j'aperçois de la lumière dans ma chambre, je sais qu'il est là, en train de lire ses cours ou de fumer une clope, et ça me fait chaud dedans. Faut pas le dire à maman, mais il fume dans l'appartement ! On ouvre grand les fenêtres et il s'abstient quand elle est là, mais sinon…

Le soir, il me raconte sa journée. Le moindre détail m'intéresse. Je pourrais m'en balancer de ses cours de maths, de son prof qui louche, de son taboulé du midi à la cantine, de la panne sur la ligne de métro ! Mais pas du tout. Ça me fascine, c'est comme si je regardais les infos mais des infos toujours souriantes (avec un présentateur super-canon que je peux toucher).

Et lui, il me demande si mes cours étaient bien, ce que j'ai choisi comme sandwich à la cafèt'. Et je suis contente. Même si j'ai du boulot par-dessus la tête. Je deviens folle avec toute l'intelligence qu'on me réclame !

Hier, on a eu un cours sur Madame de Sévigné. Le prof, c'est un nouveau qui remplace madame Poirier, en congé de maternité, il s'appelle monsieur Du Beffroy et, au début, il ne pouvait pas ouvrir la bouche sans qu'un élève fasse dong, dong, dong. Il faisait celui qui n'entendait pas et hop ! il enclenchait son cours. Et comme il n'est jamais chiant, on a fini par l'écouter et le beffroi a arrêté de sonner. Hier donc, il a ouvert les *Lettres* de Madame de Sévigné et il a soupiré, moi, j'ouvre les *Lettres* et je respire l'air frais. L'air qui met de bonne humeur. Qui remplit de belles choses.

Il n'a pas bougé de sa chaise, pas fait de grands gestes, pas prononcé un seul mot de plus de trois syllabes ou qui finisse en « isme » et il nous a scotchés.

Il nous parle du détail. Quand Madame de Sévigné prie sa fille de lui donner des détails pour qu'elle puisse imaginer sa vie. Sa fille lui manque tellement ! Et l'autre qui ne donne rien ! Qui fait sa mijaurée. Elle me tue, la fille de la Marquise.

Tu sais, je pourrais vivre dans les livres, les manger, les

boire, m'en draper. C'est beau, les livres, c'est beau, la vie.

Bon, parfois... elle est moins belle. Parfois je ne sais pas pourquoi mais je défaille (tu vois, je parle comme la Marquise). Un rien peut me détruire. Je crois qu'il faut que je travaille ma carapace.

L'autre soir, par exemple, Gaétan faisait la tronche. Ses lèvres étaient plus blanches que la fine peau de ses paupières, il me disait d'arrêter de siffloter tout le temps, il trouvait mes cheveux ternes, mes joues trop rouges.

Et j'ai eu vraiment peur.

J'ai compris tout d'un coup pourquoi certaines filles disent moi, je tomberai plus jamais amoureuse. J'ai compris que si tu tombes, t'es foutue, parce que si jamais ça s'arrête, si jamais le degré de peur dépasse la limite autorisée, c'est la dégringolade assurée au pays des édredons, des fraises Tagada et des musiques supertristes genre Radiohead.

En plus, il faut que tu comprennes un truc : Gaétan, c'est mon petit copain et c'est mon ami. Alors quand il me fait la tronche, je panique vite !

Et puis... On est allés se balader au Trocadéro. On a bien regardé le palais de Chaillot, les jets d'eau et tout et tout. Il a passé la main dans mes cheveux, il a caressé mes épaules et ses lèvres se sont remplies. Il m'a embrassée. Il n'avait plus les lèvres en papier à cigarette.

Et le lendemain matin, quand son réveil a sonné, une

sonnerie qui imite le chant d'un coq, il a murmuré dans son sommeil "qu'on l'égorge!", j'ai rigolé, il a ouvert les yeux et a dit "c'est le matin que je te préfère".

Et tout était réparé. Comme par enchantement.

Je voulais savoir si ça te faisait ça aussi. J'aimerais bien que tu me dises. Je t'embrasse fort comme une dingo dingue,

Zoétounette.

P.-S : Tu crois que c'est cruel, l'amour?»

C'est cruel, l'amour?

Hortense ne s'est jamais posé la question.

C'est cruel que Gary ne rentre pas? Cruel qu'il ne téléphone pas pour dire où il est?

Elle lui fait confiance.

Ou plutôt elle se fait confiance. Il peut traîner son vieux caban bleu marine dans les bars, la trace de son coude sur la manche ne s'effacera jamais. Et pourquoi suis-je si sûre de moi? elle se demande en suçant le bout de son crayon.

Elle va cliquer sur «afficher la réponse» pour lire ce qu'elle a répondu à Zoé ce jour-là…

« L'amour est ce que tu veux qu'il soit. C'est une grande échelle. Elle t'emmène au ciel ou en enfer. À toi de choisir. Moi, j'ai choisi le ciel et un trône. Je règne. Comme les princesses dans les contes qu'on lisait, petites. Il ne faut surtout pas avoir peur. Sinon, tu t'écrases par terre. Tu finis en bouillie. Moi, assise sur mon trône, je suis une princesse. Sûre de moi. Sûre de l'autre.

Comment fait-on pour s'asseoir sur un trône ? Il faut se dire qu'on est unique, que personne ne nous arrive à la cheville. On est tous uniques. On l'oublie trop souvent.

Tu sais ce que disait Oscar Wilde ? (Gary ne me parle que de lui en ce moment. Il me récite des phrases et des vers à tout bout de champ.) *"To love oneself is the beginning of a life long romance*[1]*."* C'est la seule histoire d'amour qui vaille la peine. Elle conditionne toutes les autres.

Écoute Oscar et fais comme moi.

J'aime bien te lire. Et j'aime bien t'écrire. Et puis je t'aime tout court. Y a pas beaucoup de gens que j'aime. Profites-en ! »

Elle lève la tête vers l'horloge. Onze heures et demie ! Et s'il ne rentrait pas ? Et si l'amour était cruel ?

---

1. « S'aimer soi-même est le début d'une histoire d'amour qui dure toute la vie. »

Elle n'a jamais pleuré pour un garçon.
Elle n'a jamais pleuré tout simplement.
Ça sert à quoi de pleurer?

La feuille blanche brille sous ses yeux. Son doigt agit comme un aimant et attire un crayon. Elle le touche, le titille, le fait rouler, s'en empare. Salive, salive.
Et voilà que naît une première robe.
Une robe noire, tube, qui couvre le genou avec une transparence qui cache la poitrine... Le contraste du tissu gaine et du voile la fait frissonner. Elle a envie d'applaudir. La robe marche devant elle, elle la suit du bout de son crayon.
Elle renverse la boîte de couleurs. Écrase un bout de mine orange, un bout de mine coquelicot, des bouts de mines jaune, bleue, verte. Frotte avec ses doigts. Étale. Fait des aplats de couleur. S'essuie les doigts avec un chiffon.
Elle crayonne encore. Une robe couleur chair avec deux empiècements sur les hanches qui étranglent la taille et deux fines bretelles...
Les robes se succèdent. Elles veulent toutes passer la première, défiler, se faire applaudir, surpasser les autres. Attendez-moi! leur crie Hortense. Mais les robes ne l'entendent pas et se bousculent en un joyeux kaléidoscope. La tête lui tourne, elle serre le crayon dans sa main, écrase les mines, pigmente, griffonne, charbonne,

gomme, épure, fait fondre les couleurs et les ombres pendant que les heures s'enfuient au cadran de l'horloge.

Ils ont répété jusqu'à minuit dans le petit studio au premier étage de l'école. Et puis Gary a dit j'ai faim, si on allait manger un morceau ? Calypso n'a pas entendu. Elle a la tête pleine de notes. Elle reste debout, le violon calé sous le menton. Elle est tellement concentrée qu'elle en devient captive. Il lui arrive de garder son violon contre son cou et de se demander où elle l'a posé. Gary rit, il montre le violon du doigt et elle pose une main étonnée sur son épaule. Oh, elle s'excuse, j'étais ailleurs.

Dans la mélodie. Enfermée dans un accord qui résonne longtemps après qu'elle l'a joué.

Ils se sont levés, ils sont allés chez Harry's Burritos sur Columbus Avenue. C'est le quartier général des étudiants de la Juilliard School. Ils s'y retrouvent après les cours et les concerts. Ils boivent des *frozen margaritas* et discutent tard dans la nuit. Il faut les chasser pour balayer la salle.

Ils se sont assis dans un coin, ont observé les étudiants de première année qui prennent des airs, se gonflent de leur importance, de leur apparence, de leur appartenance à la prestigieuse école. Les chanteurs vocalisent, les danseurs s'agitent dans leurs habits guenilles, les acteurs contemplent la salle d'un air arrogant, les pianistes ne parlent à personne et frappent un clavier imaginaire.

Ils sourient devant ces débutants. Bientôt, ils laisseront tomber la panoplie des grands airs, épuisés par la compétition qui règne à l'école. L'excellence, l'excellence tout le temps, l'excellence jusqu'à l'épuisement. Nombreux sont ceux qui abandonnent au milieu d'un trimestre. À la fin de chaque année, pas de classement ni de notes, mais un jury qui décide de votre sort. Et le couperet tombe. Surtout en fin de deuxième année, quand l'*advisor* qui vous a suivi jusque-là, vous a encouragé, sermonné, vous a enseigné tant de belles choses, vous convoque pour vous annoncer qu'il est désolé, que ce n'est pas la fin du monde, qu'il existe d'autres écoles, mais que le parcours s'arrête là. L'élève ressort la tête basse et rase les murs.

On ne le revoit plus jamais.

En troisième et quatrième années, les habitudes sont prises. Ceux qui sont restés travaillent d'arrache-pied, les corps ont été rompus. La fatigue glisse sur les doigts des musiciens, les membres des danseurs, les cordes vocales des chanteurs. L'humilité a fait son travail et les nuques se courbent à la recherche du travail bien fait. Fini le temps des roues de paon !

— Tu veux quoi ? demande Gary en regardant le menu.
— Je n'ai pas faim, dit Calypso.
— Tu es sûre ?
— Oui, elle dit en repoussant doucement la liste des plats.

Elle n'a pas faim, elle le goûte des yeux et cela la remplit d'une joie gourmande. Soulevée par un élan mystérieux qui l'emporte aussi sûrement que les notes de son violon. Elle n'est pas servante, elle ne s'abîme pas dans sa contemplation, oh non ! bien au contraire, elle est géante, elle sent pousser en elle une force inconnue qui lui donne des ailes. Que c'est beau, ce sentiment nouveau qu'on appelle « amour » et qu'elle ne connaissait pas. Elle se répète, ébahie, ainsi c'est cela, c'est cela et je ne le savais pas. Elle sourit à demi. Son cœur chante. Elle aime ! Elle aime ! L'univers se résume à ces mots-là. Elle n'a besoin de rien d'autre.

Elle n'a plus faim, elle n'a plus soif, elle le boit, elle le mange. Elle n'a plus peur non plus. La peur a reculé devant ce grand plein de grand bonheur. Et pourtant, la peur l'habitait encore il y a deux semaines... Deux semaines ! Ça ne veut plus rien dire. Le temps n'existe plus. Le temps, c'est avant et après Gary Ward, rien d'autre.

Avant Gary Ward, elle était maladroite, mal assurée. L'école coûte si cher ! quarante-cinq mille dollars par an, plus l'assurance du violon, trente mille dollars. Son grand-père a emprunté pour qu'elle entre dans cette école. Son oncle lui a prêté de l'argent. En râlant. Elle fait des comptes dans les marges de ses cahiers. Elle a de la chance d'avoir trouvé cet arrangement avec Mister G. : repasser ne la rebute pas. Même si c'est une vraie entreprise ! Il porte des chemises avec des jabots qui débordent, des poignets lissés, des rubans et des dentelles. On dirait un petit marquis français. Il exige des chemises sans un seul faux pli. Il a une légende à entretenir. On doit toujours faire envie, jamais pitié, il dit. Il la regarde repasser et lui raconte sa vie, les cabarets où il a joué, ses conquêtes féminines. Maintenant, il dit, je suis trop vieux, je ne sers plus à rien puisque je ne fais plus rêver ni trembler. Aucune femme ne m'attend. Il s'asperge d'une eau de Cologne qui sent si fort qu'elle arrête de respirer quand il s'approche de trop près. Mais dis-moi, j'ai encore un peu d'allure, non ? Elle regarde son chapeau de feutre marron posé sur ses cheveux blancs, son long manteau en cuir, ses grosses lunettes noires, ses bottes en croco jaune et vert, elle opine de la tête. Je te loge, donc je suis encore utile, merci, ma fille ! Et Ulysse, c'est plus qu'un ami, c'est mon frère. Je donnerais ma peau pour le défendre. On en a vécu des galères ensemble. Eh bien, tu vois, pas une fois on ne s'est trahis. Pas une fois ! Ulysse, c'est sacré, il ne faut pas y toucher !

Calypso écoute et opine.

Elle ne sait pas comment elle aurait trouvé les neuf cents dollars de loyer pour une chambre dans un quartier moyen où on serre son violon sous le bras quand on rentre tard la nuit. Elle ne peut pas se permettre d'égarer ou de se faire voler son violon, il vaut des millions de dollars. Elle dort menottée au manche. Des menottes qui garantissent sa liberté! Elle sourit chaque soir en refermant les mâchoires d'acier sur son poignet.

Elle n'a pas le choix. Il peut venir n'importe quand.

– C'est à moi qu'il revient, ce violon, pas à toi, *hija de puta*[1]!

– Il est à moi. Ulysse me l'a donné.

– *Calla la boca*[2]!

– Il est à moi! Et n'essaie pas de me le voler, on te retrouverait tout de suite. On ne les trompe pas facilement, les gens de l'assurance. Ils t'arrêteraient et t'enverraient en prison!

– Ta gueule, *putana*!

Son père... Oscar Muñez. Fils d'Ulysse Muñez.

Non seulement il ne s'est jamais occupé d'elle, mais il lui a broyé la mâchoire à coups de clé anglaise quand elle avait six ans. Elle avait osé le traiter de racaille. Il avait voulu lui faire avaler ses dents. Le docteur Agustin avait déclaré qu'il faudrait casser la mâchoire et la remettre en place pour réparer les dommages causés par la fureur d'Oscar. Rosita avait soupiré que ça coûterait trop cher.

Oscar habite à Hialeah, le quartier cubain de Miami,

---

1. «Fille de pute!»
2. «Ta gueule!»

chez son frère Marcelino. Un vieux garage que ce dernier a arrangé en chambre d'amis. Ça sent le caoutchouc moisi et l'huile de vidange rance. Les oreillers crevés ont des auréoles de crasse, les draps ont été blancs autrefois. Marcelino le tolère et sa femme, Adelina, ne lui adresse pas la parole. Il vit de petits trafics, de voitures volées, de cambriolages. La police l'a arrêté plusieurs fois mais l'a toujours relâché. Faute de preuves. Personne n'ose témoigner contre lui. Il a coupé un doigt à un type qui avait montré à un flic le garage qui lui servait de planque. Quand il n'est pas accoudé au comptoir d'un café ou debout sur le trottoir à siroter sa *colada* poisseuse, il traîne à la recherche d'un mauvais coup. Elle a réussi à lui cacher son adresse à New York, mais craint toujours qu'il la retrouve.

Quand elle vivait à Miami, le violon était caché chez son grand-père, enfermé à double tour dans le placard avec les armes à feu. Son père se tenait coi. Il craignait Ulysse. Elle jouait dans le garage. Pieds nus. Elle envoyait promener ses sandales, prenait appui sur le béton, écoutait l'enseignement de son grand-père, posait ses doigts, les faisait glisser et jouait. Elle fermait les yeux, elle devenait une autre.

Elle avait si peur de son père, enfant, que la tête lui tournait quand elle l'apercevait au coin de la rue et, pour un peu, elle lui aurait tendu le violon pour le voir s'éloigner.

Muchachas

Quand elle fait ses comptes, la tête lui tourne aussi.

Elle a beau accumuler les concerts privés, elle a du mal à boucler son budget. Pourtant elle les multiplie ! À deux cent cinquante dollars de l'heure, c'est bien payé. Pour une soirée, un mariage ou un enterrement. Il faut savoir se vendre, elle ne sait pas très bien.

Elle ne SAVAIT pas, elle se reprend, parce que maintenant, maintenant… elle prononce ce mot tout le temps. MAINTENANT. Comme s'il ouvrait un nouveau temps, qu'il fendait le ciel en deux pour installer un présent glorieux. Une Calypso qui ose.

— Je vais prendre un bon gros burger avec des frites, déclare Gary en reposant le menu. Je meurs de faim ! Quand je joue, c'est fou ce que j'ai faim. Pas toi ?

Elle secoue la tête en souriant, timide.

— Il faut que j'attende un moment que toute l'émotion soit partie.

— Cela me fait penser à la première fois où j'ai joué sérieusement, dit Gary, je veux dire, la première fois où c'était comme si ma vie en dépendait…

— C'était quand ? demande Calypso.

— Je vivais à Londres. Je ne savais pas très bien quoi faire. J'étais en colère tout le temps, mais je ne disais rien. Je gardais tout enfermé en moi, j'avais des plaques rouges partout ! Je voulais être pianiste, je prenais des leçons avec des profs pas terribles, je travaillais pendant des heures seul chez moi. Je cherchais un professeur digne de ce nom, j'en ai trouvé un finalement, mais je devais passer une audition pour qu'il m'accepte dans son cours. Il m'a fait jouer la *Rhapsodie hongroise n° 6* de Liszt, tu sais, celle qu'on peut massacrer si facilement…

— Et tu l'as massacrée ?

— Sans hésiter. J'y ai mis toute ma force, j'en avais mal aux poignets. Le prof n'a rien dit, il m'a écouté et puis il a fait passer un autre élève qui a joué le même morceau et j'ai eu honte. Son toucher était si juste, si à propos, si sensible. Il n'essayait pas de capturer les émotions, il devenait les émotions.

— Il ne faisait pas semblant… Il était dedans.

Gary la regarde, enchanté.

— C'est exactement ça. Son bonheur de jouer lui venait du cœur, pas de la tête ni même des doigts. Je me suis levé, j'ai voulu partir, le prof m'a dit pourquoi tu pars ? Tu as peur ? Tu es paresseux ? J'ai eu honte.

— Et tu es resté ?

— Oui. J'ai tout appris de lui. Il me disait d'écouter la musique, de jouer les yeux fermés. Que j'allais découvrir une autre façon de jouer. J'ai étudié longtemps avec lui. Il m'a conseillé de venir à la Juilliard. Ça tombait bien parce qu'un jour je l'ai surpris dans le lit de ma mère ! J'étais fou furieux, je suis parti sans rien dire. J'ai juste prévenu ma grand-mère.

Calypso le regarde, ébahie. Elle n'est pas sûre d'avoir bien compris.

– Tu l'as vu dans le LIT de ta mère ?

– Oui. C'était son amant. J'ai pris mon billet pour New York. Et je ne l'ai pas regretté un seul instant.

Il a l'air libre et insouciant des gens qui ne comptent pas, qui sortent des billets chiffonnés de leur poche et les jettent en boule pour payer. Heureux, bien dans sa peau, calé dans un sourire qui lui éclaire le visage, les cheveux bruns en bataille. Quand il joue, ses épaules tanguent, son corps monte et descend, il ferme les yeux, se mord les lèvres, semble supplier, puis sourit, se penche sur le clavier, se redresse, se déplie. Elle sent sa présence ondoyante à ses côtés, se remplit de cette masse qui donne de la chair aux notes. Il pénètre la musique tel un sculpteur, ses mains entrent dans la glaise. Elle ferme les yeux, s'élève au-dessus du sol, s'enivre. Je n'ai pas besoin d'alcool, il me suffit de l'entendre jouer. Attentif, précis, il ne prend pas toute la place comme ces pianistes qui écrasent le soliste. Il me laisse m'ouvrir, m'épanouir, me répandre en sons nobles. Et quand il se retourne pour vérifier que je le suis, je lis la joie dans son regard. De la pointe de l'archet, j'ouvre la note, la développe, la nourris de couleurs, d'odeurs, de cris heureux, d'un sourire de grand-père qui joignait les mains et les levait au ciel pour saluer un accord réussi...

« *Amorcito, mi princesa, mi corazóncito, mi cielito tropical*[1]. »

Elle se jette dans la pâte de sons, la travaille, la pétrit, elle ne veut rien prouver, mais tout donner. Mon amour, elle dit, mon amour, et elle sourit devant ce mot si dramatique, empreint de tant de fausses notes, de fautes de goût, ce mot si nouveau qu'elle le prononce avec prudence. Elle baisse les paupières, elle baisse la voix pour ne pas paraître insensée. Car il pourrait le penser, n'est-ce pas, il pourrait le penser. Il ne faudrait pas qu'il soit effrayé par ce tumulte en elle. Alors, elle le garde soigneusement enfermé et cela lui donne des bouffées de rose, des bouffées de rouge, des lèvres qui se gonflent, des joues qui s'arrondissent, des yeux qui s'éclairent d'une lumière de lune.

Gary tourne l'assiette de son burger afin d'avoir les frites chaudes devant lui, arrose le plat de ketchup, chiffonne une serviette en papier, ouvre une large bouche, enfourne une première bouchée et continue à raconter.

– Il s'appelait Oliver, mon prof de piano. Il s'appelle toujours Oliver, d'ailleurs, il n'est pas mort ! Il donne des concerts un peu partout dans le monde et il est, aux

---

1. « Mon petit amour, ma princesse, mon petit cœur, mon petit ciel tropical. »

85

dernières nouvelles, toujours l'amant de ma mère. Je ne sais pas si elle est encore amoureuse de lui parce qu'elle est très compliquée, elle est souvent en colère. Contre plein de choses. Elle passe son temps à faire la guerre à des moulins. Ma mère, c'est Don Quichotte !

– Elle a des rêves...

– Des rêves et des colères.

– Ça va souvent ensemble.

– Je l'aime beaucoup. On a grandi ensemble. C'est drôle de dire ça de sa propre mère, mais c'est vrai. Et peut-être qu'on continue à grandir ensemble. Peut-être qu'elle est en train de changer, elle aussi...

Il s'arrête, se demande pourquoi il dit tout ça, pourquoi il se confie à Calypso Muñez, se reprend et lance :

– Tu me passes le sel ?

C'est de sa faute aussi, elle est là, devant moi, elle me contemple et ne parle pas. C'est embarrassant. J'ai l'impression d'être sur scène, alors je parle, je dis n'importe quoi.

Ou je suis intimidé...

Ou ému, peut-être.

Non, pas ému. Pas intimidé non plus.

Pas dans mon état normal, c'est sûr.

Elle lui tend le sel, il le prend, mord dans son hamburger, oublie la question et suggère :

– On pourrait attaquer la sonate de Strauss un jour ? Tu sais, celle pour violon et piano...

86

– C'est ma préférée, elle dit en levant les yeux vers lui avec ferveur.

– Alors on la jouera ensemble, il déclare, la bouche pleine.

C'est en répétant la sonate de Beethoven qu'elle a compris ce qu'elle éprouvait pour Gary Ward.

Passé le moment d'étonnement quand il l'avait choisie dans le grand amphi, qu'il avait prononcé les syllabes de son nom, Ca-lyp-so-Mu-ñez, passé cet instant qui l'avait bouleversée, elle avait repris ses esprits et ils avaient commencé à répéter chaque soir, après les cours.

Et un jour, ça avait jailli comme une évidence, elle s'était dit voilà, c'est ça, c'est exactement ça, je suis amoureuse.

Amoureuse...

Elle avait reculé sous l'impact de la révélation. Avait mordu ses lèvres jusqu'au sang et regardé autour d'elle pour savoir si quelqu'un d'autre avait perçu son secret. Ce n'est pas possible, elle avait ajouté aussitôt. Amoureuse n'est pas un mot pour moi. Il doit y en avoir un autre plus juste.

Calypso recherche la précision en tout. Elle affirme que si l'on veut que quelque chose existe, il faut trouver le mot exact. Si on vous dit « arbre » et que vous ne connaissez pas la variété de l'arbre, ce dernier n'est qu'un tronc.

87

Alors que si on vous dit « chêne », « palmier », « bougain-
villier » ou « magnolia », l'arbre déploie ses branches, ses
fleurs, ses fruits, ses parfums. Vous pouvez vous asseoir à
son ombre, le saluer en passant. Il existe. Il a un nom, un
prénom, une famille, un emploi.

Elle avait cherché longtemps le mot exact qui décrivait
son état face à Gary Ward.

Et elle l'avait trouvé.

Elle avait fait un bond de joie en lui mettant la main
dessus.

S'était prise pour Gene Kelly dans *Chantons sous la
pluie.*

Il pleuvait ce jour-là sur Manhattan. C'était le vendredi 13 avril. *Día de mala suerte*[1], affirmait son grand-
père. *Día de suerte*[2], répliquait Calypso, enfant, pour le
contredire. Comme tu veux, *amorcito*, il disait en faisant
claquer ses larges bretelles, c'est toi qui décides ! Et tu
décideras toujours. Tu ne subiras jamais, *de acuerdo*[3] ?
Subir, c'est devenir une petite merde.

On était le vendredi 13 et elle remontait Madison Avenue pour aller prendre son bus. Elle avait trouvé un premier mot qui n'allait pas.

« Subjuguée. » Je suis subjuguée par Gary Ward.

---

1. « Jour de malchance. »
2. « Jour de chance. »
3. « D'accord ? »

Mais non, elle avait dit en secouant la tête, en ramenant son écharpe sur le bout de son nez. Je ne suis pas « subjuguée » par Gary Ward, non, non, cela laisserait supposer qu'il me domine, que je suis ratatinée, que je rampe à ses pieds. Alors qu'au contraire, il m'étire jusqu'au ciel.

Elle accélérait le pas, énervée, Gary n'est pas un homme qui ratatine et je ne suis pas une femme qui se laisse ratatiner, non, non. « Subjuguée », c'est pour les filles qui pouffent derrière son dos quand il passe dans les couloirs de l'école, qui se poussent du coude en mentionnant sa belle voiture américaine, sa fiancée française, son sourire qui fait haleter les plus entêtées. Non ! Non ! Et elle s'énervait, elle heurtait le parapluie orange d'une passante, repoussait le gros sac de courses d'une autre. Non ! non ! elle protestait encore. Je ne veux pas de cette guimauve, je veux escalader les arpèges, sonner le grand *ut* !

Elle passait devant la boutique Ladurée, les macarons français devant lesquels les Américains s'agenouillaient. À la rose, à la pistache, au chocolat, au café. Pouvait-on établir qu'ils en étaient amoureux ? Ils étaient subjugués, c'est sûr. Ils enduraient des heures de queue sous le vent, sous la pluie, pour avoir le privilège de remplir une petite boîte en carton vert amande de ces délicieux macarons hors de prix.

Même si je ne connais rien à l'amour, je sais bien que « subjuguée » n'est pas le bon mot.

Avant Gary Ward, l'amour, c'était celui qu'elle

apercevait sur le visage des autres, sur deux bouches qui se joignaient à l'angle d'une rue ou sur un écran de cinéma. Et moi, se disait-elle, je n'aime personne puisque ma bouche ne rejoint aucune autre bouche.

Moi, Calypso Muñez, née de père cubain et de mère américaine ayant pris la fuite à ma naissance, élevée par un grand-père musicien qui m'a légué son violon. Ulysse Muñez, un bel homme aux cheveux de charbon, au torse de taureau, à la voix caressante et froide. Toutes les femmes en étaient folles et se cambraient quand il entrait dans une pièce. Il les caressait, les soulevait, les faisait tourner, puis les reposait et retournait auprès de sa femme, Rosita. Ulysse Muñez. C'est peu commun un grand-père qui possède un Guarneri, c'est peu commun une mère qui quitte la maternité sans son bébé mais impose un prénom de nymphe antique en l'épinglant sur un lange. C'est peu commun une petite fille si disgracieuse qu'on n'ose la regarder en face et qu'on fait glisser le regard vite, vite en demandant du pain, son chemin, l'heure d'arrivée du car ou du train.

Elle se moquait bien de tout cela.

Ulysse Muñez vénérait Calypso. Il disposait des papiers de bonbon multicolores dans ses cheveux et la transformait en arbre de Noël. Calypso avait compris, enfant, qu'elle ne pourrait jamais changer sa bouche, son nez, son menton, ses dents, et que plutôt que de pleurer en se regardant dans la glace, elle allait devenir amie avec son reflet. L'adopter. Elle n'allait pas prétendre être quelqu'un d'autre pour que tout le monde l'aime ! Ça n'aboutirait à rien, elle finirait par n'être personne et puis, elle n'en avait pas les moyens. Elle serait Calypso Muñez, la fille à tête de souris.

Qui jouait divinement du violon.

Elle calait le violon sous son menton et en tirait des sons si beaux qu'ils la consolaient de tout. Et non seulement ils la consolaient, mais ils la construisaient. La musique lui avait appris la grâce, la beauté, la vie. La merveille de la vie.

Non ! Non ! répétait-elle en remontant Madison Avenue, « subjuguée » ne va pas du tout.

Elle cherchait, elle cherchait.

Elle laissait passer un bus, puis un autre. Il fallait qu'elle marche. Elle ne trouverait pas le mot exact serrée contre d'autres passagers dans le M1 ou le M2, il lui fallait de l'espace. On ne trouve rien en restant coincé. On ne trouve que dans le mouvement qui transporte, fait naître des mots, des sons qui vous submergent d'émotion.

Elle s'était arrêtée net.

« Submergée ! »

Elle était « submergée » par Gary Ward.

Emportée sur une vague, elle glissait d'un étonnement à une joie, d'une émotion à un cri de surprise heureuse. Elle se promenait sur la plus haute vague.

Qu'elle était haute, la vague, et comme elle l'emportait !

Elle aurait voulu parler, vider son cœur dans le cœur d'une amie, d'un confident attendri.

Il fallait qu'elle se confie.

Elle s'était arrêtée sur Madison Avenue devant la vitrine d'un fleuriste.

Avait acheté une plante. Une violette cornue, ou *Viola odorata*? Le fleuriste ne savait pas mais il l'avait félicitée pour son choix. Il avait murmuré parlez-lui, elle est timide.

Elle l'avait posée sur le rebord de sa fenêtre en plein nord. Elle allait parler à la violette cornue.

Elle lui raconte...

Les répétitions, les yeux qu'elle ferme, qu'elle rouvre quand il dit c'est bien ou là ça ne va pas ou on pourrait essayer ça... Elle écoute sa voix, elle observe ses mains qui s'élèvent par degrés, qui dessinent des cercles.

– Et tu sais, *Viola odorata*, il a un truc spécial. De sa main gauche, il construit, modèle, il sculpte, on dirait une main dans un gant de fer, et de la main droite, il virevolte, il cisèle, on dirait du vif-argent! Le petit doigt de la main droite fait un travail incroyable. Il imprime du mordant, de la virtuosité, de l'éclatant. Je n'ai jamais vu un petit doigt aussi intrépide, aussi efficace... il scintille! Elle lui raconte...

Les longues heures à jouer, enfermés dans une petite salle de l'école, et puis il dit on va prendre un café ? et ils sortent. Dans la nuit qui tombe, une petite flûte joue le bonheur. Quelle allégresse d'aimer et comme les murs de la vie sont roses !

Le square Dante face au Metropolitan Opera devient un parc immense, les lumières des restaurants des projecteurs géants, elle s'élance, danse, il sourit, il dit j'aime quand tu fais le clown. Elle suspend son geste, il a dit j'aime, il a dit tu, il a dit j'aime tu. Elle ne doute plus.

Elle aime. Et il la regarde.

C'est un début, elle confie à la violette cornue, je veux dire c'est un bon début pour une histoire d'amour.

Il dit avec les yeux que mes joues se sont remplies, que ma bouche s'est arrondie, que mon teint ressemble à un pétale délicat.

Elle vivra toute sa vie dans le souvenir heureux de ce mois avec Gary Ward. Un mois entier de bonheur.

Ils ne sont pas nombreux ceux qui peuvent se vanter d'avoir connu un mois entier de bonheur dans leur vie, tu en connais beaucoup, toi, *Viola odorata* ?

Elle se dit maintenant il se lève, maintenant il prend son café, maintenant il s'habille, maintenant il sort de la maison, maintenant il se dirige vers l'école, maintenant il entre dans le grand hall de l'école… et elle se lève, elle prend son café, elle s'habille, elle se dirige vers l'école.

Elle n'est plus jamais seule.

Elle regarde le ciel, encore plus loin que le ciel, croise les doigts et dit juste merci. Merci.

— Tu veux un café? demande Gary en attrapant une dernière frite.

— Non merci.

— Mais tu n'as rien mangé!

— J'ai du fromage et des fruits à la maison.

— Tu habites où?

— Tout en haut de la ville, à l'est. Sur Madison et la 110e.

— C'est pas la porte à côté.

— C'est tout ce que j'ai trouvé. Et puis comme ça, je traverse le Parc chaque jour. J'aime marcher dans le Parc. Parfois, je m'arrête et je joue en plein air. Je rêve que je suis sur la scène d'un grand festival international…

Il aime marcher dans le Parc. Il le traverse souvent à pied. Il aime aussi se réfugier dans une cabane. Un vaste abri en rondins. Personne n'y vient sauf, de temps à autre, un SDF éméché qui dort en boule dans un coin et repart au petit matin, les yeux encore emplis d'alcool.

Il avait passé son premier été à Manhattan dans cette cabane tout près de Central Park South. Il déchiffrait des partitions, les apprenait par cœur, les fredonnait. Il s'entraînait à reconnaître les notes en transcrivant les morceaux enregistrés dans son iPod. Réécrivait toutes les chansons des Beatles sur un petit carnet blanc et chantonnait « *we all live in a yellow submarine, yellow submarine* ».

C'est là qu'Hortense l'avait retrouvé un jour d'été. Il avait boudé. Elle l'avait bousculé. Ils s'étaient disputés, mesurés, embrassés et ne s'étaient plus quittés.

Hortense, comme je l'oublie quand je suis avec Calypso !

– Parfois, les gens me donnent de l'argent, dit Calypso. Parfois, ils me regardent sans bouger, sans presque respirer. L'autre jour, un monsieur très élégant m'a laissé un billet de cent dollars ! Il a dit qu'il reviendrait m'écouter, il m'a demandé où je me produisais, si j'avais un agent... J'ai eu envie de rire, mais j'ai gardé mon sérieux. Il aurait pu se sentir offensé.

Gary l'avait aperçue un jour dans le Parc. Il marchait derrière elle sur le chemin à la hauteur de la 86ᵉ Rue. Un sentier qui serpente, s'étrangle, monte et descend sous les frondaisons. Un petit pont, deux petits ponts, un étang sombre sur lequel voguent des canards acariâtres qui exhibent de longs cous pelés, rouge vif. Peu de gens empruntent ce chemin isolé par crainte des mauvaises rencontres. C'est à peine si on entend au loin le murmure de la ville, les klaxons des voitures, les sirènes des ambulances.

Calypso s'y était engouffrée, son violon sous le bras. Il l'avait laissée prendre de la distance. Il suivait sa silhouette, un petit blouson en jean effrangé, un débardeur orange, un jupon mauve à larges fleurs vertes qui lui battait les mollets, des sandales dorées. Hortense n'aurait pas approuvé. Elle aurait barré la silhouette de Calypso d'une large croix. Non ! Non ! Non !

Elle s'était arrêtée au-dessus de Turtle Pond, avait gagné une roche plate, composé un numéro de téléphone, échangé quelques mots en chassant les mauvaises herbes et les cailloux pour faire place nette avant de déposer son portable sur le rocher. Elle avait sorti le violon de son étui et, debout, pieds nus, avait joué une partita pour violon de Bach. La *Partita n° 3*. Elle s'interrompait pour soulever le téléphone, parlait en espagnol et reprenait en se corrigeant.

À la fin, elle avait éclaté de rire et s'était applaudie. Puis elle avait rangé son violon, remis ses sandales et était repartie.

Gary appelle le garçon pour demander la note. S'étire sur la banquette, regarde Calypso, lui sourit avec les yeux.

Elle a envie de l'embrasser. Elle ne sait pas embrasser. Elle n'a jamais approché la bouche d'un garçon. Un jour, elle a essayé avec une golden jaune et a reculé en apercevant la trace de ses dents dans la chair du fruit. Il ne faut donc pas mordre, elle s'était dit. Juste poser délicatement ses lèvres et…

– Tu te souviens de ton premier concours ? elle demande pour empêcher son cœur de battre trop vite.

– Oh oui ! J'avais joué avec tant de lyrisme, de légèreté, je dansais tout le long des morceaux, et à la fin, la salle a éclaté en applaudissements. Ils m'ont rappelé cinq fois, je me demandais s'ils voulaient un *bis*, alors je me suis rassis pour jouer encore et un assistant est venu me dire, sous les rires des jurés et du public, que c'était strictement interdit pendant les compétitions !

Il se renverse en arrière, attrape l'addition au vol. Sort des billets chiffonnés de sa poche.

– Comment tu fais, Calypso ? Tu as un secret ? Je n'ai jamais autant parlé de moi !

Le crayon d'Hortense est tombé sur la feuille à dessin. Elle a fini sa collection. Sa première collection. Elle signe HORTENSE CORTÈS en lettres hautes et droites en dessous de chaque modèle. Griffonne la date. Pose sa joue sur le papier.

Les bougies blanches ont brûlé, il ne reste plus qu'un éboulis de cire.

Elle lutte pour ne pas dormir, mais ses yeux se ferment.

Les raviolis ont brûlé dans la casserole et le fromage râpé sèche dans le petit bol en terre. La bouteille de château-franc-pipeau est presque vide.

La pendule indique trois heures du matin.

Un premier coup résonne dans la nuit. Un coup de marteau sur une enclume. Suivi d'un autre coup et d'un autre. Elle sourit, le Castor fou est de retour. C'est comme ça qu'elle appelle le bruit des radiateurs qui s'ébranlent dans la nuit, le sifflement de la vapeur qui monte, fait tressaillir les vieux conduits, les hoquets étranglés qui crachent de l'eau, les coups répétés dans les tuyaux, elle imagine la vie du Castor fou qui fourgonne chaque nuit dans les radiateurs pour remplir sa mission nocturne : curer, gratter, frapper, déboucher, faire circuler, chauffer. Au petit matin, quand tout est reparti, le Castor fou s'assoupit. Jusqu'à la nuit suivante.

Elle se sert un dernier verre de château-franc-pipeau. Le lève à la santé de sa première collection. La tête lui tourne, elle a sûrement trop bu. Elle divague.

Longue vie à Hortense Cortès ! elle proclame en tendant son verre à la lumière de sa lampe de bureau. Elle aperçoit face à elle sur la vitre de la fenêtre en ogive d'église le reflet d'une fille seule qui trinque. La fille a l'air las, mais triomphant. Elle devrait prendre une photo de ce moment-là où elle est devenue Hortense Cortès une deuxième fois, où elle a mis la main sur son désir le plus fou et l'a incarné en dessins impeccables de modèles uniques.

Comme c'est étrange ! elle se dit encore où est Gary ?

J'aurais peut-être dû appeler Hortense, songe Gary en rentrant à pied du Harry's Burritos après avoir sifflé un taxi, installé Calypso à l'arrière, tendu un billet de vingt dollars au chauffeur en ordonnant conduisez Mademoiselle à bon port ! Je compte sur vous. Sa mère lui avait appris cela, tout petit, « quand tu seras grand, que tu rencontreras plus démuni que toi, plus faible, plus fragile, pense toujours que tu es un privilégié, que tu as beaucoup reçu, et donne. Ne te laisse jamais aller à être égoïste, supérieur, arrogant, pense à l'autre, mets-toi à sa place et demande-toi ce que tu peux faire pour lui ». Pourquoi le souvenir de sa mère revient-il en pleine nuit ? Et depuis combien de temps ne l'a-t-elle pas appelé ? Cela ne lui ressemble pas. Elle ne laisse jamais passer un jour sans lui envoyer un mot, une photo, le récit d'une anecdote, d'une indignation. Demain, il l'appellera. Il dira *hello, mum*. Elle aime quand il l'appelle *mum*.

Calypso avait fait de grands signes derrière la vitre qui

devaient signifier non, non, hors de question que tu paies cet homme pour me conduire ! Il avait levé le bras en signe de trop tard, c'est fait ! et le taxi avait démarré. La silhouette de Calypso flanquée de son Guarneri dressé tel un chaperon à ses côtés s'était effacée, Gary avait poussé un soupir. Calypso, Guarneri, Beethoven, que d'émotions ! Il ne pensait plus droit. Il se sentait légèrement ivre.

Il marcherait jusqu'à chez lui.

Il avait besoin d'être seul avant d'affronter Hortense.

Seul, bien à l'abri dans sa tête, descendre au fond de sa caverne et se demander pourquoi il est si heureux depuis qu'il répète cette sonate de Beethoven. Avec cette question intrigante, d'où vient cet étrange bonheur qui émane des notes que nous formons ? Un bonheur aérien, léger, qui enfle et le laisse chaque jour plus démuni devant la réponse à fournir. Un enlacement sans corps qui s'étreignent, un frémissement de tous les sens sans que leurs lèvres, leurs mains, leurs jambes ne se touchent, une joie de vivre, de jouer, de respirer, une lente et douce ascension. Chaque jour il découvre de nouveaux degrés de félicité, chaque jour il est ébloui, chaque jour aussi il devient plus vulnérable car il ne peut s'expliquer l'origine de cet embrasement.

Pieusement ils jouent, pieusement ils développent chaque accord, pieusement ils s'accordent, prennent appui l'un sur l'autre, s'élancent, virevoltent, et pieusement ils découvrent une nouvelle joie dans l'enlacement des instruments, une nouvelle profondeur, une nouvelle résonance. Il grandit, se dépasse, fait de la place à un autre Gary, enfoui, souterrain, qu'il fait naître sous ses doigts. Le Voisin du dessous. Un Gary apaisé et, en même temps, plus robuste, plus sûr de lui, un inconnu qui ne demande qu'à sortir de son corps... Peut-il seulement empêcher cet autre de prendre toute la place ? Le peut-il ?

Car soudain la vie est devenue cette chose si précieuse : jouer la sonate de Beethoven avec Calypso Muñez, apprendre une nouvelle manière de poser la note, de ne faire qu'un avec Beethoven. Tu entends ? Tu entends le conflit entre le *la* et le *la* dièse ? dit l'un. On dirait du Mozart, répond l'autre.

Après le dernier accord, elle reste immobile sur sa chaise, assise à l'extrême bord comme si elle allait tomber, les yeux fermés, à l'écoute des sons disparus, dans une sorte de transition entre le céleste et le terrestre, puis elle se tourne vers lui et lui sourit d'un air grave, recueilli, un sourire de miraculée un peu stupide.

Et il lui sourit en retour, aussi niais qu'elle semble niaise. Deux idiots en quelque sorte.

Comment expliquer cette aventure ? il se demande en regardant l'heure à sa montre, en se disant qu'avec un peu de chance, Hortense dormira, qu'il n'aura pas à expliquer ce qu'il ne comprend pas. Et son esprit repart vers leur dernière séance... quand elle reculait pour caler son violon, qu'elle posait l'archet, l'essayait, arrachait quelques notes puis renversait la tête et attendait qu'il donne le signal. Avant de prendre son violon, elle paraissait toujours intimidée, gauche, puis la métamorphose se produisait, elle s'emparait de l'instant, prenait appui, se nimbait d'une grâce infinie et il se laissait emporter par son visage aux paupières de sainte en extase.

Et c'était comme si... comme s'ils communiaient l'un avec l'autre, comme s'ils se dégustaient sans se toucher.

Et c'est si bon, cette faim de l'autre, cette faim de l'infinité de l'autre! Ce chant de leurs deux instruments. Cette ascension périlleuse qui le mène il ne sait où, hypnotisé par les grands yeux noirs de la nymphe «toute divine qui brûlait Ulysse» et le brûle aussi. Ces yeux noirs aux reflets d'argent, de mercure et de plomb dans lesquels il tombe et manque se noyer. Un dimanche sans répétition lui paraît long, inutile. Il la cherche, il l'attend, ses doigts pianotent, son cou se tend vers un son et un autre.

Se peut-il qu'il soit en train de devenir dépendant?

De quoi? De qui?

Pas de cette fille tout de même!

Calypso a un corps de haridelle. Ah bon? Vraiment?

Calypso a des cheveux en queue de rat. Quelle importance?

Calypso a des dents qui se chevauchent, un menton qui recule. C'est vous qui dites ça...

Calypso est moche, moche, moche. Arrêtez ou je vous casse la gueule!

Il entend les sons, les ondes, les vibrations qui émanent de son corps et pénètrent le sien. Et tout est juste, précis, harmonieux. Tout lui saute à la gorge. Elle a le don d'empoigner la vie et de vous en éclabousser. Alors il se fiche de ce que les autres pensent, il proclame je suis Gary Ward, je veux ça, je vais faire ça et si ça ne vous plaît pas, tant pis ! Libre et fou amoureux de tout ce qu'il découvre en lui et qu'elle lui a révélé d'un simple coup d'archet.

Calypso est une magicienne. Il faudrait qu'il se bouche les oreilles pour s'enfuir loin d'elle.

Il ne pourra jamais expliquer cela à Hortense.

Il met la clé dans la serrure et décide de se taire.

Hortense dort sur son bureau, la joue posée sur un bras, les cheveux emmêlés de crayons, les doigts de toutes les couleurs. Elle plante ses crayons dans ses cheveux quand elle travaille pour mieux les saisir au vol. Elle ne se trompe jamais de couleur. C'est un mystère. Il enlève les crayons un à un, aperçoit une bouteille de château-franc-pipeau vide. Hortense ne boit que les soirs de fête. Elle se méfie de l'alcool. Elle dit que ça évapore les idées.

Hortense peut être si péremptoire. Bim, bam, boum, la vie est une mesure à trois temps frappés avec une grosse caisse.

La lampe éclaire sa joue offerte à la lumière et la chauffe doucement, dessinant une nuance de rose plus soutenu et des rougeurs sur le front. Elle a la bouche entrouverte et ses lèvres remuent comme si elles suivaient un rêve. Un mauvais rêve qui lui tord la bouche par moments. Elle gémit, pousse un petit cri, son corps tressaille puis se détend.

Il a envie de la prendre contre lui, de la bercer. Il éteint la lampe, range les dessins, écarte le verre et la bouteille, soulève Hortense dans ses bras, la porte jusqu'à leur lit, s'allonge près d'elle.

Elle bouge doucement, les bracelets à son poignet cliquettent, il connaît bien ce bruit des bracelets d'Hortense, elle relève la tête, appuie ses lèvres sur les siennes, murmure Gary... Sa bouche est douce, elle s'offre dans son baiser, elle dit qu'elle ne voulait pas s'endormir, elle voulait lui parler, lui dire...

– Je suis là, je suis rentré.

– J'avais fait des raviolis, oh, Gary, il s'est passé un truc incroyable ce soir ! Oh ! ma tête ! J'ai travaillé toute la nuit...

Elle laisse tomber sa tête sur le côté, il croit qu'elle est écrasée du chagrin de l'avoir attendu, qu'elle a bu la bouteille de château-franc-pipeau pour distraire son attente et il répète je suis là, je suis là.

– Hortense, il murmure. Il est si tard, je croyais que... Je croyais que tu serais furieuse, que tu éclaterais en imprécations. À force de nous disputer, je ne sais plus rien de nous.

Elle émet un grognement, noue ses bras autour du cou de Gary et marmonne :

– Tu sais, j'ai dessiné ma première collection, ça va être un immense succès, dis-moi que ça va être un immense succès...

– Oui, ce sera un immense succès, j'en suis sûr.

– Si tu savais, si tu savais comment... Je te raconterai demain, j'ai trop bu. Je voulais juste un peu dessiner et j'ai pas pu m'arrêter, tu comprends ? Les raviolis, j'ai arrêté le feu sous les raviolis ?

Il ne sait pas si elle délire ou si elle est réveillée, elle parle en avalant les mots. Il lève la tête, guette une odeur de brûlé, ne sent rien, la rassure.

– J'ai trouvé, Gary, je suis si heureuse, si fatiguée aussi, je crois que je vais dormir deux jours et deux nuits, on ne se fâchera plus, on ne se fâchera plus jamais...

Elle remue, répète j'ai trouvé, tu sais, c'est venu d'un coup dans la salle de bains d'Elena, ça m'est tombé dessus et... va falloir que je travaille, c'est sûr, ce n'est pas fini, loin de là. Ce n'est que le début.

Elle chuchote, agrippée à son cou, ne bouge pas, ne bouge pas, ça tape dans ma tête...

Il lui caresse la joue, murmure :

– Tu me montreras demain ?

– Oh oui ! elle soupire.

Il l'embrasse, souffle sur ses cheveux, cherche un crayon qu'il aurait oublié d'enlever.

– Je vais être grande, grande...
– Mais tu es déjà grande, grande.
– Oh, Gary, tu le penses vraiment ?
– J'ai toujours su que tu y arriverais.
– Toi et moi, on va devenir les plus grands et les plus riches du monde.
– Les plus riches ?
– Oui, et on fera exactement ce qu'on voudra. On se privera de rien. On aura la plus belle maison, les plus beaux habits, des bijoux, un piano magnifique, un chauffeur, des domestiques. On fera des caprices. On sera intraitables. On sera les rois du monde et on restera toujours ensemble. Promis ?
– Promis.
– Et je vengerai papa. Il voulait réussir, lui aussi. Il n'a pas su s'y prendre, il faisait confiance aux gens, il faisait même confiance aux crocodiles, il était trop tendre, mais moi, je ne suis pas comme lui.
– Une vraie dure à cuire ! il s'exclame en souriant.
– Ne ris pas, je suis sérieuse. Papa, il s'est fait dévorer par un crocodile[1] parce qu'il était trop gentil, il croyait qu'il pouvait parler avec lui. Je ne me laisserai jamais, jamais manger par un crocodile.
– Tu les mangeras tous !
– Je ne serai jamais pauvre, jamais gentille. C'est ter-

---

1. Voir *Les Yeux jaunes des crocodiles*, chez le même éditeur, 2006.

rible d'être pauvre… et c'est terrible d'être gentil, les gens se croient tout permis, ils te marchent dessus, ils profitent de toi, ils te torturent. Papa, il voulait être riche, il disait toujours qu'il allait gagner beaucoup d'argent, qu'il me traiterait comme une reine et puis il est mort. Parfois j'y repense, je vois le crocodile, je vois papa et…

— N'y pense pas.

— Je veux pas y penser, mais c'est plus fort que moi !

— C'est normal, Hortense, c'est normal.

— Je le vengerai, je deviendrai très riche…

— Oui, Hortense, très riche.

— Tu sais, je te l'ai jamais dit, mais je fais souvent ce cauchemar avec papa. Je le vois s'enfoncer dans l'eau glauque, l'eau est épaisse, jaune, gluante, et lui, il avance, on dirait qu'il a les mains en l'air pour prouver qu'il vient en ami, il veut parler au crocodile, il croit qu'il va l'apprivoiser ! Et moi, je suis là, pas loin, j'aperçois le crocodile qui ne bouge pas, qui attend, qui le regarde avec ses yeux mi-clos, je vois juste la lueur de ses yeux jaunes dans la nuit, puis il bouge un peu, il est lourd, pataud, il se rapproche et… je crie pour prévenir papa, je crie très fort, et puis tout va très vite, le crocodile… ses mâchoires, et tout ce sang ! Du sang partout ! Et moi, je cours dans la nuit, je cours à toute allure, je crie mais personne ne m'entend. Je suis seule et je ne peux rien faire. C'est horrible !

— Je sais, Hortense, je sais.

— J'appelle de toutes mes forces pour qu'on le tire de là, mais personne ne vient, personne. Il est tout seul. Il crie, il se débat, et puis c'est trop tard. Oh, Gary, c'est terrible ! J'ai beau hurler, je sais que si quelqu'un venait, il serait peut-être sauvé, et moi, je suis trop petite pour le tirer de là...

— Tu n'y pouvais rien. C'est une mort horrible...

— J'ai les jambes coupées, je transpire, je grelotte. C'est pour ça que je veux devenir riche, très riche...

— Pour ne plus avoir peur ?

— Oui. Parce que quand tu as de l'argent, beaucoup d'argent, tu vas chez Chanel, tu vas chez Hermès, tu vas au Ritz, et tu sais immédiatement que tu seras protégé, que rien de mauvais ne pourra t'arriver. Les gens sont bienveillants, ils sont bien habillés, ils sont propres, ils parlent une belle langue chatoyante, ils te sourient, ils te rassurent, tu peux même penser qu'ils t'aiment...

Elle pousse un gros soupir :

— J'aurais tellement voulu qu'il soit là pour ma première collection. Je l'aurais installé au premier rang, il aurait été bien habillé, souriant, il était si élégant, c'est lui qui m'a donné le goût des belles choses, lui qui m'a appris à m'habiller, à me tenir droite. Il aurait dit à tout le monde c'est ma fille ! Hortense Cortès, c'est ma fille ! Il aurait été si fier ! Il était déjà fier de moi et je n'avais encore rien fait...

— Il savait que tu réussirais.

— C'est vrai ?

— Il te faisait confiance. Je me souviens de la manière dont il te regardait. C'était émouvant.

— Oh, Gary, tu es merveilleux.

Elle sourit, heureuse.

— Demain, Hortense Cortès, vous me montrerez ce que vous avez dessiné ? il demande en la serrant contre lui.

— Oui ! Je le montrerai à Elena aussi. Elle a l'œil, tu sais.

Elle marmonne encore quelques mots qu'il ne comprend pas, il demande :

— Qu'est-ce que tu dis, Hortense ?

— Tu m'emmèneras en hélicoptère au-dessus de Manhattan, dis ?

Il la regarde, surpris.

— J'ai toujours eu envie de survoler Manhattan. On ne l'a jamais fait.

— Oui, on le fera…

— Et on ira encore plus loin que le ciel.

— Plus loin que le ciel, il promet.

Elle pousse un soupir et s'endort d'un seul coup comme si elle avait prononcé ses derniers mots.

Gary la serre contre lui, ramène le dessus-de-lit sur ses épaules. La nuit est immobile, le temps s'écoule lentement, il écoute les battements de son cœur. Il aime protéger Hortense, la rassurer, monter la garde dans son sommeil, empêcher les crocodiles de revenir. Il regarde la nuit s'effacer peu à peu derrière la fenêtre de la chambre et la lumière du jour venir éclairer le parquet au pied du lit, dessinant un rectangle parfait de lumière blanche. Il promène ses doigts sur l'épaule d'Hortense, esquisse des notes, une sonate pour piano de Schubert. Il pense au ciel de Manhattan, il pense que Schubert n'avait pas besoin d'hélicoptère pour aller plus loin que le ciel, et les notes d'un piano imaginaire, mêlées à l'aube qui pointe et agrandit le rectangle parfait, l'emportent si haut, si haut qu'il sourit et ferme les yeux, heureux.

Le lendemain, quand Hortense se réveille, elle lance un bras dans le lit et constate que Gary est parti. Elle trouve sur l'oreiller un mot qui dit « On se voit ce soir ? Tu me raconteras ? Je t'embrasse, grande, très grande Hortense ».

Elle sourit et se souvient : cette nuit, elle a créé sa première collection.

Elle remonte le drap sous le menton, pose son nez dessus, dessous, dessus, dessous, pense au capitaine Haddock et à sa barbe, rit, se tortille, essaie de se rappeler ce qu'il s'est passé la veille, se lève d'un bond comme si elle courait un grand danger, se précipite vers sa table... Les dessins sont posés bien à plat. Elle pousse un soupir, elle n'a pas rêvé, la collection est là, prête à s'animer.

Et pourtant...

Elle a le trac. C'est idiot! Je dois rester calme, je vais aller voir Elena. Elena me dira.

Elena ne reçoit personne le matin. Elle paresse dans son lit à baldaquin, prend son thé, deux biscottes beurrées que lui apporte Grace, sa domestique, et ne pose un pied à terre qu'à onze heures, après avoir lu les journaux et découpé les articles qu'elle veut garder.

Il n'est que neuf heures!

Hortense file sous la douche, enfile un jean, un tee-shirt, un gros pull, se brosse les cheveux tête en bas, attrape le tube de crème Nivea de Gary, regarde l'heure.

Neuf heures vingt.

Elle fait chauffer de l'eau pour un long café noir, s'appuie sur le comptoir qui sépare la cuisine du salon. Frissonne : et si Elena n'aimait pas? Feuillette un numéro de *Vogue*, une fille en pyjama Louis Vuitton boit son café en allongeant de longues jambes chaussées d'escarpins Louboutin. Détaille l'ampleur des jambes du pyjama, le col, le revers des manches...

Neuf heures trente.

Elle tapote sur l'ordinateur, tombe sur une interview de Stella McCartney réalisée dans un grand hôtel à New York. «Comment faites-vous pour être si belle?» demande la journaliste qui n'en revient pas d'être assise à côté de son idole et la contemple, bouche bée. Ferme la bouche! ordonne Hortense. «Je ne mange pas de viande, je ne fume pas, je ne bois pas», répond Stella

McCartney, droite, souriante, les bras en corbeille, prêts à recevoir des brassées d'hommages. « Et je fais du cheval pour me détendre ! » « *Oh my God !* » susurre la journaliste, au bord de l'évanouissement. Quand elle est stressée, Stella McCartney saute sur sa jument et galope dans la forêt ! Quelle merveilleuse idée !

Stella McCartney se maquille bio, mange bio, dessine bio, Stella McCartney veut que les femmes se sentent à l'aise dans ses vêtements qu'elle s'efforce de vendre à prix modestes. Modestes ! éructe Hortense. Stella McCartney laisse tout tomber si un de ses bambins éternue car la famille, c'est le secret du bonheur.

– *Bullshit*[1] ! rugit Hortense.

Elle déteste Stella McCartney, les juments et les bébés.

Et il n'est même pas dix heures.

Et si Elena n'aimait pas ?

Ses jambes tremblent, elle doit s'asseoir. Elle se juche sur un haut tabouret de bar. Cette faiblesse soudaine la met en colère. Elle doute. Et cet état qu'elle ne connaît pas la remplit d'une impatience douloureuse.

Son regard fait le tour de la pièce, épingle le canapé, les rideaux, les murs... Ils auraient besoin d'un coup de peinture, le stuc jaune a viré au beurre pas frais. Et les arbres dans la rue, pas une feuille ! On est en avril, qu'est-

---

1. « Conneries ! »

ce qu'ils attendent? Faut leur crier dessus pour qu'ils poussent?

Dix heures dix.

Elena saura, Elena me dira, Elena saura, Elena me dira.

La vaisselle s'empile dans l'évier. Gary a laissé traîner un vieux pull jaune, une écharpe violette, l'assiette de son petit déjeuner, son bol de café, un pack de lait, une partition ouverte. Il y a des miettes et des traces de confiture de fraises sur le comptoir. Des larmes de rage montent aux yeux d'Hortense, c'est moi qui dois ranger? Je suis sa bonne? Son cœur s'emballe, elle a la gorge coupée, elle ne peut plus parler. Elle se lève d'un bond, elle veut sortir, partir loin d'ici.

Elle a peur!

Je n'ai pas peur, je suis fatiguée. Je vois des gribouillis noirs partout. On est comme ça quand on a cherché quelque chose de toutes ses forces et que, soudain, on lui met la main dessus. On voudrait savourer, se féliciter, mais on n'est pas sûr encore, alors on perd l'équilibre, on craque, on se sent vide et plein à la fois. On déteste Stella McCartney, les pyjamas Vuitton, les murs jaunes, les traces de confiture et Gary Ward.

Et d'abord, il était où hier soir? Il n'a rien dit.

Ou je n'ai pas entendu.

Elle donne un coup de pied dans le comptoir. Cherche son poudrier bleu. Se poudre le nez. Se poudre le menton. Ouvre sa messagerie et trouve un mail de Zoé intitulé « Help ! ».

Elle n'est pas sûre de vouloir le lire.

Dix heures vingt-cinq.

Elle le lit quand même.

« Hortense, Hortense !

Ça va être un long mail, mais il faut que tu prennes le temps de le lire, que tu considères chaque mot et n'en sautes aucun. »

Tu tombes mal, marmonne Hortense.

Mais c'est Zoé. Elle va faire un effort.

« Hortense, il se passe quelque chose de terrible. Gaétan a perdu son boulot chez le cordonnier de la rue de Passy. »

Hortense lève les yeux au ciel. Tu parles d'un malheur ! Gaétan était coursier chez un cordonnier. Payé aux pourboires. Quelle chance au contraire ! Il va pouvoir se consacrer à son bac, viser une mention Très bien, intégrer une grande école. Et après, cool Raoul, il se tournera les pouces en attendant qu'on vienne le chercher pour l'installer P-DG.

« Et moi, je suis larguée. Je voudrais avoir de plus grands bras, des bras d'homme le temps de lui redonner de la force. »

Arrête, Zoé, arrête d'endosser tous les malheurs du monde ! Tu n'as que deux omoplates !

« À la rue, à la rue ! il m'a dit hier soir. Je n'ai plus de travail. J'étais si heureux d'avoir ce boulot. »

Et nous voilà parties pour une séance de misère ! Je ne suis pas d'humeur, Zoé, pas d'humeur !

« Et tu sais ce qu'il a ajouté ? Je faisais tout bien, j'y prenais goût. Je voulais créer un service de croissants et de baguettes le matin, des livraisons de vin, champagne, sodas le samedi, j'avais plein d'idées. J'aurais engagé un copain, monté ma petite société... et puis tout s'arrête.
Dans quel monde de fous on vit ?

Où des gars de dix-huit ans s'imaginent, parce qu'ils ont trouvé un petit boulot, qu'ils vont pouvoir continuer comme ça toute leur vie, avoir encore plus de boulot et gagner encore plus de sous, faire des projets et emmener leur copine au ciné, donner un peu d'argent à leur mère et rapporter des sushis le soir pour les manger en regardant *Le Grand Journal*. Et que tout aille bien et que l'avenir s'appelle vraiment avenir et pas grand trou noir sans lumière.

Son rêve chez le cordonnier aura duré cinq mois. Et tout à coup, c'est comme s'il ne pouvait plus rêver. »

Gnagnagna, marmonne Hortense. Quelle pitié ! Mais tire-toi, Zoé, tombe amoureuse d'un flambant neuf pour changer ! Tu ne vois pas que « rêve » et « cordonnier », ça ne va pas ensemble !

« Il est venu me chercher à la sortie du lycée, je l'ai vu de loin, il tournait comme une bête, la nuque basse, sa doudoune verte tournait avec lui, je ne distinguais pas son visage mais je savais qu'il pleurait. Il s'est retourné et j'ai ravalé le torrent salé qui arrivait dans ma bouche, dans mes yeux et j'ai arrondi mes bras, il a traversé le passage piéton au feu vert, une voiture a pilé et klaxonné, il est tombé contre moi et il disait j'suis pas une tapette, j'dois pas pleurer, et il avait les yeux très rouges, comme irrités par une sorte d'acide, pas une seule larme, pas une goutte d'humidité.

Il a continué le cordonnier, il m'a dit qu'il arrêtait avec moi, que ça allait finir par se savoir que je travaillais pour lui, qu'il aurait l'inspection du travail sur le dos, que ça lui coûterait trop cher en charges sociales. J'ai dit qu'il pouvait me déclarer quelques heures, histoire de... il a répondu non, n'insiste pas, tu connais pas l'administration. Je veux pas d'embrouilles.

Que va-t-il arriver de lui ? Que va-t-il arriver de nous ? Bien sûr, il y a le bac à la fin de l'année, mais le bac, tout le monde le passe. C'est pas une aventure. Ça ne le distingue pas des autres. Alors que ce projet avec le cordonnier, c'était unique.

On a longé le parc, il arrachait les feuilles des arbres, il arrachait des petits lambeaux de peau sur ses lèvres et il me serrait le bras, la main, il m'attrapait, il me plaquait contre sa doudoune verte comme pour se faire croire qu'il était bien accroché au sol, qu'il n'allait pas s'enfoncer dans le goudron, et on s'enfonçait à deux dans le goudron.

Et moi, je ne trouvais rien à dire parce qu'il n'y avait rien à dire. Parce que tout devenait très lourd, très pesant.

Alors on est allés se réfugier dans le seul endroit où on n'a pas besoin de parler, au cinéma, voir un film pas triste, pas drôle, pas intelligent : le dernier *James Bond*.

Je me suis endormie et Gaétan me serrait la main comme pour la broyer, il ne regardait pas le film. »

Elle écrit bien, se dit Hortense. C'est à force de lire tous ces livres... Et de fréquenter la Marquise ! Ça existait les droits d'auteur au temps de la Marquise ?

« Après on est rentrés à la maison. La pluie battait le trottoir brillant, les gouttes tombaient en spirale et explosaient sur le noir comme les fleurs d'un feu d'artifice sans couleurs. De longs vers fuyaient vers les allées du parc, je les éclatais du talon et leur sang se mélangeait à l'eau qui n'en finissait pas de couler. »

Oh là là ! c'est beau, ce passage ! Go, Zoé, go !

« On est passés devant le Monop en détournant la tête parce qu'on savait déjà qu'on n'avait plus de thune et que si on regardait les affiches bariolées qui disaient C'EST LES 9 JOURS, ça ferait comme Disney dans nos têtes : une mini-pizza achetée, une mini-pizza offerte, un pack de Taillefine aux fruits acheté, le second à moins soixante-dix pour cent. Et que Disney, c'était fini.
Parce qu'il ne veut pas que maman l'entretienne. »

Ça, c'est bien. Un bon point pour le garçon. À qui ressemble-t-il déjà? J'ai oublié. Ah si! À Ashton Kutcher. Pas mal...

« J'étais contente de rentrer à la maison, maman n'était pas là heureusement. On a mangé ce qu'il restait dans le frigo. Gaétan a repoussé son assiette, il n'avait pas faim et j'ai eu mal aux côtes de le voir si malheureux.

On est allés se coucher. Je me suis lavé les dents, j'ai pris ma pilule, brossé mes cheveux, mis un peu de parfum derrière les oreilles comme tu me l'as appris et je me disais quand je vais revenir dans la chambre, son chagrin aura passé. Il dira c'est pas grave, je vais trouver autre chose...

Quand je suis revenue, il était assis sur le lit en caleçon, il fixait les lattes du parquet. Il a encore dit et maman? Je pourrai plus lui filer d'argent. Comment elle va faire pour vivre?

J'ai enroulé mes bras autour de sa tête, je lui ai dit que quoi qu'il arrive, je l'aimerais parce que je le pense vraiment et que je préfère le voir triste que vivre sans lui. Je me suis allongée, il a posé la tête sur mon nombril, son torse entre mes jambes et il a imaginé un voyage. Tu sais, il a toujours envie de partir et de voyager. Parfois, j'ai même peur qu'il parte sans moi.

Il disait on commencera par traverser l'Océan, on passera l'équateur pour aller en Amérique du Sud, on ira bien vite à New York et alors, à nous les grandes routes, le soleil sans nuages, les bandes blanches infinies, le sable, et les dorures des monts. Ensuite, direction l'Indonésie et un *road trip* au Japon en scooter, on mangera du poisson cru, on deviendra super-minces. La Chine, on ira rapidos, ils sont trop nombreux et trop malpolis, et on reviendra par les montagnes, n'importe lesquelles, avec des lamas, des arêtes bleues et des glaciers. Il a relevé la tête et j'ai vu dans ses yeux tous les restes de l'enfance et j'ai eu envie de le consoler, je ne voulais plus qu'il soit triste.

C'est sûrement ça, le vrai amour, c'est vouloir que quelqu'un d'autre que soi aille tout le temps bien. »

Est-ce que j'ai envie que Gary aille tout le temps bien ? se demande Hortense. Son regard fait le tour de la pièce. Elle aperçoit le vieux pull jaune, l'écharpe violette, la partition ouverte, le bol de café qui colle sur le comptoir… j'ai surtout envie qu'il range tout le temps !

« Parce que Gaétan… c'est non seulement le mec qui me fait rire au réveil, qui me chauffe le lit pour que je n'aie pas froid quand je me couche, qui a des idées plein la tête, mais c'est aussi le meilleur coup que le monde pouvait m'offrir. Il me flatte avec son corps, il me fait profiter de chaque cellule qui le compose, tellement qu'en cours je pique des fards et que je dois respirer un grand coup pour ne plus être rouge bouillant. C'est le plus beau cadeau que je me suis fait, ma plus belle invention, ma plus belle trouvaille, et si mon amour n'était plus là, alors je ne supporterais plus qu'un SDF se fasse insulter, qu'une femme tombe de fatigue dans le métro, je ne supporterais plus de VOIR.

Alors, j'ai peur.

Parce que soudain je vois tout. Alors qu'avant je pouvais rester aveugle. Et ça fait mal de tout voir.

De tout entendre.

L'autre jour, je cherchais un chouchou qui avait roulé sous le lit, j'étais à quatre pattes, l'oreille collée sur le parquet, et j'ai entendu les voisins du dessous qui criaient tu veux pas la faire, ta putain de sieste, petit merdeux? On te donne plein de cadeaux et tu nous fais chier! T'as trois ans et t'es pas foutu de nous obéir!

Je me suis relevée, j'avais envie de pleurer. Je ne suis pas armée pour ça, Hortense, je ne suis pas comme toi, je prends tout en pleine poitrine.

Et puis, il n'y a pas que ça.

Il y a autre chose qui m'inquiète.

C'est maman. »

Hortense a un imperceptible mouvement d'humeur. Sa jambe se tend et vient heurter le bas du comptoir. Que se passe-t-il avec sa mère ? Elle n'a jamais compris les raisons de son départ de Londres. Abandonner Philippe ! Retourner à Paris. Reprendre sa petite vie d'universitaire. Elle n'était pas obligée. Zoé pouvait s'installer chez Josiane et Marcel. Junior aurait été enchanté. Elle soupire, énervée, et continue sa lecture.

« Elle a repris ses conférences, elle va un peu partout, elle prépare un nouveau livre, elle l'écrit avec des collègues, elle semble passionnée. Quand elle en parle, elle rayonne. Tu me diras ben alors, c'est parfait, et tu auras raison, mais...

J'ai l'impression qu'elle est en danger. Un homme la suit partout. Oui, tu as bien lu : un homme.

Elle fait semblant d'en rire, mais je vois bien qu'elle est inquiète. D'ailleurs maintenant, quand elle part pour Lyon, elle prend la voiture et emmène Du Guesclin. Elle dit que c'est son garde du corps. Du Guesclin, c'est sûr, il impressionne. Il vient de la rue, c'est un sauvage.

L'homme observe toujours la même routine. Il entre dans l'amphi quand elle a déjà commencé son cours. Reste au fond sans bouger, les yeux fixés sur elle, son chapeau enfoncé sur le crâne. Il la dévisage comme si elle devait le reconnaître. Il paraît qu'il est grand, baraqué, avec de longues jambes et un visage lisse. Il porte toujours un manteau genre grosse parka de campagne. Il ne dit pas un mot, il la regarde et son regard fait comme une ventouse. Et il part avant la fin en refermant soigneusement la porte pour qu'elle ne claque pas. Il s'éclipse comme un voleur.

Elle ne peut pas lui courir après, elle doit rester dans l'amphi pour répondre aux questions, ramasser ses affaires.

Tu en penses quoi ? »

C'est drôle, se dit Hortense. Pas une seconde Zoé n'a imaginé que ce pouvait être un admirateur. Il ne l'agresse pas, il ne l'attend pas sur le parking pour lui piquer son sac ou la violer. Je parie qu'une prochaine fois, il lui tendra un bouquet de fleurs en rougissant.

« Moi, ça me plaît pas. C'est sûrement quelqu'un qui lui en veut. Qui n'a pas aimé un truc qu'elle a écrit. Les gens sont susceptibles aujourd'hui, tu ne peux plus rien dire. Il pourrait avoir l'idée de lui faire du mal. De demander une rançon. Il repère les lieux, note ses habitudes.

J'aimerais tellement que tu sois là. On pourrait parler. Je ne serais plus toute seule. Tu me manques, Hortense !

Réponds-moi vite ou j'envoie un pigeon voyageur te becqueter le crâne. »

Hortense grimace. Elle se demande si elle n'a pas quitté Paris pour être loin de sa mère et de sa sœur. Elles semblent si douées pour le malheur.

Elle a horreur du malheur. Elle se bouche les oreilles quand les gens se plaignent, parlent de leurs douleurs, de leurs chagrins. Elle se bouche le nez. Ça pue, le malheur !

Elena ne parle jamais de ses peines, des proches qu'elle a perdus. De la mort qui approche à grands pas en agitant sa longue faux. Elle doit claquer des dents parfois, la nuit, dans son grand lit.

L'autre jour, Hortense lui avait demandé comment elle faisait pour avoir l'air toujours heureuse.

– Vous êtes vieille, vous allez mourir bientôt et vous continuez à vous régaler de tout !

Elena lui avait répondu avec un petit sourire rusé :

– Je cache mon malheur sous des couches de bonheur. C'est mon secret, Hortense.

Elle avait décollé de sa boîte à loukoums un serpentin gras, rose, l'avait élevé jusqu'à sa bouche en louchant un peu, l'avait englouti avec la voracité du python affamé et avait ajouté en se léchant le bout des doigts :

– On avait une voisine quand j'étais enfant qui prédisait toujours le pire. Tu disais il a gelé cette nuit, elle répondait vous allez vous casser une jambe, tu te grattais un bouton, elle criait arrêtez, vous allez le transformer en cancer! Sa vie était remplie de malheurs qui n'arrivaient jamais. Mais elle vivait dans la peur qu'ils se produisent. C'est ça le pire, Hortense, vivre une vie immobile où il ne se passe rien tellement tu as peur.

Hortense avait acquiescé.

– Eh bien… cette fille, qui était jolie, blonde, fine, courtisée par tous les gars du quartier, est devenue au fil des ans une grosse mémère lourde, grasse, acariâtre. Elle est restée vieille fille et est morte à cinquante-deux ans! À force de fabriquer du malheur, le malheur a fini par l'emporter.

Elle avait replongé la main dans sa boîte à loukoums, en avait retiré un vert luisant, l'avait avalé et avait marmonné :

– Aujourd'hui, on cultive le malheur, on s'en délecte. C'est d'un conventionnel! C'est bien plus original de chercher à être heureux, plus difficile, certes, mais plus entraînant.

Elena a souvent raison.

Hortense lève la tête, lit onze heures et demie sur la grande horloge de la cuisine.

Le malheur attendra : elle a rendez-vous avec son destin.

Elle saute de son tabouret pour ramasser et classer ses croquis quand une pensée la retient dans son élan : et si, pour sa mère, le véritable danger résidait en Angleterre plutôt qu'en France ?

Comment expliquer qu'elle passe la plus grande partie de son temps en France alors que l'homme qu'elle aime demeure à Londres ? Elle devrait n'avoir qu'une hâte : le retrouver au lieu de sillonner les routes de France en compagnie d'un chien cabossé qui arbore, quand il est ému, de longs filets de salive gluante de chaque côté des babines.

C'est donc qu'un événement terrible est arrivé en Angleterre.

Elle y repensera plus tard.

Onze heures quarante-cinq.

Elle s'observe dans le miroir de l'entrée, verse ses cheveux d'une joue à l'autre avant de se déclarer parfaite, frotte ses pommettes avec ses poings, se décoche un grand sourire, t'es la meilleure ! Stella McCartney n'a plus qu'à aller donner le sein à ses bambins. Place à Hortense Cortès !

L'interphone grésille, elle grogne en abandonnant à regret son reflet dans la glace :

— Quoi encore ?

C'est Mark. Il cherche Gary.

— Il n'est pas là.

— Je peux monter ?

— Non.

— Il pleut, Hortense. Suis mouillé comme un dindon rincé !

— J'ai dit non.

— J'ai un scoop pour toi...

— M'intéresse pas. Ça me concerne ?

— Non. Mais c'est de première qualité !

— Pas le temps.

— Hortense... au premier contrat que je signe, je t'offre la vitrine entière de Tiffany. Et ton poids en diamants.

— Pas le temps !

— Hortense, aie pitié ! Tends-moi la main ou une bouée. J'ai de l'eau jusqu'aux genoux ! J'sais pas nager !

Hortense sourit. On ne résiste pas longtemps à Mark. Il a le charme des génies qui ne se prennent pas au sérieux et regardent avec autant d'application une partition de Bach qu'un épisode de *South Park*. Il est né à Shenyang, dans le nord de la Chine, la ville où a grandi Lang Lang. Il est arrivé à New York à deux ans. A appris à jouer du piano avant de parler. A consenti à prononcer son premier mot après avoir joué sans la massacrer une mazurka de Chopin. Il s'est retourné, a regardé ses parents avec un grand sourire et a dit *Easy! Piece of cake*[1]! Son vrai nom est Zhang Yudong, mais il a décidé de s'appeler Mark. Il a un petit nez cachou, porte de grosses lunettes rondes, a les cheveux coupés en brosse et deux canines en or. Ses parents tiennent un restaurant juste en dessous de Canal Street. Leurs yeux brillent quand ils reçoivent les amis de leur fils. Au Grand Shenyang on choisit son poisson dans un aquarium et on le retrouve dans son assiette au milieu d'algues jaunes et vertes. Gary décrète qu'on ne mange pas ses amis même si on ne les a aperçus que trente secondes derrière une vitre. Hortense affirme que les poissons puent à force d'avaler les crottes les uns des autres et de péter dans l'eau du bocal. Mark se plisse de rire et gobe les poissons d'une bouche ronde et affamée. Il aime le piano, Chopin et Gary. Il voudrait lui ressembler et copie tous ses gestes. Prend la pose, s'observe en Gary et éclate de rire. Manqué! Quand il rit, son corps gondole et son ventre fait des vagues. On dirait de la tôle ondulée, dit Hortense. Méfie-toi de l'homme dont le ventre ne bouge pas quand il s'esclaffe, c'est un fourbe, professe-t-il. Il raconte des histoires désopilantes sur les Chinois. Gary en raffole. Et Mark enchaîne. Un groupe de producteurs recevait Vladimir Ashkenazy pour enregistrer des valses de Chopin. Les producteurs attendaient,

---

1. « Les doigts dans le nez ! »

Ashkenazy s'impatientait. Il demanda on pourrait commencer ? Les producteurs répondirent ne devrait-on pas attendre le compositeur ?

— Allez, Hortense, laisse-moi monter !

L'interphone grésille, les bruits de la rue couvrent la voix de Mark.

— Je croyais que Gary était là. Le cours d'harmonie a sauté et il m'a dit qu'il rentrait. Je ne le vois plus en ce moment.

— Vous n'étiez pas ensemble hier soir ?

— Ça fait au moins quinze jours que je l'ai pas vu seul !

— Quinze jours ! s'exclame Hortense. Mais il passe son temps dehors ! Je croyais que vous traîniez ensemble.

— Je peux monter ? Rien qu'une minute... Je te dirai tout.

Hortense siffle de rage. Regarde sa montre : midi !

— C'est vraiment pas le moment !

Elle appuie sur le bouton de l'interphone, ouvre à Mark.

— Tu m'attends ici. Tu ne bouges pas. Je reviens.

— Mademoiselle Hortense, vous désirez ? demande Henry d'un air pincé en entrebâillant la porte et en levant bien haut un menton majestueux.

— Je veux voir Elena.

— Madame est dans sa chambre et ne reçoit pas.

– Madame va me recevoir. Allez la prévenir que je suis là, dites-lui « Hortense a trouvé », et vous verrez !

Henry désapprouve mais s'écarte et ouvre la porte.

– Je vais lui demander…, grince-t-il dans un rictus hautain.

Hortense file à la cuisine retrouver Grace. Autant avoir une alliée sur place. Grace fera l'affaire.

– Ça va ? demande Hortense de la petite voix douce qu'elle prend pour enjôler les gens quand elle veut obtenir quelque chose. Comment se porte la petite famille ?

Grace a trois garçons. Peut-être quatre. Hortense ne retient jamais leur nombre exact, mais elle connaît le soin jaloux que leur apporte leur mère et s'enquiert toujours de leur sort.

Grace est une domestique hors pair. Elle a l'allure et l'élégance d'une reine de Saba. Grace ne vous parle pas, elle vous accorde une audience. Grace ne marche pas, elle ondule. Grace habite dans le Queens avec son second mari, qui est au chômage. Comme le premier. Grace est noire, grande, large d'épaules, elle porte des chemisiers très échancrés sur des jupes très serrées. Pour se baisser, elle est obligée de le faire en deux temps : elle balance hanches et genoux d'un côté puis descend en pivotant bras et buste de l'autre. Grace arrive à neuf heures le matin, ramasse les journaux sur le paillasson, prépare le petit déjeuner d'Elena, l'apporte dans la chambre, ouvre les rideaux, cale le plateau sur le lit, allume les lampes roses, ressort faire les courses, rentre chargée comme un petit âne des montagnes en soupirant qu'elle ferait mieux de se faire livrer, tranche l'ananas et la papaye, cuit le riz, fait rissoler le poulet ou le veau, épluche les légumes, dispose les loukoums, les cornes de gazelle et les chocolats sur une assiette, met en place une nouvelle bonbonne d'eau si la fontaine est vide, emplit le lave-vaisselle, le lave-linge, sort le fer à repasser et fait chauffer son premier café. Grace a mille bras, mille nez, mille oreilles, mille yeux. Elle entend le soupir d'Elena dans sa chambre et va remettre un oreiller en place, vient ramasser la paire de lunettes qui est tombée, le journal qui a glissé.

À quatorze heures, Grace repart et continue sa journée de travail chez Emily Coolidge, une célibataire de quarante-cinq ans qu'on aperçoit à la télévision dans une émission intitulée *Rich and Famous and Me*. Blonde décolorée, nez refait, seins remodelés, tailleur framboise ou vert pomme, elle glapit des noms de célébrités en gloussant de plaisir. Elle habite Park Avenue à la hauteur de la 89e Rue. Grace ne parle jamais d'elle, mais Elena la connaît et assure qu'elle est timbrée, complètement timbrée, elle a baisé tous les gondoliers de Venise et ne rêve que d'une chose : se marier. Pauvre fille, c'est pitoyable ! Il paraît que récemment elle aurait rencontré un Italien et qu'elle aimerait bien l'épouser.

Elena ne peut pas se passer de Grace. Elle l'appelle le samedi et le dimanche, demande où est rangé le beurre, comment marche le four, où se trouve le grille-pain, et pourquoi le week-end dure-t-il deux jours ? Grace est d'une patience infinie. À peine hausse-t-elle les épaules quand Elena s'emporte et l'accuse d'une faute qu'elle n'a pas commise. Il faut ajouter que Grace est fort bien payée, qu'Elena se charge de son assurance santé et paie les frais de scolarité des garçons.

— Très bien, Hortense, très bien.

— Et votre fils aîné ? Il a réussi son devoir de maths ?

Grace fait la moue. Hortense n'insiste pas.

— Elena se porte bien, ce matin ?

— Elle avait l'air tout à fait reposée quand je lui ai apporté son petit déjeuner.

Grace sait-elle qu'Elena et Grandsire s'emboîtent ?

Rien de moins sûr. Grâce va à la messe et serait choquée par la sexualité débridée d'Elena.

Ce matin, Grace tente de dissimuler un énorme bleu à l'arcade sourcilière sous une mèche de cheveux. Grace serait-elle une femme battue ?

Jamais je ne laisserais un homme porter la main sur moi, songe Hortense, en tentant d'apercevoir l'ecchymose sous la mèche.

Midi et quart. Elena bâille et s'étire dans son lit au milieu des journaux étalés. Elle a la mine fraîche, une lueur heureuse dans le regard, les commissures des lèvres retroussées comme s'il lui restait un peu de miel au coin de la bouche. Elle ressemble à une chatte repue. Hortense repense à la motte de glaise de la veille, aux mains fortes de Grandsire, elle déglutit, la salue et lui tend son paquet de croquis.

– Ça y est, j'ai trouvé. Henry vous a dit?

Elena hoche la tête et prend ses lunettes.

– C'est pour cela que je te reçois. Je ne reçois pas le matin d'ordinaire. Et encore moins quand je suis dans mon lit. C'est déjà assez pitoyable d'avoir mon âge, si en plus je dois m'exhiber pâle, alitée, sans mes peintures. Un jour, il faudra qu'on m'explique pourquoi on se décolore avec l'âge. On devient transparent. Où partent toutes ces couleurs? Sur des visages d'enfants? Je n'aime pas les enfants. Ce sont des voleurs de couleurs. Passe-moi mon rouge, veux-tu, que je me colorie un peu!

Hortense lui tend un tube. Elena se peint la bouche en se mirant dans une petite cuillère en argent.

– Je ne pouvais plus attendre. Je crois que j'ai trouvé, vous vous souvenez? Le truc que j'avais sur le bout de la langue, qui me rendait folle...

– Et tu es fière de toi? demande Elena.

– C'est vous qui me direz...

Elena observe les croquis un à un. Elle scrute le dessin, le recule, le rapproche. Elle semble reconnaître la matière damassée de son corset, hausse un sourcil, pointe le doigt sur un modèle.

– Ça vient d'où, ce croisillon serré ?

– De votre salle de bains. Hier soir.

– Tu es venue chez moi hier soir ?

Hortense rougit. La vision d'Elena allongée sur la table de massage, sa bouche en carré qui supplie Grandsire… elle craint qu'Elena ne devine son trouble.

– Oui. Pour vous donner les herbes de Meme. Et un petit flacon de khôl. Je suis allée dans la salle de bains. J'ai tout mis sur les étagères.

– Comment es-tu entrée ? Henry n'était pas là.

– J'ai les clés.

– Ah oui… Je dois avoir confiance en toi puisque tu as mes clés, n'est-ce pas ?

Le regard d'Elena est grave. Elle parle lentement en fixant Hortense. Elle a une miette de biscotte collée sur le menton.

– Dis-moi, j'ai raison de te faire confiance ?

Hortense se souvient de la menace d'Elena, « il ne faut jamais me mentir. Je suis terrible si j'apprends qu'on me ment ».

– Ben oui… J'ai posé les herbes et le petit flacon de khôl dans le placard. Et puis j'ai vu le corset qui séchait sur la barre à côté du lavabo et j'ai été attirée par la matière.

Elena cherche à lire dans les yeux d'Hortense si elle dit vrai. Hortense soutient son regard. Ce bref affrontement lui semble durer une éternité.

– J'ai pris le corset, je l'ai étudié de près et ça a fait une étincelle dans mon cerveau. J'ai eu l'idée que je cherchais depuis des mois ! J'ai dessiné toute la nuit.

Elena l'épie en silence de son bel œil noir. Hortense gigote, mal à l'aise.

– Alors ? Vous les trouvez comment, mes dessins ?

Elena revient aux croquis, passe de l'un à l'autre, repart en arrière. Les repose et dit :

– Je crois bien que ça y est, Hortense. Tu as trouvé ta place.

– Ça veut dire quoi ?

– Viens t'asseoir et écoute.

– J'ai pas envie de m'asseoir, j'ai pas envie d'écouter, j'ai envie de savoir.

– Assieds-toi d'abord.

Elena tapote le dessus-de-lit molletonné rose et son regard ordonne. Hortense soupire et s'exécute.

– Et maintenant, ne m'interromps pas !

– D'accord. Mais faites vite.

– Écoute-moi.

– Oh, non…, gémit Hortense. Encore un discours !

– C'est un moment important et, comme ta mère n'est pas là, je vais devoir la remplacer…

– J'ai pas besoin de mère, Elena ! J'ai déjà du mal avec la mienne, alors une deuxième…

Elena tape dans ses mains pour la faire taire et enchaîne :

– Chacun de nous est sur terre pour accomplir UNE chose. Une chose dans laquelle il va exceller. Trouver cette chose est LE but de la vie car c'est trouver sa place. Tout le reste, tu m'entends bien, Hortense, tout le reste est inutile. Pourquoi ? Parce que lorsque tu as trouvé ta place, tu n'as plus qu'une hâte, c'est de l'occuper. Tu te moques pas mal de ce que pensent les autres. Tu n'es plus jamais méchant, ni envieux, ni malveillant. Tu existes et cela te suffit. Ça te remplit. Jeanne d'Arc avait trouvé sa place, George Sand avait trouvé sa place, Coco Chanel avait trouvé sa place, Einstein avait trouvé sa place...

– Et alors ? trépigne Hortense. Je m'en fiche du sens de la vie et de la place qu'on trouve. Je veux juste savoir si vous aimez mes dessins !

– Comme tu veux. J'irai donc droit au but...

Elena a un léger sourire, elle croise les doigts sous son menton.

– C'est évident, élégant, audacieux. Ce sera un grand succès.

Hortense pousse un cri, saute sur ses pieds, lève les deux poings vers le ciel et hurle *Yeees ! I did it !*

– Tu as trouvé ta place, mais sache qu'il y aura des embûches et des épines.

– Je sais, je sais, dit Hortense qui foule aux pieds les embûches et les épines.

– Tu peux aller loin. Très loin. Le trait est ferme, les lignes pures, tu as inventé ton style.

– Sûr de sûr ? Vous n'allez pas revenir là-dessus ?

– Non.

Hortense laisse échapper un autre hurlement de joie. Grace passe la tête par la porte de la chambre et demande si tout va bien. Elena la rassure.

– C'est très malin, ton idée. Tu as créé le sexy hypocrite. Par exemple, ce modèle-là...

Elle montre une robe avec une fine fente qui moule le dos et s'ouvre en découvrant la peau.

– Sage sur le cintre, audacieuse quand on la porte.

– Mais vous avez compris, n'est-ce pas ? Tout vient de la matière.

– Oui, j'ai reconnu mon corset.

– Il faut absolument retrouver le fabricant.

– Il doit être mort. Il était plus âgé que moi.

– Il a peut-être transmis son art à un fils, un petit-fils...

– Je l'avais acheté après la guerre dans une petite boutique de lingerie dans le Marais, une affaire familiale. J'avais passé la main dedans et ma main avait été comme aspirée. La matière était stupéfiante. Et une fois enfilé, oh, mon Dieu, j'étais une autre femme ! Je devenais liane, je marchais devant la glace et je m'étourdissais de mon reflet. Non seulement j'étais plus mince, plus longue, plus effilée, mais il me donnait une allure de tsarine. Et comme tu sais, moi et toute ma famille venons de Russie...

Hortense hoche la tête et prie pour qu'Elena ne remonte pas tout son arbre généalogique.

– Je suis retournée à la boutique, j'ai acheté tous les modèles qui restaient. Et chaque année, je revenais et les dévalisais. Ils me connaissaient, ils me voyaient entrer, ils sortaient un paquet de sous le comptoir, je payais, je repartais. Ils les dessinaient plus longs, plus fins, avec un panty, un soutien-gorge. Mais il ne me serait pas venu à l'esprit d'en faire des vêtements. Ça, c'est une idée brillante ! Et surtout, mélanger le côté rude du corset et les superpositions de tissus plus légers, c'est exceptionnel.

Elle donne à Hortense une petite tape sur le bout du nez avec son étui à lunettes.

– Je n'ai jamais parlé de ce corset. Je le voulais pour moi toute seule.

– Vous avez gardé les coordonnées de cette boutique ?

– Leur marque se nommait Shéhérazade. La boutique se trouvait rue du Roi-de-Sicile. La famille venait de Strasbourg mais je n'ai jamais connu leur nom. Le fils aîné s'appelait Michel-André. C'était un beau jeune homme avec une paire de bacchantes en guidon de vélo ! Il était plus jeune que moi, de vingt ans environ. Il voulait inventer le collant qui ne file jamais. Il disait que c'était l'avenir, qu'il fallait mettre du sens dans la consommation, ne pas forcer les femmes à dépenser. Il disait cela dans les années cinquante, soixante, quand on remmaillait encore les bas ! Tu te rends compte... que dirait-il aujourd'hui !

Elle s'arrête, pensive, réfléchit, gratte le petit morceau de biscotte collé sur le menton qui se détache et tombe. Hortense lui en est reconnaissante. C'est très désagréable de parler à une personne qui a une biscotte sur le menton.

– Tu pourrais le retrouver, s'il n'est pas mort. Je ne sais pas ce que lui et sa famille sont devenus, cela fait si longtemps que j'ai quitté la France... Je t'aiderai, Hortense, je t'aiderai parce que tu as du talent.

– Merci ! J'avais tellement peur que vous n'aimiez pas ! s'exclame Hortense en tortillant une mèche de cheveux derrière son oreille.

Elena la fixe par-dessus ses lunettes et demande, grave :

– Tu avais peur, toi, Hortense ?

– C'est récent. Avant, cela ne m'arrivait jamais.

– Ça va avec le talent. C'est bon signe. Croise les doigts et remercie le ciel. Allez, dis merci...

Hortense bougonne, tire sur sa mèche, louche des deux yeux en la faisant passer sous son nez.

– Je dis merci à qui ?

– À Dieu, là-haut dans le ciel, c'est un fameux cadeau qu'il t'a fait.

– Je ne parle pas à Dieu.

– Ta mère ne t'a jamais parlé de Dieu et de ses bienfaits ?

– Ma mère parle aux étoiles. Papa parlait aux croco-diles. Moi, je ne parle à personne, c'est plus sûr.

– Tu dis merci à qui tu veux mais tu dis merci en regardant le ciel. Et tu sais pourquoi?

– …

– Parce que dire « merci », c'est demander « encore ».

Hortense fait la moue. Elena s'emporte. Elle frappe de ses deux poings le journal étalé et sa bouche arrondie de rouge jette des mots en l'air comme des balles de revolver.

– Quelle mentalité! Quelle arrogance! Dis merci ou le ciel arrêtera net ses bienfaits et tu as encore sacrément besoin de lui! Ce n'est pas une promenade de fillette que tu entames…

Hortense se reprend et murmure merci en regardant le plafond.

– Et maintenant, qu'est-ce qu'on fait? elle demande.

Elena lui tend un journal.

– Regarde ce que j'étais en train de lire quand tu es arrivée. C'est un article du *Monde*.

« La *fashion week* new-yorkaise ne suscite plus l'enthou-siasme. Vers la fin des années 2000, la mode américaine avait réussi à sortir du créneau sportswear et des robes destinées aux *charities*, ces soirées de bienfaisance qui ponctuent la vie sociale américaine. De jeunes stylistes étaient parvenus à se faire remarquer grâce à une nouvelle énergie. Mais les deux dernières saisons ont déçu. La faute à la crise, diront certains. Le commercial est privilégié au détriment de la créativité. Mais pas seulement. Dans "la ville qui ne dort jamais", la mode vit à un rythme endiablé. Les designers portés subitement au pinacle doivent éviter le moindre faux pas et devenir rapidement des machines à argent. Plus qu'ailleurs, les *fashionistas* se lassent vite de ceux qu'elles ont adorés pour se tourner vers d'autres. La liste des stars déchues serait cruelle à établir. Pourtant la scène new-yorkaise a tout intérêt à laisser s'installer de jeunes talents, elle risque sinon de perdre son attrait. »

— Tu as compris? Tu vas aller t'installer à Paris.

— Retourner vivre à Paris? s'exclame Hortense en rejetant le journal sur le lit.

— Écoute-moi : la mode, c'est Paris. Lancer sa maison de couture, c'est Paris. New York, c'est le business, Milan, le shopping, Paris, la création. Tu as un endroit pour vivre là-bas?

— Chez ma mère. Ce n'est pas que ça m'enchante mais...

— Parfait. Tu iras voir Jean-Jacques Picart. Je te donnerai son numéro, tu l'appelleras, je le préviendrai de ta visite et il te recevra.

— Qui c'est?

– L'homme qui lance les nouveaux créateurs. Tu lui montreras tes dessins, il te dira si ton idée est bonne et comment tu peux la réaliser. Tous les matins, à neuf heures trente, dans son bureau de la rue Saint-Honoré, il reçoit ceux qui ont un projet dans la mode. Il écoute et quand il est inspiré, il aide. Il connaît tous les artisans de France et les meilleurs. Et mieux encore : il saura faire parler de toi.

– Vous me donnerez un exemplaire du corset ? Je veux l'avoir sous la main et l'étudier plus en détail.

Elena exhale un long soupir douloureux comme si on lui arrachait une côte.

– S'il vous plaît…

– Ensuite, quand tu auras trouvé l'artisan capable de reproduire la matière de mon corset, tu lui commanderas le tissu nécessaire pour ta première collection. Tu choisiras les coloris, les imprimés, tout ce qu'il te faudra…

– Et je paierai comment ? demande Hortense en ouvrant de grands yeux.

– Je serai ton associée. Et ta principale conseillère. J'avancerai l'argent et on partagera les bénéfices.

Hortense la dévisage, bouche bée.

– Vous feriez ça ? C'est vrai ?

Elle a envie de se jeter au cou d'Elena, se précipite pour l'étreindre mais Elena étend les bras et la repousse.

– Dis-moi merci de loin. J'ai horreur des effusions. Ça me casse la nuque. Je n'ai plus l'âge.

142

– Ça ne se reproduira plus. C'était exceptionnel.

– Tu vas aller très loin, Hortense. Tu as de l'expérience, de l'endurance, un blog dont les filles sont folles, le sens de ce qui se porte, de ce qui marche… Il faudra juste trouver un truc pour te lancer. On trouvera.

– Un truc ?

– Il faut créer l'événement. Inventer une histoire où l'une de tes robes tiendra le rôle-vedette. Ça ne devrait pas être trop difficile. Jean-Jacques nous aidera.

– Et quoi d'autre ?

– Tu dois avoir des relais dans la presse. Deviens amie avec des rédactrices de mode. À Paris et à New York. C'est indispensable.

– J'en connais deux ou trois. Je vais les cultiver.

– Si tu reçois des invitations comme celle de Prada, eh bien, tu y vas, tu parles avec tout le monde, tu te fais des relations, tu es ai-ma-ble, va falloir te forcer…

– Je peux être charmante quand je veux. Si cela me rapporte quelque chose.

– Tu ramasses les numéros de téléphone et tu alimentes ton blog. Quand tu seras à Paris, tu te débrouilleras pour assister aux défilés… Je t'aiderai. Enfin, *last but not least*, tu es prête à vivre seule ?

– Pourquoi ?

Elena soupire, exaspérée, comme si elle s'adressait à une débutante.

– Réfléchis. Cette aventure va te prendre tout ton

temps. Cela va t'obliger à déménager. Gary pourrait se lasser de vivre avec un courant d'air.

– Il est habitué, on s'est très bien débrouillés jusqu'à maintenant.

– Oui, mais cette fois, tu ne vas plus avoir une minute à toi… et tu vas devoir vivre à Paris.

– Vous voulez dire que je vais rester seule toute ma vie ? s'écrie Hortense.

– On ne poursuit pas deux buts à la fois. « C'est n'être nulle part que d'être partout », disait Sénèque. Et il avait bien raison.

– Sénèque est un vieux schnock. Moi, j'aurai tout. Ma maison de couture, la gloire, l'argent et Gary.

– Je te le souhaite, Hortense, je te le souhaite.

Elena soupire, arrange ses boucles en les enroulant autour de ses doigts.

– Une dernière chose… Tu ne te demandes pas pourquoi je t'aide ?

– C'est évident.

Elena recule dans ses oreillers, frappée par l'audace d'Hortense.

– Et pourquoi donc ?

– Parce que vous avez adoré mon idée. Parce que je suis la meilleure. Parce que vous misez sur le bon cheval et vous savez que vous allez gagner beaucoup d'argent, parce que c'est la dernière fois de votre vie que vous lancez les dés, parce que vous êtes vieille et que vous allez bientôt mourir, parce que vous avez envie de revoir Paris, parce que vous en avez marre de traîner dans votre lit... Je continue ?

Elena sourit en remuant doucement la tête.

– C'est vrai. Mais il y a autre chose. Tu ne m'as jamais rien demandé. Je connais tout le monde, j'aurais pu t'aider. Aucun piston, aucune faveur. Pourquoi ?

Hortense se mord les lèvres, plisse le nez, ose :

– Vous n'allez pas vous vexer ?

– Non. Je te l'ai dit, j'aime la vérité.

– Un coup de pouce, c'est bien, mais...

Elena tend le cou, met la main derrière son oreille pour entendre mieux.

– Je me disais pourquoi dire oui à un truc moyen alors qu'un jour, je pourrai dire oui à un truc formidable ? Vraiment formidable. Vous voyez, j'ai eu raison...

Une lueur d'admiration enflamme les yeux d'Elena. Elle est sur le point d'applaudir, mais se reprend et bougonne :

– Allez, file ! Il faut que je me lève...

– Pas avant que moi, je ne vous aie posé une question.

Hortense a repris ses croquis et les tient serrés sur sa poitrine.

– Je t'écoute.

Hortense hésite, est-ce qu'elle ne va pas tout gâcher en posant sa question, décide que non et se lance :

– Dites, Elena, vous ne m'aidez pas par désir de revanche ? Ou par vengeance ?

Elena ne répond pas. Hortense insiste :

– Vous ne m'utilisez pas pour régler un compte avec le passé ?

Elena lève les yeux au ciel. Elle joue avec son étui à lunettes. L'ouvre, le ferme, le fait claquer.

– Ça changerait quoi ?

– Rien, mais j'aimerais mieux savoir... Vous n'aimez pas qu'on vous mente, moi, je n'aime pas être utilisée.

– Je t'aiderai et tu en auras drôlement besoin. Tu ne sembles pas savoir dans quelle aventure tu te lances... Allez, rentre chez toi, je t'ai assez vue !

– Vous ne m'avez pas répondu.

– Parce que je n'ai pas à le faire. J'ai passé l'âge de me justifier !

Hortense se raidit. Elle cherche des mots pour formuler une nouvelle requête mais renonce. Elle ne fait pas le poids. Elena a raison. Elle a encore beaucoup de choses à apprendre.

– Alors on va dire que je ne vous poserai plus la question, elle marmonne en écornant le bord de ses dessins. Et on va dire aussi qu'un jour, j'aurai la réponse. Et que ce jour-là...

– Tu me menaces maintenant ? reprend Elena en la regardant droit dans les yeux et en haussant la voix. Je n'aime pas ça du tout. Nous venons de passer un contrat, un contrat très avantageux pour toi. Tu devrais me remercier au lieu de me mettre en demeure de répondre à des questions idiotes. Je ne suis pas de ces filles que tu maltraites ou de ces pauvres garçons que tu mènes par le bout du nez. Compris ?

Les deux femmes se mesurent, l'œil flambant de colère. Aucune ne veut céder. Énervée, Elena saisit ses lunettes et, les brandissant vers Hortense, elle ordonne :

— Déguerpis et vite avant que je ne change d'avis !

Hortense bafouille, piétine la descente de lit puis, furieuse de ne pas trouver de réplique, quitte la chambre.

Elena pousse un soupir énervé, ouvre le journal et disparaît derrière les pages imprimées.

Elle entend claquer la porte de l'appartement et relève la tête. Elle appelle Henry, lui demande si Hortense est partie.

— Elle est passée devant moi sans me dire au revoir ! Cette jeune fille est fort mal élevée… Elle m'a semblé furieuse.

— Elle se calmera dans l'escalier. Je vous parie que dans cinq minutes, elle danse une gigue de joie. Merci, Henry.

Elena attend un moment afin de s'assurer qu'Hortense ne revient pas. Regarde l'heure. Se cale confortablement dans les oreillers. Prend son téléphone. Compose un numéro. Chantonne «Quand il me prend dans ses bras, qu'il me parle tout bas, je vois la vie en rose-eu ! ». Un fin sourire étire ses lèvres et ses doigts pianotent sur le plateau. « Il me dit des mots d'amour, des mots de tous les jours et ça m'fait quelque chose-eu. » Elle se sent revigorée. Qu'espérer de mieux à son âge que cette liqueur de jouvence qui s'appelle revanche et efface les affronts du passé ? Il n'y a rien de pire que de faire pitié. La pitié affaiblit, amollit, humilie. Alors que... tenir dans sa main un instrument de belle vengeance est une renaissance.

– Hello, Marie ! Elena Karkhova à l'appareil. Oui, je suis à New York. Quel temps fait-il à Paris ? Vous allez bien ? Les enfants ? Le mari ? Et le petit chat ? Moi ? Je suis en pleine forme ! Le printemps arrive et je me sens renaître. Est-ce que Robert est là ? Non. Bon, dites-lui qu'il me rappelle. C'est urgent. Vous m'entendez, urgent ! Et faites-lui passer ce message : « Il ne faut pas laisser l'oiseau s'envoler. » Il comprendra.

Elle raccroche.

Tente de reprendre la lecture de son journal, le rejette et se met à fredonner en remuant les lèvres, « c'est lui pour moi, moi pour lui dans la vie, il me l'a dit, m'l'a juré pour la viiie... ».

Mark a vidé un flacon de bain moussant dans la baignoire et repose dans une houppelande de bulles irisées. Il écoute *Rigoletto* et chante à tue-tête « *la donna è mobile...* ».

148

– Te gêne pas ! Fais comme chez toi, lance Hortense
sur le seuil de la salle de bains.

– Tu m'avais dit de t'attendre.

– Au salon, pas dans ma baignoire !

– J'ai eu envie d'un bon bain.

– Ben voyons…

– Ne regarde pas, Hortense, je suis tout nu. C'est très
embarrassant…

– Je m'en fiche ! Pour moi, tu n'as pas de sexe.

– C'est à cause de mes lunettes ? Tu trouves les verres
trop épais ?

– Non. Mais il y a quelque chose qui cloche chez toi.

– Dis-moi, je t'en prie.

– Il faudrait que je réfléchisse et je n'ai ni le temps ni
l'envie. Devine ce qu'il m'arrive…

Mark secoue la tête, impuissant à jouer les devins.

– Je vais créer ma maison de couture et ma première
collection. J'ai tout : les modèles et un financier. Je suis
la fille la plus heureuse du monde ! La plus chanceuse,
la plus talentueuse, la plus merveilleuse, la plus promet-
teuse…

Hortense tourbillonne dans la salle de bains, s'incline
devant un peignoir, l'enlace, l'entraîne dans une valse, le
repose, s'applaudit, envoie des baisers à une foule imaginaire et plonge en une ultime révérence.

– Tu as devant toi la nouvelle Coco Chanel. La fille
dont tout le monde va parler. Profites-en, pose-moi des

questions parce que demain ou après-demain, je te balaie-
rai du regard, petite crevette aux verres épais.

– Ah, tu vois, ce sont mes lunettes qui te gênent…

– Mais on s'en fiche de tes lunettes! Passe à autre
chose, oublie-les! Pose-moi des questions sur ma future
maison de couture, par exemple…

– Elle s'appellera comment?

– Hortense Cortès, évidemment.

– Tu emploieras combien de personnes?

– Pour le moment, moi, moi et moi. Vingt-quatre
heures sur vingt-quatre. Ma chambre sera l'atelier où ils
viendront tous me voir pour m'interviewer car j'aurai,
bien sûr, un succès immédiat.

– Je te baise les pieds, ô divine créatrice!

– Voilà, c'est comme ça que tu devras me parler doré-
navant.

Elle tourne, tourne, ses pieds glissent sur les dalles, ses
bras enlacent une taille, elle se laisse tomber dans un fauteuil en osier recouvert d'un drap de bain blanc.

– Alors c'est quoi, ton scoop? elle demande, essoufflée. Tu m'as bien parlé d'un scoop tout à l'heure?

Mark repousse ses lunettes d'un doigt, s'assied dans la
mousse et ouvre grand les bras pour entamer une plai-
doirie.

– Tu connais la *Lettre à Élise* de Beethoven?

– Oui, dit Hortense en chantonnant les premières
mesures. *Mi, ré, mi, ré, mi, si, ré, do, la…*

– Eh bien, elle ne devrait pas s'appeler ainsi mais la « Lettre à Thérèse », car Thérèse était la femme dont Beethoven était amoureux, celle qu'il voulait épouser, pour laquelle il avait composé ce morceau. Il le lui avait offert, Thérèse l'avait rejeté. Dépité, il l'avait rangé dans un tiroir. Des années après sa mort, on a retrouvé la partition. Le temps avait effacé l'encre du titre. Un plumitif a déchiffré « Lettre à... se ». Sa fiancée s'appelait Élise, il a rebaptisé le morceau, la « Lettre à Élise ». Étonnant, non ?

– Je m'en fiche complètement ! Tu crois que j'ai du temps à perdre ? J'ai une entreprise à faire tourner, moi !

– Crois-tu que la *Lettre à Élise* aurait fait un tel tabac si elle s'était appelée « Lettre à Thérèse » ? Moi pas. On passe la nuit dans des bars enfumés avec Élise, on embrasse Élise, on courtise Élise, on tremble de caresser Élise. Pas Thérèse.

– Tiens, à propos, dis-moi plutôt ce que fait Gary tous les soirs puisqu'il n'est pas avec toi.

– Il ne te l'a pas dit ?

– Non, et je ne lui ai pas posé la question.

– Tu me donnes quoi en échange ?

– Rien du tout ! Je m'adresserai à lui directement. Nous vivons ensemble, je te rappelle. Alors... ?

– Oh, ce n'est pas un secret. Il répète une sonate de Beethoven pour violon et piano avec Ragondine.

– Ra-qui ?

– Ragondine. De « ragondin », un mammifère rongeur.

La fille la plus laide de l'école. Mais quand elle joue, ils sont tous à genoux. Gary, le premier. Il l'a choisie comme partenaire pour le concert de ce mois-ci.

– Ragondine, ce n'est pas un nom !

– *No. Se llama Calypso ! Calypso Muñez.*

– Ils répètent pour l'école ?

– Oui, le concert aura lieu le 30 avril à dix-neuf heures dans le grand amphi. Il y aura des agents, des représentants des plus grands orchestres, d'illustres pianistes, violonistes, violoncellistes, des chefs d'orchestre et tutti quanti.

– Mais c'est dans huit jours ! Je peux venir ?

– Oui, bien sûr. Moi aussi, je jouerai...

Hortense remarque un de ses ongles dont le bout est éraflé, attrape une lime, répare l'arrondi, se lève.

– Tu ne me demandes pas si je suis prêt ? Si j'ai le trac ? Quel est mon partenaire ?

– Continue à faire trempette. Et merci pour les infos.

– Hortense ! Reviens. J'ai peur tout seul dans la mousse !

Ce soir-là, Hortense ne parle pas de Calypso Muñez à Gary.

Ils dînent au Café Luxembourg.

Elle le scrute. Le passe à la loupe de son détecteur de mensonge. Elle sait quand il ment. Sauf qu'il ne ment jamais, il dit qu'il n'en a pas besoin. Il préfère dire la vérité, ça pose son homme, assure-t-il.

Hortense commande un civet de lièvre à la royale, Gary des bouchées à la reine. Les plats portent leur nom français écrit en italique. Gary fait remarquer que les Français sont bizarres : ils coupent la tête de leur roi et de leur reine pour mieux les déguster ensuite en mets de choix.

— Ils n'en font pas des hot-dogs ni des hamburgers ! Ils se donnent du mal et inventent des recettes alambiquées. Crois-tu qu'ils soient nostalgiques ou sadiques ?

— Le Français est plein de paradoxes, sourit Hortense. C'est pour ça qu'il est si intéressant ! Tu crois que tu m'aimerais autant si j'étais née au Lichtenstein ?

— Qui a dit que je t'aimais autant ? ose-t-il en souriant. Ton horoscope ?

— Mon intuition infaillible et mon âme de feu.

— « Il est plus difficile de plaire aux gens de sang-froid que d'être aimé de quelques âmes de feu. » Qui a dit ça, déjà ?

— Je ne sais pas. Toi peut-être...

Il goûte une bouchée de son plat. Rumine. Réfléchit. Fait signe qu'on ne le dérange surtout pas. Et s'écrie :

— Barbey d'Aurevilly ! Je me souviens maintenant. Eh bien, je suis comme lui.

— Ce qui signifie ? demande Hortense, le cœur inquiet.

Il a parfois le don de la bousculer. Tout se ralentit en elle, elle perd l'équilibre, elle ne sait plus sur quel pied danser.

Gary observe son trouble et se réjouit.

– J'aime quand tu es inquiète. Cela te rend fragile, ondoyante, incroyablement séduisante. Tu n'es pas si costaud que ça finalement...

Elle hausse les épaules. Revient à son principal souci : a-t-il une liaison coupable avec une ragondine ? Plonge son regard dans le sien, n'aperçoit aucune trace de duplicité ni de mensonge. L'homme n'est pas amoureux ou, du moins, il ne le sait pas encore, et ce n'est pas elle qui va l'en avertir. Et puis, tombe-t-on amoureux d'une souris ?

Pas Gary.

Gary aime la beauté. Il dit que la beauté parfaite est toujours éclairée par une âme qui tel un projecteur vient souligner la perfection, l'harmonie mystérieuse. Il dit aussi qu'elle pénètre dans les sens, dans le sang et qu'on se retrouve pris au piège sans savoir pourquoi. Ensorcelé.

Il lui sourit, il l'embrasse.

Elle en conclut qu'il n'y a pas péril en la demeure.

Il la presse de lui raconter son entrevue avec Elena. Elle lui narre tout en détail. Il applaudit en frappant lentement dans ses mains pour souligner la majesté de l'événement et commande un soufflé Princesse-Henriette.

Elle le questionne cela ne t'ennuie pas que je m'exile à Paris ? Il répond que non, ils ont déjà vécu séparés et cela leur a plutôt réussi. Ils ne sont pas faits pour la vie commune.

Elle n'est pas sûre de devoir se réjouir de cette réflexion.

Elle incline le chef, il demande si elle veut un café avec un sourire de jubilation amusée comme s'il la tenait à sa merci. Elle s'interroge : qu'est-ce qui le rend aussi sûr de lui ? Elle est sur le point de lui poser la question, mais se reprend. Parfois, il l'intimide. Il a une sorte d'autorité naturelle qui la tient à distance.

Elle reste silencieuse et médite. L'aimerais-je autant si je savais tout de lui ? L'aimerais-je autant s'il ne me surprenait pas tout le temps ?

Elle décide que non et reprend la phrase qu'il lui a jetée en pâture.

« Il est plus difficile de plaire aux gens de sang-froid que d'être aimé de quelques âmes de feu. »

Qui a dit ça ? Elle l'a déjà oublié.

Plus tard, dans le grand lit, avant de se laisser couler contre lui, elle murmure deux jours que nous ne nous sommes pas disputés... Il soupire presque trois, tu crois que je ne sais pas compter ?

Et il place fermement ses mains sur ses reins.

Elle enlace ses épaules, approche son visage. Fait glisser sa joue contre sa joue, ses lèvres contre ses lèvres, embrasse juste l'au-dessus de sa bouche et demande :

— Que va-t-il nous arriver, Gary ? Tu le sais ?

Le lendemain, il y a un nouveau mail de Zoé.

« Maman n'est pas rentrée, elle donnait un cours à Lyon hier. Elle m'avait dit qu'elle reviendrait dans la soirée. Elle n'a pas appelé, il est huit heures du soir et je n'arrive pas à la joindre. C'est pas normal ! Deux jours que je suis sans nouvelles. Cela ne lui ressemble pas, elle me dit toujours où elle est. Je suis inquiète. Je fais quoi ? »

Hortense ne sait que répondre.
Elle donne rendez-vous à Zoé sur Skype.
Elle décidera alors. Elle veut profiter encore de cette incroyable nouvelle : elle va monter sa propre maison, « Hortense Cortès ». Elle va devenir Coco Chanel.
Elle voudrait arrêter le temps, déguster la nouvelle comme un bonbon… imaginer, imaginer tout le bien qui va lui arriver !

« Ferme les yeux et tu verras mieux », disait Ulysse Muñez à Calypso.
Elle avait huit ans, il lui enseignait le violon. Elle envoyait promener ses sandales, plantait ses pieds, fermait les yeux, calait le Guarneri, laissait glisser l'archet et

la mélodie se déroulait, les notes se détachaient, elle les voyait s'élever sur la portée.

— Tu as raison, *abuelo*. On voit bien mieux!

— J'ai toujours raison, *mi cielito*, quand on parle violon. Parce que sinon ta grand-mère en sait plus que moi. C'est une sage.

— Et elle est belle!

— Elle est plus que belle, *amorcito*, elle est habitée. C'est mon phare, mon roc, ma fée. Elle a tout compris de l'art d'être femme car un homme, vois-tu, est peu de chose si une femme ne le met pas en scène. Et maintenant écoute-moi. Un jour, tu partiras, je te donnerai mon violon et tu iras apprendre pour de bon dans une grande université… Tu deviendras une soliste émérite, tu seras illustre, mais avant il faut que je te dise mon secret.

— Pourquoi ce violon rend les gens fous, au point de vouloir t'assassiner?

— Il vaut cher, très cher. Des millions et des millions de dollars. Mais surtout il a une histoire, une légende qui les impressionne. Pour un peu, ils l'appelleraient «monsieur». Même Oscar, ton vaurien de père, s'inclinerait devant lui… avant de le voler!

— Comment tu as fait pour l'acheter, *abuelo*? Tu n'avais pas d'argent.

— Très juste, et c'est là que le destin intervient. Que le doigt de Dieu s'est posé sur moi. Mais auparavant, *mi cielito*, il faut que je t'apprenne un autre secret. Ferme les yeux encore...

– Mais si Oscar revenait me prendre?

– Il ne reviendra pas, je te le promets. Ferme les yeux!

Elle refermait les yeux, serrait les paupières pour ne pas être tentée de les rouvrir aussitôt.

– Il y a une chose qu'on m'a apprise un jour. Cette chose-là, je voudrais te l'offrir. Elle s'appelle faire attention.

– C'est pas un cadeau, *abuelo*! elle protestait en écarquillant les yeux.

– Ferme les yeux! C'est mieux qu'un cadeau, c'est un secret de bonheur. Écoute bien et grave ces mots dans ta mémoire : en faisant attention, on prend conscience de soi, des autres, de la vie, on devient grand et fort comme une tour imprenable. Répète après moi.

Elle répétait. Et ajoutait :

– Et comment fait-on attention?

– En se concentrant sur tout ce que l'on fait. Sur le moindre geste. Le plus petit détail. Et alors tout prend du relief. Tout devient richesse. On se remplit, on progresse. Alors que chez les gens qui font tout très vite, sans réfléchir, tout est aussitôt oublié, ils referont demain ce qu'ils ont fait aujourd'hui, ils n'apprendront jamais, puisqu'il y a disparition immédiate de ce qui s'est produit.

– Qui t'a appris ça, *abuelo*?

– Une femme merveilleuse. Elle s'appelait Nadia. Je devais avoir quatorze ans, j'habitais encore Cuba. Il faut que tu saches que La Havane n'était pas seulement une ville dédiée à l'enfer du jeu, c'était aussi une ville passionnée par les arts et notamment par la musique. Les plus grands artistes se produisaient au Palacio de Bellas Artes ou au Teatro Auditorium, et moi, caché dans les coulisses, je les écoutais. J'étais heureux, mais heureux ! Un jour, la musique s'est arrêtée et je me suis trouvé face à une grande femme brune, un peu osseuse, avec de grosses lunettes et un collier de perles fines. Elle m'a demandé comment je m'appelais et ce que je faisais en coulisses. J'ai eu peur qu'elle me dénonce et qu'on me chasse, et je n'ai pas pu répondre. Alors, elle m'a dit doucement tu aimes la musique ? Tu l'aimes tant que ça ? J'ai dit oui, j'étais pieds nus, je portais un pantalon qui m'arrivait à mi-mollet, j'avais piètre allure.

« Tu l'aimes fort comment ? elle a demandé.

– J'oublie de manger, j'oublie de dormir. J'oublie tout.

– Et tu voudrais jouer d'un instrument ?

– Oui... du violon.

– Et pourquoi ?

– Parce que je l'entends plus que les autres.

– Tu en as déjà tenu un contre toi ?

– J'ai un oncle qui est prêteur sur gages, il a une boutique pas loin d'ici et j'y travaille. J'ouvre, je ferme le magasin, je fais le ménage, les livraisons, j'entretiens le mobilier et les objets entreposés. Un matin, à l'aube, alors que j'ouvrais la boutique, j'ai vu arriver un violoniste que j'avais entendu la nuit précédente au Teatro. Un Hongrois avec de belles moustaches blanches. Il venait mettre son violon au clou parce qu'il avait perdu tout son argent lors d'une partie de cartes. Il était encadré par deux barbus menaçants qui m'ont demandé combien on pouvait tirer de ce violon-là. Il était beau, frémissant, doré, et quand j'ai pincé les cordes j'ai entendu un son... C'était de la musique pour les anges. J'ai couru chercher mon oncle. Il a renâclé pour payer, il n'y connaissait rien en violons, les barbus non plus, et le violoniste, il avait beau répéter que son instrument valait une fortune, il a dû le laisser pour presque rien. Ils ont estimé le prix du violon au montant de ses dettes. Il pleurait, il disait qu'il était fini, qu'il n'avait plus qu'à se jeter à la mer. Les barbus lui ont mis un couteau sur la gorge et il s'est tu. Ils sont repartis tous les trois, les barbus comptaient les billets et le musicien marchait tout voûté. On a retrouvé son corps dans le port le lendemain matin. C'est moi qui l'ai reconnu. À cause de ses longues moustaches blanches. J'ai échangé le violon contre des heures supplémentaires non payées. Mon oncle était content.

— Et tu sais jouer ? m'a demandé la dame qui s'appelait Nadia.

— J'apprends tout seul. Souvent, c'est horrible, ça déchire les oreilles, parfois, c'est si beau que je me retourne pour voir qui joue derrière moi !

— Jouer bien, ce n'est pas bien jouer. Tu le sais ? »

Elle me contemplait avec une extrême attention. Elle avait les cheveux retenus en chignon, un petit sourire proche de l'extase et une bonté qui dégoulinait de ses yeux comme de la crème à la vanille. Cette femme-là, *amorcito,* elle n'était pas belle du tout, elle était magnifique. Elle brûlait d'un feu intérieur, d'une intelligence, d'une grandeur d'âme qui l'illuminaient. Elle a voulu voir mon violon. Je l'ai emmenée chez moi. J'ai sorti le violon de ma cachette. Je l'avais enveloppé dans une couverture grise. Je le lui ai tendu. Il a fallu qu'elle s'assoie tant elle était émue : c'était un Guarneri. C'est elle qui me l'a appris et qui m'en a indiqué le prix. J'ai failli m'écrouler tellement il y avait de zéros !

— Tu ne le savais pas ?

— Non. Mais ce n'est pas tout... Elle accompagnait un grand pianiste à La Havane et elle est restée un mois à Cuba. On s'est vus chaque jour. Elle m'apprenait à manier mon violon. Les rudiments, quoi. Elle voulait savoir si je portais en moi un vrai amour pour la musique. Si j'étais capable de tout lui donner. Elle disait qu'il y avait deux sortes de gens, ceux qui étaient capables de tout donner et les autres. Les autres, elle ajoutait « ils dorment, il ne faut pas les réveiller. Il n'y a aucun intérêt à les réveiller, ils sont très gentils, ils sont très bien, ils sont ce qu'ils sont. Mais toi, tu es différent. Toi, tu dois apprendre à faire attention pour devenir très grand. Tout homme qui agit sans faire attention perd sa vie. »

– Elle avait raison, *abuelo*. Si tu joues sans faire attention, ça ne résonne pas.

– Elle disait aussi « Je vais jusqu'à dire que la vie d'un homme est annulée par le manque d'attention, qu'il nettoie les carreaux de la fenêtre ou essaie d'écrire un chef-d'œuvre. »

– J'aurais aimé la rencontrer !

– Ferme les yeux, je te raconte.

Calypso obéissait en souriant. Il lui apprenait de si belles choses, Ulysse Muñez.

– Au début, je ne comprenais pas et puis un matin, j'ai eu un déclic. Ce jour-là, elle m'a pris par la main et m'a inscrit à l'Académie de musique. Elle a payé pour trois ans de cours ! Elle a donné l'argent devant moi. Elle l'a sorti d'une bourse en mailles dorées. J'ai éprouvé un tel bonheur que je m'en souviens encore. Je lui ai dit, je suis heureux, je peux sentir la joie dans ma poitrine. Elle a répondu, cette joie-là, elle va te donner la force des héros, des génies, des saints, des gens qui vont au bout de leur destinée. Et elle m'a tendu la main… Tu sais, *cielito*, il y a des gens qui te donnent la main et tu as l'impression de toucher un poisson mort, eh bien avec elle, il s'est produit un échange extraordinaire. On a conclu un pacte, on a échangé une promesse.

Il passait et repassait un morceau de colophane sur l'archet. Calypso apercevait le cal sur le pouce droit, le pli rouge dans le cou à cause du frottement du violon.

– Alors écoute-moi, *mi cielito*. Fais tout avec soin. Tout, tu m'entends ? Quand tu dis bonjour, dis-le avec une pensée et un sourire. Bonjour. Bonne journée. Sinon ne dis rien.

– Et tu as tout bien fait toute ta vie ? demandait Calypso ingénument.

Les yeux de son grand-père se mouillaient, il secouait la tête, il prenait un petit temps de répit et il disait non.

À la fin de ses études, il avait intégré une formation de musique de chambre et il avait joué pour les membres de la haute société de La Havane. Il était un violon parmi tous les musiciens de l'orchestre. Cela suffisait à peine à les faire vivre, Rosita et lui. Ils avaient vingt et un ans. Ils étaient déjà parents d'un Pepito et d'une Lineta. Un ami musicien lui avait proposé d'intégrer une de ces nouvelles formations que l'on entendait à la radio, qui jouaient cha-cha, mambo et guaracha. Il avait refusé, pas question de s'abaisser à faire ce « bruit ». Et pourtant, un jour de juin, Filiberto Depestre, premier violon de la Orquestra Aragón, était tombé malade et on était venu chercher Ulysse pour le remplacer. Il était devenu en un soir le roi du cha-cha et du mambo.

À partir de là, il avait interdit qu'on prononce devant lui le prénom de Nadia. Il avait si honte qu'il buvait jusqu'à en vomir ses tripes ! Il passait ses nuits au Montmartre, au Habana Hilton, à La Tropical et il payait les factures.

Rosita faisait des bébés, il payait les factures.

Les enfants étaient malades, il payait les factures.

Son père s'ouvrait la tête en tombant d'un échafaudage, il payait les factures.

Sa mère pleurait misère dans son tablier noir, il payait les factures.

La famille s'était agrandie, la révolution avait eu lieu. Il ne croyait pas en Fidel Castro. Il quitta l'île en 1965 lors d'une tournée sur le sol américain avec la formation d'Orestes Aragón. Il avait vingt-six ans. Il demanda l'asile politique et l'obtint. C'est ainsi qu'il put emporter son Guarneri sans l'endommager.

Mais ce n'était pas grâce à son violon qu'il gagnait sa vie. Un Cubain, Felipe Razón, ami de son père, l'engagea dans son entreprise de maçonnerie. Comme il était plus intelligent que les autres employés, il devint comptable. Les jours passèrent. Il s'installa dans une petite maison dans le quartier cubain de Miami, à Hialeah. Construisit trois chambres en repoussant les murs de la maison dans le patio. Il n'avait qu'une idée : faire venir Rosita et les enfants. Le dernier, Oscar, avait cinq ans quand il l'avait embrassé avant de partir. Il avait demandé tu me ramèneras une voiture téléguidée, dis ? Il avait promis.

Il se démenait pour envoyer chaque semaine de l'argent destiné à corrompre les fonctionnaires des douanes, mais le gouvernement de Castro ne voulait pas laisser sortir les Cubains de l'île. Il dut attendre 1980 pour les voir débarquer du bateau sur le sol de Key West. Les garçons serrés autour du foulard noir de leur mère, Rosita. Il ne les reconnut pas tout de suite. Ils se regardèrent longuement avant de s'étreindre.

Rosita avait chuchoté :

— Et le violon, tu l'as toujours ?

Il avait fait oui de la tête.

— Et tu joues encore ?

Il n'avait pas répondu.

Bien sûr qu'il jouait. Mais dans des bars, des boîtes de nuit. Le soir. Il avait trahi son rêve.

Quand il avait appris, le 22 octobre 1979, que Nadia Boulanger était morte à Paris, il n'avait pas prononcé un mot de toute la journée. Quelques années plus tard, lorsque la mère de Calypso quitta l'hôpital en abandonnant son bébé, Ulysse le recueillit. Ses enfants étaient grands, ils avaient quitté la maison. Il décida de l'élever, loin d'Oscar. Un homme dangereux, instable, incapable.

Mais Oscar revint vivre à Hialeah chez ses parents.

— Je suis son père, il déclara, Calypso est à moi.

— Tu ne l'approches pas !

Et les deux hommes s'affrontaient en brandissant le poing.

Ulysse apprit à Calypso le nom des arbres, la couleur d'une fleur, le goût de la papaye, le vibrato d'un *do*. Il lui apprit à reconnaître les parfums. Celui de l'orange et de la mandarine, de la fleur de violette et de la vanille, de la rose poivrée et de l'ylang-ylang, du bois de cèdre et du patchouli. Et tout cela composait un parfum. Un parfum qu'il gardait dans un vieux flacon qui venait de Paris. «Ivoire» de Balmain. Le parfum des femmes qui aiment et s'élèvent dans le ciel.

Et Calypso le croyait.

— Elles disparaissent pour toujours dans le ciel, les femmes qui portent ce parfum?

— Oui, mais elles te laissent leur empreinte et tu ne les oublies jamais.

Il lui apprit à épier le ciel bleu cobalt, à le voir virer en une seconde en orage tropical, à guetter l'ouragan au loin, à écouter son souffle rauque, puissant, à essuyer sur son visage les premières rafales de pluie et à courir se mettre à l'abri.

Ensemble, ils regardaient ployer les palmiers et bondir les vagues. Ils dégustaient des *pastelitos*, chantaient «*buenos día, mi amor…*» à la caissière qui rendait la monnaie, goûtaient le cochon rôti de la Caja China. Il lui enseigna beaucoup de choses, des petites, des grandes, mais jamais, jamais des insignifiantes, car rien aux yeux d'Ulysse Muñez n'était insignifiant. Tout avait un goût, une odeur, une couleur. Il ordonnait ferme les yeux, et elle riait, elle riait! Il faut savoir ce que tu veux, *abuelo*, je les ouvre ou je les ferme, les yeux?

La seule chose qu'il n'évoquait jamais était le jour de sa naissance. Calypso sentait comme le poids d'une pierre tombale posée sur ce jour-là.

Elle n'osait pas en parler à Ulysse.

Qui était sa mère? Pourquoi était-elle partie sans son bébé? Pourquoi avait-elle épinglé ce drôle de prénom sur ses langes avant de l'abandonner à la maternité?

Pourquoi Oscar, son père, la frappait-il quand il la regardait trop longtemps? Pourquoi lui avait-il fracassé la mâchoire?

Pourquoi tirait-il dans des bouteilles vides en hurlant *puta americana!* ou faisait-il exploser les balles au-dessus de son lit en scandant *hija de puta*?

Et quand elle avait surpris son père et son grand-père en train de s'affronter dans le garage, pourquoi n'avait-elle pas reconnu le visage d'Ulysse? Pourquoi ressemblait-il soudain à ces hommes qui traînaient avec Oscar et la faisaient détaler à coups de claques si elle s'approchait trop près?

Calypso n'en finissait pas de se poser des questions.

Seule dans sa chambre, elle répète les gestes du concert, révise la partition, arrondit les bras, enlève ses chaussures, appuie ses pieds sur le parquet, fait glisser l'archet, se met en position, habite chaque posture. Remplit chaque minute de notes. Les yeux fermés, elle se souvient des

leçons de son grand-père. Elle se souvient du cours de
Pinkerton sur Nadia Boulanger. Elle s'y était inscrite la
première. Son nom apparaissait tout en haut de la liste.
Elle aurait aimé y ajouter celui d'Ulysse Muñez.

Elle veut que cette soirée soit une apothéose. Ce sera
la dernière soirée de son mois d'amour.

– Tu sais, *Viola odorata*, je vais tout donner. Je veux
finir au zénith parce que ensuite, je ne le verrai plus ou on
se croisera simplement dans les couloirs de l'école. On se
fera un petit signe et il poursuivra son chemin. Je ne serai
pas triste car il me restera mes souvenirs. Je veux qu'à la
fin du concert, les gens restent cloués sur leurs chaises,
inondés de larmes. Oh! Je veux tant de choses! Et avec
lui, parfois, je crois qu'elles sont possibles…

Elle regarde la petite violette à l'ombre du nord sur la
fenêtre. Lui demande peut-on faire de grandes choses,
seule, sans un amour à ses côtés? Avant, j'aurais dit oui,
maintenant je ne sais plus.

Elle ressent une douleur dans la poitrine à l'idée qu'ils
ne se verront plus chaque jour. Elle se demande alors si les
souvenirs vont lui suffire. Elle ferme les yeux, elle appelle
la musique de Beethoven et se remet à sourire.

Il faut juste que la musique ne s'arrête jamais.

Un soir, elle compose un numéro à Miami. Celui de
Rosita et Ulysse Muñez.

C'est sa grand-mère qui décroche.

– *Abuela*, c'est Calypso.

– Comment vas-tu, *mi corazóncito* ?

– Très bien, *abuela*. Et toi ?

– Ça va, ça va. Tout va bien ici.

– Vous n'avez pas trop chaud ?

– Si. La chaleur devient collante, presque gluante. J'essaie de ne pas trop m'agiter, mais je suis obligée de faire marcher l'air conditionné tout le temps.

– Comment il va ?

– Il n'a pas touché à ses *empañadas* à midi et il a refusé que je le pousse jusqu'au café pour regarder Jorge et Andreas jouer aux dominos.

– Passe-le-moi...

Un déclic au bout de la ligne. Elle reconnaît ce bruit : il signifie que le haut-parleur est mis.

– Tu peux parler, *amorcito*. Il est là, à côté de moi.

– Il m'entend ?

– Oui. Il t'entend...

Il entend, mais ne parle presque plus. Des petits cris rauques, désespérés, des onomatopées. Des vagissements d'enfant. On l'a trouvé au petit matin derrière les grilles de l'aéroport, couché sur le sol, son tee-shirt relevé sur le ventre, des traces de coups sur le corps, les cheveux poissés de sang, les yeux tuméfiés. Les flics ont inspecté le lieu de l'agression, conclu qu'Ulysse avait été transporté là en camionnette, jeté sur le sol, roué de coups puis qu'il était tombé en arrière et s'était ouvert le crâne sur un muret en béton. Ses agresseurs, paniqués, avaient préféré prendre la fuite. Aucun indice laissé sur place. Il est vrai qu'il est difficile d'identifier des traces dans ce terrain vague où les véhicules utilitaires de l'aéroport viennent faire demi-tour et les employés se soulager. Puis ils ont ajouté, philosophes, « c'est une agression typiquement cubaine, un règlement de comptes entre bandes. Un avertissement donné à l'agressé ». Et ils ont classé le dossier. L'homme n'était pas mort, il se rétablirait, ils avaient d'autres affaires autrement plus importantes à régler.

Calypso prend une profonde respiration, cligne des yeux pour retenir ses larmes et dit très doucement comme s'il ne fallait pas parler trop fort, comme si elle était dans la chambre d'un malade :

— *Abuelo*... tu te rappelles ? Dans huit jours, je vais jouer la sonate du *Printemps* de Beethoven. On répète depuis trois semaines et je crois que ça va, je la tiens entre mes mains, je peux presque la toucher. C'est devenu de la glaise.

Elle entend un grognement au bout du fil. Elle comprend qu'il veut lui faire préciser quelque chose.

— Tu sais, la sonate qui commence par le chant du violon et puis le piano lui court après et... ils n'arrêtent pas de se prendre, de se quitter. On dirait deux amoureux qui se parlent, se disputent, se retrouvent, se disent des mots doux. Tu te souviens ?

Elle chantonne le violon, puis le piano, accélère, fait gronder le tonnerre pour le piano, pépier un oiseau pour le violon et entend un cri rauque à l'autre bout du téléphone. Elle respire à nouveau et bloque ses larmes. Il ne faut pas qu'il devine qu'elle pleure.

— Je vais jouer devant toute l'école avec un garçon que j'aime beaucoup. Il s'appelle Gary Ward. Il est à moitié anglais, à moitié écossais, il est beau, *abuelo*! Il est beau dedans et il est beau dehors.

Elle se force à rire et dit, en essayant d'être malicieuse et frivole, eh oui, ça existe! Elle se fait l'effet d'une de ces filles qui dissertent sur les garçons en sirotant un Coca light avec leurs copines.

— Et je crois bien que je l'aime. Oui. Je l'aime. J'ai bien réfléchi.

— Tu l'aimes, ma toute belle? dit sa grand-mère en frappant dans ses mains.

— Je ne crois pas, j'en suis sûre.

— Et lui?

— Il me laisse toute la place quand on joue. Il étend son bras dans la rue pour arrêter un camion, il porte mon violon, il m'offre un café ou un plat de spaghettis, il me commande un taxi, il remarque tu n'es pas encore bien réveillée ce matin, tu n'as pas bu ton café. Et comment tu le sais? Parce que tu aurais un trait de moustache au-dessus de la lèvre. Il fait attention aux détails, *abuelo*!

Ulysse pousse un grognement de plaisir.

– Il m'écoute, il me parle, il se confie et ça, à mon avis, ça veut dire que j'ai de l'importance pour lui.

Elle prend la *Viola odorata* à témoin et lui sourit, c'est fou comme parler à voix haute de son émoi rend tout limpide.

– Il ne le sait pas encore, c'est tout. Il faut attendre encore un peu, non ?

C'est ce que son grand-père lui avait dit un jour. Parfois on comprend qu'on aime quelqu'un quand il vous a tourné le dos. Et alors, c'est trop tard. Ce jour-là, elle avait été triste. Elle s'était demandé si c'était arrivé à son grand-père. Cela ne se pouvait pas : Ulysse aimait Rosita.

– Je vais jouer pour toi, ce soir-là, *abuelo*. Je vais faire monter une prière de mon violon. Pour que tu retrouves la parole, pour que tu retrouves tes jambes, le goût des couleurs, des odeurs, des *empañadas,* du café noir sucré. Tu m'accompagnes tout le temps, tu vis dans ma tête, je te parle quand je répète, quand je traverse le Parc, quand je n'ai pas assez mangé et que j'ai faim. Tu es toujours avec moi.

Elle s'arrête parce que sa voix a tremblé.

– Et s'il te plaît, ne m'envoie plus d'argent. Tu as compris ? Tu en as plus besoin que moi et je me débrouille très bien.

Les larmes coulent sur ses joues sans bruit, elle les laisse couler. Il ne peut pas la voir. Il est à Miami.

— Je t'aime, *abuelo*.

Rosita a dû rapprocher le combiné du visage d'Ulysse car elle entend un souffle saccadé, comme si son grand-père voulait sortir des mots coincés au fond de sa gorge. On dirait un râle qui éraille le silence.

— Je sais, *abuelo*, je sais… je vais être la meilleure, je te le promets, je vais tout donner. Tout donner.

Le râle devient plus fort. Il entre dans ses oreilles, descend jusqu'à son cœur, le déchire.

— Tu penseras à moi, le 30 avril, je serai dans le grand amphi de la Juilliard… Il y aura des professeurs, des professionnels, des agents, il y aura même la télévision. CBS! Ils tournent un sujet pour *60 minutes*. Tu te rends compte : je vais passer à *60 minutes*, moi, Calypso! Tu me verras, tu seras fier!

Le râle devient un grognement qui secoue son corps, le fait tousser, le coupe en deux. Il enrage de ne pas pouvoir s'exprimer.

— Comment je serai habillée? Tu vas rire, mais je n'y ai pas pensé! Une robe? Oui, je porterai une robe. Promis. Je me coifferai et je mettrai les deux petits brillants que tu m'as donnés pour mes quatorze ans. Tu te souviens? Je vais peut-être décrocher un engagement à Miami, tu viendras me voir, dis? Promets-le-moi!

Elle continue à lui parler des boucles d'oreilles, de *60 minutes*, de la sonate de Richard Strauss que Gary lui a demandé de jouer avec lui.

– Tu sais, notre sonate, celle qu'on a répétée dans le garage avant que je parte... On va la jouer, Gary Ward et moi.

Le râle au bout du fil devient un cri, une bouche de gorgone qui veut hurler sa joie. Calypso pose la main sur le téléphone pour ne pas entendre.

– Je t'aime, *abuelo*, je t'aime, elle murmure à voix basse. Prends bien soin de toi.

Ulysse rugit.

Il secoue la tête de toutes ses forces. Un filet de salive coule sur son menton. Ses yeux brûlent de larmes furieuses. Il pousse son visage en avant et montre l'armoire.

Rosita a appris à traduire les coups de menton de son mari. Elle dirige son regard vers le haut du meuble.

– Là-haut ? elle demande. Tu veux que je cherche quelque chose là-haut ?

Il opine. Elle va chercher un escabeau. Il esquisse un sourire en biais.

Elle monte sur une marche, le regarde. Il hoche la tête. Elle lève le genou et monte une autre marche, puis une autre et une autre.

– Tu vas finir par me tuer, elle marmonne.

Il secoue la tête, excédé. Comme s'il voulait dire presse-toi ! Arrête de faire ta mijaurée !

– Je sais ce que tu penses, tu l'oublies trop souvent. Je peux lire dans chacun de tes cils maintenant!

Il rugit à nouveau, homme sans bras ni jambes, condamné au silence, ramené à l'état de bête. Comme je t'ai aimé et comme j'ai su te pardonner! elle soupire en posant la main sur une valise.

Un nuage de poussière âcre la fait tousser, lui pique les yeux. Elle crache la poussière et jure.

– Non! C'est la valise de l'Américaine! Je n'y toucherai pas. Tu veux partir, c'est ça? Tu veux partir?

Il pousse son menton en avant pour lui commander d'ouvrir la valise en nylon rouge.

Elle se rebelle, se retourne vers lui et c'est à elle maintenant de crier, non! Ne me demande pas ça, je ne le ferai pas!

Elle hurle, il grogne, elle pleure, il gronde. Elle refuse de descendre la valise.

Ses yeux le foudroient du haut de l'escabeau, leurs regards s'affrontent. Tu le feras, il ordonne, parce que je le veux! Jamais, elle proteste, j'ai trop subi de toi. Je suis resté, je t'ai choisie, qu'est-ce que tu me reproches? Oui, mais à quel prix? Et pourquoi dois-je payer sans cesse? Je le veux, je le veux, il trépigne sans bouger. Ça ne s'arrêtera jamais, cette histoire? elle se lamente encore en un dernier effort pour se rebeller.

Et c'est un spectacle étrange que de suivre l'affrontement de ces deux vieillards, l'un dans son fauteuil roulant, le cou tendu, rouge, les mains déformées, les jambes recroquevillées, qui se contorsionne pour parler, gronde pour se faire comprendre, et l'autre, lourde, pesante, sur la dernière marche d'un escabeau, qui secoue une valise en nylon rouge et refuse de la descendre.

Ils savent déjà lequel perdra le combat, mais ils ne veulent pas se rendre trop vite parce que le goût de ce combat-là est la dernière chose vivante et chaude qu'il reste entre eux.

Elle l'a vu ! Elle l'a vu !

Elle était garée devant l'université. Elle s'entretenait dans sa voiture avec un étudiant qui lui avait couru après, rue Pasteur, alors qu'elle ralentissait pour pénétrer dans le parking. Il avait tapé à sa vitre. Elle s'était arrêtée, lui avait ouvert. Ce n'était ni le bon endroit ni le bon moment, elle avait un cours à donner, mais il l'avait suppliée. Montez, elle avait fini par dire en attrapant les livres et les dossiers sur le siège avant, puis les avait fait basculer à l'arrière, sur la couverture de Du Guesclin qui avait émis un grognement. Désolée, mon vieux ! Nous avons de la compagnie.

Il tombait une pluie fine, pénétrante, avec des bourrasques de vent qui retournaient les parapluies, faisaient s'envoler les papiers. L'étudiant se passait la main dans les cheveux, soufflait sur ses doigts, son nez gouttait.

Il s'appelait Jérémie, voulait lui parler de sa thèse. Il avait eu un mouvement de recul en apercevant Du Guesclin. Il s'était assis sur le siège avant, s'était écrasé contre la portière pour garder Du Guesclin à distance. Il avait vingt-cinq ans, les épaules voûtées, les joues piquées de petits boutons rouges et les tempes dégarnies. Il fera un chauve précoce, n'avait pu s'empêcher de penser Joséphine. Elle s'était rappelé Antoine, il était effrayé à l'idée de perdre ses cheveux. Il affirmait qu'il y avait trois âges fatidiques pour devenir chauve : vingt, quarante et soixante ans. Après, on était tranquille. Il confessait que la calvitie était le problème numéro un des hommes. Bien avant l'amour !

– Que se passe-t-il, Jérémie ?

– J'y arrive pas, madame, j'y arrive pas !

Il écrivait sa thèse de troisième cycle sur le plaisir au Moyen Âge, la bonne chère, les fêtes, les danses, les chansons, la jouissance sexuelle, le contrôle exercé par l'Église, prompte à réprimer des pratiques déclarées lubriques, donc sataniques. Il l'avait commencée, gourmand, insolent, utilisant des anecdotes croustillantes pour amuser le lecteur, avait longuement évoqué la peur sexuelle qu'inspirait la femme et son appareil génital, « il est froid, humide et la matrice éprouve une jouissance semblable à celle des serpents qui, dans leur quête de chaleur, pénètrent à l'intérieur de la bouche des dormeurs. La puissance sexuelle de la femme est inquiétante. L'excès d'humidité dans le corps de la femme lui donne une capacité illimitée à l'acte sexuel. Elle ne peut être assouvie, est reprise à l'envi. On dit d'ailleurs que la femme est la seule femelle des êtres animés qui souhaite avoir des rapports sexuels après la fécondation». On sentait qu'il se délectait. Mais il avait vite perdu de sa superbe devant les difficultés qu'il rencontrait.

Joséphine avait lu ses feuillets. Trop d'anecdotes, pas de plan, un manque de maîtrise évident.

— C'est brouillon. Vous perdez pied car vous n'avez pas de point de vue. Vous ne savez pas quoi penser de votre sujet, passé le stade des anecdotes.

— C'est pour cela que je voudrais en parler avec vous.

— Vous avez mal choisi votre moment, j'ai cours dans cinq minutes!

— S'il vous plaît, madame Cortès...

Il lui avait adressé un long regard de chien errant sur une autoroute. Il avait des plaques d'eczéma dans le cou et se grattait machinalement en fermant à demi les yeux comme s'il y prenait plaisir.

— Voulez-vous qu'on se voie après le cours?

— On ne peut pas vous parler, il y a trop de gens.

— Alors, on va prendre rendez-vous pour la prochaine fois...

Elle avait cherché son agenda dans son sac, l'avait saisi et, alors qu'elle relevait la tête et se tournait vers le jeune homme, elle avait aperçu un Kangoo rouge qui se garait sur le parking. Une camionnette avec une décalcomanie sur le côté gauche. Pourquoi ce véhicule avait-il attiré son attention? Peut-être avait-elle pensé à ce qu'on dit des voitures rouges, à savoir qu'elles ont plus d'accidents que

les autres ? Peut-être avait-elle été attirée par cette décalcomanie : une tête de chien de chasse ? Et où était donc son
portable puisqu'il n'était pas dans son sac ? Elle l'avait
perdu trois fois en quinze jours ! Elle le retrouvait toujours,
presque à regret. Comme si elle ne voulait pas être jointe.
Qu'elle désirait qu'on la laisse en paix.

Un besoin de vagabonder. Loin de Paris, de Zoé. Loin
de Londres, de Philippe, de Shirley. Avec pour seul com-
pagnon ce bon vieux Du Guesclin.

Néanmoins, tout occupée qu'elle était à parler avec
l'étudiant, elle n'avait pas manqué de voir l'homme descendre de son véhicule, claquer la portière, se diriger vers
elle d'un pas résolu. Elle entendait à peine les propos de
Jérémie, cherchait sur son agenda un jour pour le voir, se
faisait la réflexion que ce Kangoo était un tas de boue, et,
oui, on pourrait se voir mardi prochain, on se retrouverait
à la cafétéria, j'aurai relu votre texte et je pourrai vous en
parler de manière plus approfondie. Jérémie acquiesçait,
merci, cela m'aiderait, je suis en train de perdre confiance
en moi, je suis parti trop vite, je crois. Trop vite et de
façon trop téméraire, elle avait ajouté dans un sourire.

L'homme s'était approché, elle l'avait vu marcher
contre le vent, penché en avant, le nez enfoncé dans le col
de son manteau, presque au ralenti. Il maintenait d'une
main son chapeau enfoncé sur la tête. Elle ne distinguait
ni ses yeux, ni sa bouche, ni son visage mais elle savait
que c'était lui.

Elle aurait voulu crier, lever les bras pour se protéger. Il allait briser la vitre de sa voiture, c'était sûr. Elle n'arrivait plus à reprendre son souffle.

— Ça va pas, madame ? Vous tremblez...

— Si, si, ça va...

Il était passé. Il avait frôlé sa portière sans un regard pour les deux passagers. Elle n'avait entrevu qu'une manche de tissu grossier, une grosse toile huilée, puis son dos, ses épaules, ses mains dans des gants épais. Il était grand, agile. Il y avait dans sa démarche une souplesse presque féline, l'assurance du type qui n'a pas peur et qu'on n'arrêtera pas d'un ordre ou d'une menace. Elle n'avait pas aperçu son visage et ne pouvait deviner son âge.

Elle avait regardé l'heure, s'était écriée mon Dieu, je suis en retard pour mon cours ! J'ai un coup de fil à donner, allez prévenir que j'arrive tout de suite !

Jérémie avait quitté la voiture en se confondant en remerciements merci madame, merci madame, vous m'avez soulagé, vous savez. Elle avait repris son souffle, attendu que les battements de son cœur se soient calmés et était sortie sur le parking dans les tourbillons du vent d'avril.

La première chose qu'elle fit fut de noter le numéro de la plaque d'immatriculation. Elle était maculée de boue, le propriétaire risquait d'écoper d'une contravention pour dissimulation d'identité. C'était une vieille plaque qui se terminait par les chiffres 89. Département de l'Yonne. Préfecture : Auxerre. Sous-préfecture : Sens. Saint Louis avait épousé Marguerite de Provence en 1234 à Sens et le pape Alexandre III s'y était réfugié de 1162 à 1165.

Elle ne put s'empêcher de remarquer que le chien sur la décalcomanie avait une bonne tête, de longues oreilles marron qui pendaient comme deux gants de toilette. On aurait même pu croire qu'il souriait.

Elle demanderait à Garibaldi à qui appartenait cette voiture. Ils ne se voyaient jamais, mais elle savait qu'elle pouvait compter sur lui. Ils étaient reliés par un fil invisible depuis la mort d'Iris et de Lefloc-Pignel[1]. Ils avaient cheminé ensemble lors de l'enquête, l'inspecteur et elle. D'abord méfiants, puis confiants et enfin presque amis. Elle lisait parfois son nom dans les journaux à l'occasion d'un fait divers et lui envoyait un court texto, « bravo, vous êtes le meilleur ». Il lui répondait toujours, « merci, comment allez-vous ? ». C'était un homme solitaire, taciturne. Il suffisait qu'elle l'appelle et dise « allô, c'est moi » pour que la voix de l'inspecteur change et réponde avec une infinie douceur « madame Cortès, je pensais à vous ce matin... ». Ce n'était sûrement pas vrai, mais elle aimait l'idée qu'il songeât à elle avec bienveillance en se rasant devant sa glace.

---

1. Voir *La Valse lente des tortues*, chez le même éditeur, 2008.

Elle se retourna, vérifia que l'homme ne revenait pas, s'approcha du Kangoo, en fit le tour. Les bas de caisse étaient éclaboussés de terre, les jantes cabossées, les vitres sales. Son propriétaire ne devait pas le bichonner au jet et à la chamoisine le dimanche matin en écoutant RTL.

Elle fit semblant d'avoir un caillou dans sa chaussure, l'ôta, s'appuya à la portière et jeta un coup d'œil à l'intérieur. Elle aperçut un amoncellement d'objets, d'outils, de papiers, de gros sacs de maïs, de blé, de tournesol, une pelle de l'armée, des bottes en caoutchouc, une lampe de poche sur le siège avant, un couteau suisse, des pelotes de ficelle, des sacs en plastique, des sécateurs, une casquette Ferguson, une corde, des chiffons taillés dans de vieux slips, des fils multicolores de batterie, de la paille, des paquets de graines pour oiseaux, une couverture, une masse et, dans le vide-poche, des écrous, des vis, un catalogue *La Sanglière* et un autre de chez Bricoman. L'homme devait être un cultivateur. Il habitait un village ou un bourg. Possédait une ferme, travaillait la terre. Pourquoi la suivait-il? L'espionnait-il pour le compte d'un autre? Ou alors... il habitait une grande ville et cachait sa véritable identité en empruntant cette voiture crasseuse?

Ou bien il l'avait volée?

Elle s'appuya contre la vitre arrière.

Se pencha légèrement. Entrevit des rouleaux de fil barbelé, des canettes de bière, des sachets de Curly, des bonbons Kréma et, bien à plat à côté de la roue, entouré d'un tissu vert foncé, un fusil de chasse.

Il lui sembla, ce jour-là, qu'elle donnait son cours comme une somnambule. Les mots sortaient de sa bouche sans qu'elle y pense. Elle n'était pas sûre de parler, sa voix passait dans l'air et elle l'entendait, étonnée.

Le thème en était : « La présence de la femme dans le *Roman de la Rose* ».

Elle fixait un rang dans l'amphithéâtre, le troisième, et débitait des mots. Les étudiants prenaient des notes. L'homme était là, comme à l'accoutumée.

– En jouant sur le goût des femmes pour la mode jusqu'à en faire un thème misogyne, le *Roman de la Rose* allégorise et alimente un appétit menaçant de la part des femmes pour dévorer le monde des hommes. Les voraces faiseuses de mode du treizième siècle brûlaient, à ce que prétend l'auteur du rondeau contemporain, d'avoir un morceau de peau de leur amant – « un tronson de vo pel » – à épingler à leur robe.

Quand elle prononça les mots « un tronson de vo pel », il lui sembla que l'homme s'agitait. Trouvait-il l'idée saugrenue ou, au contraire, cela lui donnait-il envie de couper un morceau de la peau de son amante ?

Elle l'observait à la dérobée.

Elle avait moins peur que les fois précédentes, comme si le fait d'avoir vu l'intérieur de sa camionnette lui donnait un avantage sur lui.

Oui mais... le fusil, oui mais... le fusil, ne pouvait-elle s'empêcher de penser.

Puis, comme d'habitude, vers la fin du cours, il se détacha du mur, se redressa, ouvrit la porte doucement et sortit. Elle trouverait un prétexte pour demander à un étudiant de la raccompagner à sa voiture.

Et elle dormirait à Lyon. Elle n'avait plus la force de faire le trajet du retour. Il faudrait qu'elle prévienne Zoé.

Il faudrait aussi qu'elle retrouve son portable. Il avait dû glisser sous la couverture de Du Guesclin. Ou peut-être était-il coincé entre le vide-poche et le siège avant.

Quelle importance ? Elle n'attendait pas qu'il sonne.

Elle avait quitté le parking de l'université pour rejoindre le petit hôtel en plein centre de Lyon où elle avait ses habitudes, la pension Menesson. Une maison haute, étroite, bâtie sur trois étages, une quinzaine de chambres qui sentaient le produit d'entretien, des petits rideaux en cretonne verte aux fenêtres et une bonne odeur de gâteau au chocolat dans les escaliers. L'ensemble était désuet, tenu par madame Menesson qui lui gardait une chambre donnant sur la rue au premier étage.

Madame Menesson appréciait Du Guesclin. Et il le lui rendait bien. Il courait se coller contre ses jambes, tirait la langue, mimait l'affamé, haletait en guignant un biscuit. Elle s'accroupissait devant lui, lui flattait le pelage à rebrousse-poil, il bavait de plaisir.

C'était toujours le même rituel.

À chaque visite, elle lui préparait un saladier d'eau qu'elle posait dans la salle de bains de la chambre et versait les restes des repas des pensionnaires dans une grande gamelle en terre. Du Guesclin fonçait sur la gamelle à peine la porte de la chambre entrouverte, freinait devant la pâtée préparée, la reniflait un instant et avalait la nourriture en déglutissant bruyamment. Puis il se laissait tomber, se mettait sur le dos et ouvrait les pattes avec la grâce d'une grenouille écartelée.

Ce soir-là, en entrant dans la chambre, Joséphine allume une lampe de chevet à reflets roses posée sur la table de nuit. Elle ôte ses chaussures, s'étend sur le lit, se répète j'ai vu l'homme ! J'ai vu l'homme ! Enfin ! Je vais connaître son identité, savoir s'il possède un casier judiciaire, s'il sort de prison ou si c'est un citoyen ordinaire. Reste à apprendre pourquoi il me suit. Il n'a pas l'air menaçant.

Oui mais… il y a un fusil de chasse posé bien à plat près de la roue à l'arrière de sa voiture.

Elle divague, allongée sur le lit, observant les lumières

de la rue à travers les rideaux tirés, écoutant le souffle
rauque et régulier de Du Guesclin qui, repu, s'est
endormi, les pas des pensionnaires qui regagnent leur
chambre, leurs voix qui s'apostrophent, se donnent
rendez-vous au bureau ou sur le chantier, lorsqu'une pensée s'impose : l'homme ne la connaît pas.

– Il ne me connaît pas, c'est évident !

Il connaît son nom, il sait qu'elle donne des cours à
l'université Lyon 2, qu'elle est spécialiste du Moyen Âge,
qu'elle écrit des romans, il les a peut-être aperçus sur la
table de nuit de sa femme, de sa fille ou de sa mère, mais
il ne sait rien d'autre. Pourquoi alors passe-t-il des heures
à l'écouter parler sans bouger ?

Il existe une autre raison.

Qu'elle ignore.

Et il y a ce fusil de chasse enveloppé dans un chiffon
vert à l'arrière de la voiture.

Elle se lève. Va s'asseoir sur le radiateur placé sous la
fenêtre, pose les pieds dessus, entoure ses genoux de ses
bras, écarte le rideau. La lumière des réverbères dessine
des traits verticaux et blafards dans la nuit. Il doit être
neuf heures et demie. La rue est déserte. Le ciel noir,
privé d'étoiles. Elle ne parlera pas à son père ce soir, mais
elle ira promener son doigt dans les livres. Tentera de
comprendre le message des mots.

Philippe lui manque.
Elle ne lui a pas parlé de l'homme.
Elle ne lui parle presque plus.

Elle est seule face à cet homme qui la traque.
Du Guesclin s'est levé. Il vient poser sa grosse tête sur ses cuisses. Il pèse de tout son poids avec l'insistance de celui qui prévient je suis là, moi, ne m'oublie pas ! Elle lui tâte le museau, y dépose un baiser, je sais, je sais ce que tu me dirais si tu pouvais parler.

Il lui lèche la main délicatement, comme s'il demandait la permission, promène sa langue sur ses doigts, insiste, devient glouton puisqu'elle ne réagit pas. Je n'aime pas ton silence, semble-t-il dire, fais du bruit, pousse un cri, ne reste pas à ressasser de noires pensées. Tout devient terrible dans le silence.

Elle lui donne une tape douce et répond oui, oui, j'ai compris, mais comment t'expliquer ? Je sais que tu comprends tout, tu as connu des douleurs et des guerres dans ta vie de chien. Je n'oublie pas que je t'ai recueilli errant dans les rues de Paris, une nuit, en compagnie de Lefloc-Pignel, tu te souviens ? Tu m'avais fait peur tellement tu étais laid !

Le souvenir de Lefloc-Pignel la fait sursauter. Imbécile ! elle se dit. Ce n'est pas lui qui te suit, il est mort depuis longtemps, mais son complice, comment s'appelait-il déjà ? Un nom impossible à retenir, Van den...

Van den Brock.

Le procès avait eu lieu. Van den Brock avait écopé de dix ans de prison pour complicité d'assassinat sur la personne d'Iris Dupin. Il avait nié en être l'instigateur, avait prétendu n'avoir été que le témoin de la folie d'un homme qui était, il est vrai, son ami. C'était il y a cinq ans. Il n'est quand même pas déjà sorti de prison ! Et pourquoi pas ? se demande Joséphine en comptant les années de prison et les années de possible remise de peine. Non, non ! Je l'aurais reconnu ! Et pourquoi rôderait-il parmi les étudiants ? Cela n'a pas de sens.

Tout devient terrible, la nuit. Les ombres s'allongent et sortent leurs griffes. Qu'a-t-on changé dans cette chambre rose pour que je tremble ? Et de quelle peur s'agit-il ? Celle de Lyon ou celle de Londres ? Sois honnête, Joséphine, ne te mens pas. Le mensonge est le pire des guides. Il t'entraîne dans des souterrains menaçants et détale en ricanant.

Une fumée gracile et blanche monte de la bouche d'aération du restaurant, se dandine un instant sous ses yeux et retombe, épuisée.

Philippe lui manque.

Elle appelle la réception, demande à madame Menesson si elle n'a pas trouvé son téléphone. Elle l'a peut-être oublié sur le comptoir ce matin.

– Vous avez encore perdu votre portable ! Mais vous le faites exprès, madame Cortès ! s'exclame madame Menesson en riant.

– Je vais le mettre dans la poche intérieure de mon sac et arrêter de le laisser traîner partout.

– Vaudrait mieux ! Ça tourne à la manie, votre histoire.

Joséphine laisse échapper un petit rire nerveux et raccroche.

Elle le perdra à nouveau.

Elle ne veut pas voir s'afficher un numéro anglais sur l'écran. Quand il clignote, elle ne décroche pas. Elle n'a rien à dire. C'est inutile d'ajouter des mots.

Les coins de la bouche de Joséphine s'affaissent, elle lutte pour ne pas pleurer. Elle est seule. Ou elle se sent seule.

Quelle est la différence ?

C'est arrivé il y a quelques semaines, à Londres.

L'anniversaire de Philippe approchait. Elle avait acheté deux places pour la comédie musicale *The Book of Mormon* dont tout le monde parlait. Neuf Tony Awards dont celui du *Best Musical*. Elle les avait placées soigneusement dans son portefeuille avec ses *pounds* et ses euros. Mais elle voulait lui faire une autre surprise. Lui offrir une reproduction d'un dessin de Lucian Freud. Un tirage limité. Une folie, c'était certain. Une folie qu'elle lisait dans les yeux de Philippe chaque matin, qu'il emportait chaque soir dans son sommeil. Une folie qui avait surgi alors qu'il consultait un catalogue d'art en buvant un vieux whisky tourbé. Il avait posé son doigt sur une page, l'avait laissé traîner, avait eu un petit haussement d'épaules, poussé un soupir et tourné la page.

Joséphine l'observait en silence et s'était réjouie. J'ai trouvé son cadeau d'anniversaire ! Tant pis s'il faut casser ma tirelire. « La peste soit de l'avarice et des avaricieux ! »

Elle était partie à la recherche du dessin dans les galeries de Londres.

Elle s'en allait, heureuse. Le soleil, le froid soleil d'hiver, caressait sa nuque, ses joues, ses poignets. Elle se félicitait à mi-voix, qui d'autre que moi pouvait lire dans les rêves de Philippe, deviner son désir secret ?

Seule une femme amoureuse déchiffre les regards, les soupirs, une lèvre qui tremble, une main qui se crispe. Une femme amoureuse est toujours à l'affût.

Il avait fallu qu'elle se renseigne, qu'elle cherche dans les pages des journaux le nom et l'adresse de la galerie où l'on trouvait ces dessins. Un travail minutieux de fourmi amoureuse. Que c'est bon, que c'est bon d'aimer et d'être aimée ! Elle sautillait, rougissait, sautillait encore.

Hier, dans la nuit, sous le plumetis blanc de notre grand lit, il a fait de moi une gourgandine honteuse, échauffée, égarée, qui revenait, gourmande, s'allonger contre lui, le caresser, le mordiller, l'entraîner vers d'autres voluptés. Quel piètre amour que le mien si mon cadeau n'est pas folie! chantonnait-elle en se rappelant les strophes du Cantique des cantiques.

> *Toute la nuit j'ai cherché celui que mon cœur aime.*
> *Étendue sur mon lit, je l'ai cherché, je ne l'ai pas trouvé!*
> *Il faut que je me lève,*
> *que je parcoure la ville, ses rues et ses carrefours.*
> *Je veux chercher celui que mon cœur aime.*
> *Je l'ai cherché, je ne l'ai pas trouvé!*
> *J'ai rencontré les gardes qui parcourent la ville :*
> *«Avez-vous vu celui que mon cœur aime?»*
> *À peine les avais-je dépassés,*
> *j'ai trouvé celui que mon cœur aime.*
> *Je l'ai saisi, je ne le lâcherai pas.*

Et elle riait dans le col de son imperméable, le froid lui piquait les joues, le nez, lui donnait envie d'éternuer.

Elle s'était arrêtée devant la galerie Blain/Southern à l'angle de Hanover Square et de Hanover Street. On y vendait les dessins de Lucian Freud. Et particulièrement celui d'une chambre austère, meublée d'une table de nuit, d'un lit étroit en fer avec des boules de cuivre, un lit jonché d'oreillers, de draps froissés où se devinait l'empreinte d'un corps nu. Elle avait hésité entre le dessin de la chambre et celui d'un chien efflanqué, un peu honteux. Il était émouvant, il appelait la caresse, inspirait la compassion.

Mais il était déjà vendu.

– C'est une femme qui l'a acheté. Elle a hésité comme vous, avait fait remarquer la dame de la galerie. Il faut reconnaître qu'ils sont beaux tous les deux, différemment cependant…

– Ce n'est pas grave, avait dit Joséphine, je prends la chambre.

Le chien était peut-être plus doux, plus tendre… mais le lit murmurait j'aime où tu m'emmènes, ta mâle assurance, tes demandes de reddition, ton autorité sans pardon.

– Vous pourriez me faire un bel emballage ? Je viendrai le chercher demain.

Elle était repartie sous le soleil anglais, légère, heureuse.

Elle chantonnait pour laisser s'échapper le bonheur.

J'ai trouvé celui que mon cœur aime.
Je l'ai saisi, je ne le lâcherai pas.

Elle avait failli se faire écraser par un bus rouge qui tournait à l'aplomb du trottoir et qui avait klaxonné à lui en faire éclater les tympans. Oh, excusez-moi, j'étais ailleurs, elle avait murmuré au monsieur à côté d'elle sur le trottoir qui la traitait de folle. Vous ne pouvez pas comprendre. Vous connaissez le Cantique des cantiques ?

Elle avait eu beaucoup de mal à ne pas rougir pendant le dîner quand Philippe avait parlé de Lucian Freud devant Alexandre et des amis français venus de Paris. Il avait conclu que ces folies-là faisaient désormais partie du passé, qu'il avait des causes plus sérieuses à défendre. Son débit s'était accéléré, Joséphine avait compris qu'il n'en pensait pas un mot.

Chacun y était allé de son commentaire en assurant que le prix des tableaux avait atteint des sommets indécents. La spéculation était devenue une plaie, l'art une valeur refuge comme l'or. Cela ne voulait plus rien dire, il valait mieux en effet se consacrer à autre chose.

– Vous vous rendez compte du nombre de repas que je pourrais financer avec le prix d'un seul de ces dessins ? avait demandé Philippe sur un ton qui se voulait léger mais où perçait le regret.

Le lendemain, Joséphine s'en était retournée à la galerie. Elle venait de dépasser la banque Barclay quand elle avait aperçu Shirley. Elle tenait un paquet au bout du bras et avançait en regardant ses pieds.

– Shirley! avait crié Joséphine en faisant de grands signes.

– Joséphine…, avait répondu Shirley en relevant la tête et en marquant un temps d'arrêt. Qu'est-ce que tu fais ici?

– On va prendre un thé? Faut juste que je passe à la galerie.

Elle lui montrait du doigt la Blain/Southern.

Shirley avait bégayé je ne sais pas si j'ai le temps, je ne sais pas, il faut que je file.

– Mais enfin, Shirley, cela fait deux jours que je suis à Londres et nous ne nous sommes pas vues! Tu n'es pas venue dîner hier soir. Et d'ailleurs, tu ne viens plus jamais dîner chez nous. Je vais finir par croire que tu m'évites!

Shirley avait écarté les bras, puis les avait rabattus sur ses cuisses, plusieurs fois de suite, comme si elle était en train de se noyer et appelait au secours. Non, non, elle avait dit, c'est juste que, en ce moment, je ne sais pas, le temps passe à toute vitesse, il fait froid, Murray Grove, le refuge, un boulot fou, les repas, les courses à faire, tu es arrivée quand? Zoé va bien? Et quel temps fait-il à Paris?

Elle disait n'importe quoi, montait et descendait mécaniquement les bras et le paquet accompagnait ses mouvements de façon drolatique. Joséphine avait ri.

– J'espère que ce n'est pas fragile…

– Non, non. C'est un… je ne savais pas quoi acheter, alors…

195

Shirley avait marqué une pause comme si elle hésitait à se confier.

– Un imperméable pour Oliver. Il se plaint qu'il n'a rien à se mettre et qu'il pleut tout le temps. Tu sais comment il est ! Il bougonne, il bougonne, mais il ne lui viendrait pas à l'esprit de pousser la porte d'une boutique et...

– Il va bien ? J'aimerais bien le voir, avait dit Joséphine. Elle avait aussitôt regretté ses mots. Elle venait de se rappeler que la veille, à Murray Grove, Penelope, qui s'occupait des repas avec Shirley, lui avait murmuré en confidence Shirley est de mauvaise humeur, je crois bien qu'il y a de l'eau dans le gaz avec Oliver et ça la rend folle. Elle agresse tout le monde.

– Oh ! Je suis désolée, Shirley, ça m'a échappé...

– Pourquoi serais-tu désolée ? avait demandé Shirley en relevant bravement le menton.

– Je ne voulais pas te faire de peine.

– Me faire de la peine ? Joséphine, tu dis n'importe quoi !

Il y avait une pointe d'agressivité dans sa voix. Joséphine le remarqua et en fut blessée. Elle tendit la main vers Shirley.

– Pardonne-moi, je ne voulais pas t'offenser. Ça ne va pas ?

– Mais si ! Ça va très bien. Pourquoi ça n'irait pas ? T'es énervante, Jo, tu veux toujours soigner les gens comme si le monde entier était une vaste infirmerie !

Joséphine l'avait dévisagée et s'était dit c'est sûr,

quelque chose ne va pas. Elle avait pris Shirley par le coude, l'avait forcée à entrer avec elle dans la galerie, avait lancé à la propriétaire bonjour, je suis madame Cortès, je passerai prendre le dessin un peu plus tard dans l'après-midi, cela vous convient-il ?

La femme les avait regardées, étonnée, avait failli poser une question, s'était reprise et avait acquiescé.

– Pas de problème, madame Cortès. À tout à l'heure.

Elle avait jeté un regard surpris à Shirley, qui avait tourné la tête.

Joséphine et Shirley étaient ressorties et, dans la rue, Joséphine avait demandé :

– Tu la connais, cette femme ?

– Non. Elle a dû me prendre pour quelqu'un d'autre.

Devant la grande baie vitrée de la galerie, Joséphine s'était arrêtée, avait serré le bras de Shirley et dit :

– Regarde-nous, Shirley, on n'est pas une paire d'amies formidables ? On va aller prendre un thé et tu vas tout me raconter.

– Mais je n'ai rien à raconter !

– On ne s'est pas vues depuis trois semaines et tu n'as rien à me dire ?

– J'ai pas le temps.

– Tu vas le trouver ! avait ordonné Joséphine en poussant Shirley vers Piccadilly Street.

– J'ai pas envie de parler, Joséphine !

– Justement, c'est ce qui m'inquiète. Allons chez

Fortnum & Mason. À cette heure-ci on n'aura aucun mal à trouver de la place. Tu n'es pas seule dans la vie, je suis là. Je suis ton amie, tu peux tout me dire. Et demain, tu vas venir à la maison pour l'anniversaire de Philippe. C'est un ordre !

– Je n'obéis jamais aux ordres. Tu devrais le savoir, Jo, avait répondu Shirley d'une voix sourde et triste.

Joséphine était heureuse à l'idée du dîner du lendemain, heureuse du soleil qui chauffait sa nuque, heureuse d'avoir retrouvé son amie. Elle serrait le bras de Shirley, le relâchait, le serrait à nouveau, elle la regardait en souriant. Elle insista allez, Shirley, dis oui… Si tu ne viens pas, ce ne sera pas pareil.

– Tu crois vraiment ? murmura Shirley d'une petite voix malheureuse.

Joséphine sentit alors que quelque chose lui échappait. Elle comprit en débouchant sur Piccadilly qu'il planait un malheur au-dessus de sa tête.

Elle tendit le cou pour attraper encore un peu de soleil puis pénétra avec Shirley dans le grand bâtiment en briques rouges où, sur un panneau de bois vert amande, se dessinaient les lettres qui la remplissaient de joie : FORTNUM & MASON.

— Tu as lu ce qui est écrit dans le menu ? elle avait dit en essayant d'égayer l'atmosphère, écoute bien : « Le 1er mars, le restaurant a été inauguré par Sa Majesté la Reine, la duchesse de Cornouailles et la duchesse de Cambridge, et rebaptisé *The Diamond Jubilee Tea Salon with enormous joy and excitement.* » J'aime les Anglais ! Ils ont le sens de la pompe et de l'étiquette.

Shirley semblait abîmée dans la contemplation du menu.

La serveuse s'était approchée et attendait leur commande.

— Je vais prendre des côtes d'agneau avec des flageolets et plein de sauce, avait déclaré Joséphine, je meurs de faim. Vous avez compris : plein de sauce !

— Je vous mettrai une saucière à côté.

— Parfait.

Shirley avait commandé un thé avec des toasts.

Elle avait déposé son paquet sur une chaise. Blanc immaculé, entouré d'une ficelle en chanvre, très chic. Elle restait silencieuse. Elle ouvrait de temps en temps la bouche pour commencer une phrase mais s'arrêtait, retournait un coin de la nappe, le pliait sous ses doigts. Cela faisait comme un éventail qu'elle ouvrait et refermait.

— Ça va pour toi à Murray Grove ? avait demandé Joséphine.

— On a beaucoup de travail. Je suis fatiguée. Je cours partout, je dors très peu.

– Philippe a l'air fatigué aussi.

– Ah oui ? avait dit Shirley. Pourtant, il ne laisse rien paraître… Il déploie une telle énergie.

– Et Oliver ? Comment va-t-il ?

– Il voyage, il n'est pas souvent là. Sinon, ça va…

Elle parlait d'une voix atone comme si elle récitait un texte. Et ses doigts pliaient le bord de la nappe sans que son regard rencontre celui de Joséphine.

– Et puis il fait froid, l'hiver n'en finit pas, j'ai envie d'aller au soleil.

– Pourquoi tu ne prends pas quelques jours de vacances ? Je suis sûre que Philippe comprendrait. Vous êtes bien organisés maintenant, vous pouvez vous absenter à tour de rôle. Il va bien partir une dizaine de jours au Japon, lui.

Shirley releva la tête vivement :

– Quand ça ?

– Prochainement. Il va chez son copain Takeo. Il prétend qu'aller passer dix jours chez lui vaut dix thalassos.

– Il m'a rien dit !

– Il a dû oublier.

– Mais c'est important ! Il aurait dû me le dire.

– Il va sûrement te le…

– On travaille ensemble tout de même ! Moi, je le préviens à l'avance si je dois m'absenter. Il exagère, vraiment, il exagère !

– Tu ne trouves pas que c'est toi qui exagères un peu ?

— Non, répondit Shirley, butée. Pas du tout. T'es pas là, toi, tous les matins et tous les soirs! Moi, si. Je n'ai pas manqué un seul jour!

— Oh, Shirley, je t'en prie, ne sois pas si agressive!

— Je ne suis pas agressive, je veux qu'on me traite bien, c'est différent.

— Mais tu n'es pas seule.

— Comme si tu savais comment on fonctionne! Tu vis loin d'ici, loin de nous, tu n'es plus au courant de rien!

Joséphine regarda son amie, stupéfaite, et demanda :

— Pourquoi me parles-tu ainsi?

— Je te parle comment?

— Tu m'agresses. Tu m'en veux? Je t'ai fait quelque chose?

Shirley avait secoué la tête.

— Tu me fuis, Shirley.

— Faux. C'est toi qui penses que le monde devrait s'arrêter parce que tu poses le pied sur le sol anglais.

— Mais on se voyait tout le temps avant!

— Eh bien, disons que c'était avant. Que les temps ont changé.

— Que se passe-t-il, Shirley?

— Mais il ne se passe rien et il ne s'est rien passé. Tu as compris. RIEN. C'est toi qui imagines...

— J'imagine quoi? avait relevé Joséphine, incrédule.

— T'imagines, t'imagines... Oh, et puis tu m'énerves!

Joséphine avait tendu la main vers Shirley en signe de

paix. Shirley s'était dégagée d'un geste brusque et avait lancé les bras en l'air, excédée. Elle heurta la serveuse qui arrivait avec son plateau, le thé, les toasts, les côtelettes d'agneau, les flageolets et la saucière pleine de sauce grasse. Tout se renversa sur le chemisier de Shirley, coula en épaisses traînées brunes sur la chaise où se trouvait le paquet, coula le long de la chaise, sur la moquette. La serveuse poussa un cri, Shirley bredouilla des excuses, Joséphine trempa sa serviette dans son verre d'eau et tenta d'essuyer.

Les conversations s'étaient arrêtées, les gens les observaient en dissimulant des sourires derrière leurs serviettes.

Shirley s'était levée et avait couru aux toilettes.

Joséphine l'avait regardée, désemparée.

Qu'était-il arrivé ? Qu'avait-elle dit pour que Shirley s'emporte ainsi ?

Elle aurait voulu retrouver l'allégresse de la matinée qui la menait, joyeuse, vers la galerie. Elle n'était plus sûre de rien, elle s'accusait d'avoir mal agi, d'avoir été maladroite, elle perdait toute assurance.

Il en était toujours ainsi avec elle.

Un instant, elle se sentait forte, libre, audacieuse, il lui semblait même qu'elle était jolie, intelligente et puis... il se produisait un incident, un presque rien, une pensée l'assombrissait, elle était témoin d'une scène dans le métro, dans la rue, elle entendait une remarque, la transformait en critique personnelle et c'en était fini. Elle se sentait abandonnée, perdue et, plus que tout, fautive. Elle avait fait une bêtise. Elle ne savait pas laquelle mais ce devait être sa faute.

Sûrement sa faute.

Elle avait baissé les yeux, son regard avait effleuré le paquet posé sur la chaise. Il était éclaboussé de sauce brune, un coin s'était déchiré et bâillait, entrouvert.

Elle appela la serveuse pour demander de l'aide. Attendit en vain que celle-ci l'aperçoive. Baissa de nouveau les yeux sur le paquet. Souleva le papier pour vérifier que l'imperméable n'était pas taché, fut surprise par le poids et la rigidité du contenu, se pencha, gratta le papier blanc, aperçut un support en carton, ôta un premier emballage, un second et découvrit, étonnée, un dessin encadré : *Le Chien* de Lucian Freud.

Pourquoi Shirley lui avait-elle menti ?

C'était ridicule ! Oliver avait le droit d'aimer Lucian Freud. Sauf que…, se dit Joséphine, ça ne lui ressemble pas du tout. Pour se délasser, Oliver regarde *Les Simpson* à la télé et lit des BD. Toujours les mêmes, *V for Vendetta*, *Watchmen*, *From Hell*. Ou bien il part faire des kilomètres à vélo. C'est comme ça que Shirley l'avait rencontré : son vélo était venu heurter celui d'Oliver près des étangs de Hampstead.

Quand ils dînent tous les quatre, que Philippe évoque un tableau, une exposition qu'il a aimée, Joséphine surprend le regard d'Oliver qui glisse sur le côté. Elle lui tapote le bout des doigts, complice, et il lui sourit en prenant un air d'enfant contrit. Les femmes veulent toujours changer l'homme qu'elles aiment. Toujours. Nous sommes toutes les mêmes, se dit-elle en secouant la tête pour se gourmander.

Elle esquissa un petit sourire. Et se répéta toutes les mêmes.

Shirley voulait « éduquer » Oliver. Faire de lui un esthète. Comme Philippe. Et c'était sans doute Philippe qui lui avait parlé de Lucian Freud. De sa manière de peindre en passant des heures à chercher l'âme du modèle, un travail qui voulait exprimer l'espoir, la mémoire, la sensualité et l'engagement, oui, l'engagement... Elle entendait Philippe, elle imaginait Shirley buvant ses mots. Philippe parle si bien de ce qu'il aime.

Une enveloppe blanche tomba du paquet souillé. Joséphine la ramassa, consciente qu'elle pénétrait dans l'intimité de Shirley. Ce n'est pas bien, dit une petite voix dans sa tête. Oui, mais j'ai envie de savoir comment elle explique ce cadeau à Oliver... Ce qu'elle lui écrit.

Elle l'ouvrit doucement après avoir vérifié d'un coup d'œil circulaire que Shirley ne revenait pas, en extirpa un petit carton blanc. Un dernier regard sur la salle et elle déchiffra ces mots : « *For your eyes only.* »

Elle fronça les sourcils. Retourna le bristol et lut.

«Pour toi, Philippe. Pour nos longues soirées si précieuses, merci d'être toujours là, de passer tant de temps avec moi... *I'll give up heaven to be with you*[1]. Shirley.»

Elle était restée droite sur sa chaise sans bouger, sans ciller.

Elle avait enfoncé les dents de la fourchette dans la paume de sa main et n'avait rien senti.

Elle avait relu les mots sur le carton. Ils devenaient flous, se cognaient, elle n'arrivait pas à les ordonner afin qu'ils produisent une phrase sensée. Philippe, Shirley, longues soirées, toujours là, chaleureuses, douces, merci, tant de temps avec moi. *I'll give up heaven...*

Elle avait remis l'enveloppe dans le paquet, replacé la ficelle, redonné une forme à l'ensemble, ouvert son sac, sorti un poudrier, s'était poudré le nez, avait arrangé ses cheveux, pris deux billets de dix *pounds* dans son porte-monnaie, les avait posés sur la nappe et était partie.

Quand Philippe rentra à Montaigu Square, ce soir-là, il trouva sur la table de l'entrée un mot de Joséphine et un paquet de la galerie Blain/Southern.

---

1. Littéralement : «Je renoncerai au ciel pour être avec toi», mais signifie surtout : «Je ne peux plus vivre sans toi.»

« Bon anniversaire, mon amour, j'ai essayé de te joindre en vain au téléphone. Zoé m'a appelée au secours, elle semble en état de choc, je ne sais pas pourquoi. Je pars tout de suite. Je t'appelle dès que j'en sais plus. Je t'aime. Joséphine. »

Il demanda à Alexandre s'il était au courant de quelque chose à propos de Zoé. Alexandre répondit non. Si c'était sérieux, elle me l'aurait dit, elle a dû s'affoler. Elle en fait toujours des tonnes, Zoé ! Il prit un air de mâle assuré et ajouta comme toutes les femmes, d'ailleurs !

Ils soupirèrent ah, les femmes ! et décidèrent d'aller dîner chez leur italien favori, I Due Veneti. Philippe appela pour réserver une table.

– Tu vas t'arrêter quand de grandir ? Bientôt je prendrai un escabeau pour te parler !

Alexandre sourit. Philippe défit le paquet et contempla le dessin de Lucian Freud. Il sentit quelque chose monter de sa poitrine, une chaleur qui se répandait, lui rendait son souffle, sa liberté. Le tableau le délivrait d'une angoisse furtive. Il avait parfois le sentiment d'être acculé, de ne plus pouvoir bouger. Était-il possible que Murray Grove commence à lui peser ?

Ou s'agissait-il d'autre chose ?

Il se promit d'appeler Joséphine en rentrant du restaurant. Défit sa cravate. Changea de veste. Prit ses clés, son argent. Jeta un dernier coup d'œil au tableau.

Où allait-il bien pouvoir l'accrocher ?

Pourquoi ai-je pris la fuite ? se répétait inlassablement Joséphine dans l'Eurostar du retour. Pourquoi ? C'était son anniversaire. J'aurais pu faire un effort. Non, je ne pouvais pas. Pourquoi n'ai-je rien dit, ni à Shirley ni à Philippe ?

Pourquoi ? Pourquoi ?

Elle ressassait ses pensées, se répétait les mots écrits par Shirley, les reprenait, les analysait, *I'll give up heaven to be with you...* Je ne peux pas vivre sans toi. Je préfère me damner que de vivre sans toi. Je renoncerai au ciel pour vivre avec toi. Elle ne comprenait pas. Comme si c'était trop encombrant pour tenir dans sa tête, que ça dépassait de partout.

Elle apercevait les reflets de la nuit dans la vitre du train. La place à côté d'elle était vide. Elle y avait posé son sac, elle n'avait pas eu la force de le hisser dans le porte-bagages. Ses pensées se perdaient dans la nuit noire trouée de lumières vives. Les lueurs d'une route, les phares des voitures, les néons des restaurants, Pink Flamingo, Blue Bar, The BBQ Saloon, l'intérieur éclairé des maisons. C'est l'heure où l'on mange devant la télévision. Elle imaginait des familles heureuses, malheureuses, regroupées autour d'un plat ou de la télé. Une voix annonça en anglais et en français que le train allait s'engouffrer dans le tunnel. Elle resserra son imperméable. Frissonna.

Elle était partie. Sans faire de scène. Muette. Impassible.

C'est ce que j'ai appris.

C'est ce qu'on m'a appris.

Je suis en état de choc et je demeure impassible. Je lisse mes cheveux, je rajuste ma tenue, je souris.

– Prends une douche, habille-toi, recoiffe-toi.

Ce jour-là, dans les Landes, quand elle était sortie de l'eau, étourdie, dans les bras de son père, elle avait entendu sa mère crier on ramasse les affaires et on rentre.

Dans la voiture, secouée par les cahots, écœurée par les renvois d'eau de mer qui coulaient de sa bouche, sa mère lui avait ordonné :

– Quand on sera à la pension, tu prends une douche, tu t'habilles, tu te recoiffes et tu nous rejoins à table. Je m'occupe d'Iris.

Son père conduisait, les yeux fixés sur la route. Elle le voyait de dos : sa mâchoire faisait une petite boule dure sur la joue droite. Et sa main serrait le volant comme s'il voulait le tordre.

Ils étaient rentrés à la pension de famille où ils réservaient chaque été une chambre pour les filles, une chambre pour les parents. La pension Sévaire, une maison blanche au toit rouge au milieu des pins. Joséphine était montée prendre sa douche, s'était savonnée, séchée, habillée, avait passé la brosse dans ses cheveux et était redescendue dans la salle à manger.

Elle avait pris soin de bien tirer sur les plis de sa robe pour que ça ne « bouffe » pas. Sa mère voulait qu'elle porte une robe pour dîner le soir, cela faisait distingué, mais détestait quand les plis autour de la taille bouffaient, cela faisait négligé.

C'était une drôle de sensation. Comme si elle marchait à côté de son ombre. Son ombre descendait les escaliers, son ombre s'asseyait à table, dépliait la serviette, la posait sur ses genoux, son ombre posait les mains sur la table, son ombre souriait.

Il s'était passé quelque chose de terrible et personne n'en parlait. Ils étaient assis, bien peignés, bien habillés. Une famille modèle. Sa mère saluait les uns, les autres. Son père gardait le silence et se grattait la joue de son index gauche, Iris se plaignait d'être fatiguée et voulait monter se coucher. Sa mère répétait tiens-toi droite, Joséphine ! Joséphine mâchait du sable, entendait les vagues taper dans ses oreilles, écarquillait ses yeux rougis par le sel. Ils mangeaient leur côte de veau et leur purée maison en souriant aux pensionnaires.

— Bonne journée, madame Plissonnier ?
— Excellente. Et vous, madame Pinsot ?
— Parfaite. Les petites se sont bien amusées ?

– Comme deux folles !

– On a eu de la chance avec le temps. Ça ne s'est couvert qu'en fin de journée... mais quel orage ! Vous n'étiez pas dans l'eau, au moins, quand il a éclaté ?

– Ah mais non !

– Espérons qu'on aura beau temps demain. Bon appétit, madame Plissonnier.

– Bon appétit, madame Pinsot.

Son père jouait avec sa côte de veau, la repoussait du bout de son couteau, coupait des petits morceaux qu'il portait à sa bouche et reposait sans les manger.

– Bonne journée, madame Plissonnier ?

– Excellente. Et vous, madame Merlieux ?

– Elles ont une mine resplendissante, vos filles !

– On a eu un temps remarquable. On a bien profité. Si tous les jours pouvaient être comme aujourd'hui !

Puis, entre ses dents, se tournant vers sa fille :

– Joséphine, aide madame Merlieux à s'asseoir, tu vois bien qu'elle a du mal avec ses cannes ! Décidément, il faut tout te dire ! Quelle empotée !

– Laisse-la tranquille, avait murmuré son père, livide. Laisse-la tranquille ou je fais un scandale devant tout le monde.

Joséphine mâchait sa côte de veau, recrachait les morceaux en se cachant derrière sa main et les cachait dans la serviette étalée sur ses genoux.

Deux ans plus tard, son père était mort. Arrêt cardiaque

un 13 juillet. Je ne comprends pas, avait dit le docteur, son cœur a lâché d'un coup.

Elle n'avait plus eu personne pour la protéger.

Elle avait appris à ne plus entendre. Et à sourire.

Tiens-toi bien, travaille bien, réponds à la dame, ne me parle pas comme ça. Dis merci. Après tout ce que j'ai fait pour toi. Qui m'a donné une fille pareille ? Je me suis sacrifiée pour toi. A-t-on idée d'être si empotée ? Je n'arriverai jamais à rien avec toi. Prends exemple sur ta sœur !

Elle se tenait droite, attachait ses cheveux, posait les mains sur ses genoux ou sur la table, avait de bonnes notes à l'école, souriait. Elle n'en finissait pas de sourire. Il lui arrivait de pleurer et de sourire en même temps.

Cet après-midi-là, chez Fortnum & Mason, elle s'était comportée comme à la pension Sévaire. Elle avait enfilé son imper, l'avait ceinturé afin qu'il ne bouffe pas, avait sorti son poudrier, lissé ses cheveux, posé deux billets de dix *pounds*, s'était levée et était partie sans rien dire.

En souriant.

Elle était rentrée à la maison, avait écrit un mot, posé le tableau sur la table de l'entrée, fait son sac.

En souriant.

Saurait-elle sourire quand Philippe appellerait ? Vous avez dîné où avec Alexandre ? I Due Venetti ? Quelle bonne idée ! C'était bon ? Il a dû être content. Oui, Zoé va bien, c'était une fausse alerte, oui, je t'embrasse très fort, oui, moi aussi. Ah! dis-moi, tu pars quand au Japon? Lundi prochain? Tu vas me manquer. Oui, je sais, oui, je t'embrasse aussi.

Ils échangeraient ces mots-là.

Sûrement.

Mais elle ne lui demanderait pas s'il partait tout seul.

Sûrement pas.

Joséphine soulève la tête de Du Guesclin, s'approche de son oreille et murmure :

– Voilà, tu sais tout, je t'ai tout raconté. Tu as d'autres questions? Je crois qu'on ferait bien de se coucher… Nous avons de la route à faire demain.

Mais le gros chien insiste, il ne veut pas qu'elle quitte l'assise chaude du radiateur avant d'avoir évoqué Philippe. Pourquoi est-il parti si loin?

– Il avait besoin de prendre l'air, je crois.

– Oui mais… il t'appelle au moins?

Il l'a appelée trois fois. Peut-être quatre. Elle l'a assuré que tout allait bien. Elle ne lui a pas parlé de l'homme. Ni de Shirley, ni du tableau.

Est-ce que Shirley lui a offert le dessin?

Elle n'ose pas appeler Annie. Mentionner dans la

conversation, il n'y a pas un autre tableau du même artiste, accroché au mur, vous êtes sûre ?

Elle aurait l'impression d'être un détective privé.

Alors, elle fait semblant.

Elle rit quand il faut rire, répond à ses questions, donne des précisions quand il les demande. Je passe mon temps à perdre mon portable, je ne sais pas pourquoi, je ne le fais pas exprès ! Elle babille. Elle joue les femmes heureuses.

Philippe s'inquiète :

— Ça ne va pas, ma chérie ? Tu as une drôle de voix.

— Je suis peut-être enrouée.

— Tu as la voix qui tombe comme si tu étais triste...

— Tu entends ça ?

— Que tu es triste ?

— Non, que je suis enrouée... J'ai dû attraper froid. Il fait un temps de chien ici. On ne sait plus comment s'habiller. Et à Tokyo ? Les cerisiers sont en fleur ? C'est si beau, les cerisiers en fleur...

Ils parlent encore puis se taisent. Ils raccrochent.

— Voilà, cette fois, tu sais tout, mon gros Doug ! Allez, hop ! Au lit !

Elle se recroqueville dans le lit d'une personne, tourne pour trouver sa place, hésite à tendre la jambe de peur de rencontrer le froid. Du Guesclin se hisse sur le lit en faisant un bruit de cracheur de feu. Elle le repousse du pied, mais il se répand de tout son poids.

Elle se roule en boule, serre son ventre, serre les dents. Quelle heure est-il à Tokyo ? Est-il seul ou Shirley est-elle avec lui ?

Elle a failli dire est-ce qu'ELLE est avec lui ?

Elle ne veut pas dire ELLE. Ce serait montrer Shirley du doigt comme une étrangère. Une ennemie. Shirley est son amie. Sa presque sœur.

Elle compte les secondes, récite un couplet du Cantique des cantiques. Je sais faire face quand il s'agit de protéger mes enfants, mes amis, mais pour moi, je suis impuissante.

Et ce n'est plus son ventre qu'elle serre de ses mains, mais un vide qui l'aspire. Elle tombe, elle n'en finit pas de tomber, emportée dans une déferlante de désespoir. Elle va mourir, c'est sûr.

Elle se lève, passe de l'eau sur ses yeux, prend un stylo rouge, attrape la thèse de Jérémie, se force à travailler, à ordonner les paragraphes, à corriger. La bille du stylo glisse sur le papier, les commentaires s'ordonnent. Elle fait le tri des phrases, des mots, des idées.

Se rappelle l'homme au fond de l'amphi, sa voiture, les bottes en caoutchouc, le fusil de chasse.

Qu'attend-il d'elle ? S'approchera-t-il la prochaine fois ?
Elle n'a plus peur. Il peut la menacer, la brutaliser, la
tuer si ça lui plaît. Elle est pleine de bleus, de bosses, de
plaies. À moitié morte.
Philippe lui manque.

Elle n'est pas en colère. C'est pire, elle est résignée.
Quand on est en colère, on est encore vivant.
Du Guesclin, enroulé comme un anneau, le museau
posé sur ses pattes repliées, l'observe. Son regard de loup
très doux réclame un supplément de confidences.
– L'amour, c'est endurer, elle chuchote. Deux personnes qui aiment et qui endurent. Pour que ça dure.
Deux personnes... ce n'est pas trois, Doug !
Je voudrais que jamais ne vienne ce jour terrible où je
ne dirai plus « Shirley », mais ELLE. Ce jour-là, je serai
vraiment seule.

Elle lève les yeux de sa copie, il est neuf heures du
matin à Tokyo, les cerisiers sont en fleur au parc Ueno.
Des milliers de cerisiers en fleur et des milliers de bâches
bleues répandues sur le sol pour que les lycéens, les
hommes et les femmes, les joueurs de cartes et les man-
geurs de barbe à papa s'y installent. Philippe se rase, en
caleçon, pieds nus devant le miroir de la salle de bains. Il

a le regard lourd, brouillé d'un souvenir de nuit blanche, ses yeux suivent la lame qui glisse, il fait des grimaces.

Il est grand, il est mince, il a une barbe bleue comme la nuit, il fait très attention à ne pas prendre de l'estomac. Il va deux soirs par semaine faire des exercices et courir dans son club à Soho. Dans une salle à l'air raréfié qui reproduit l'atmosphère de la montagne à trois mille mètres d'altitude. Il n'aime pas les hommes qui s'avachissent et ont le poil triste.

À quoi pense-t-il ? À la femme qui dort dans son lit ?

Comment s'appelle-t-elle ?

Joséphine se lève d'un bond, la copie glisse, le stylo rouge aussi, elle attrape le téléphone de la chambre. Compose le numéro de Philippe. Attend.

Il ne répond pas. Il n'est donc pas seul sur la bâche en plastique bleu sous les cerisiers en fleur.

Il n'est pas seul dans les rues de Tokyo au milieu des milliers de bicyclettes, des publicités au néon et des gratte-ciel en verre. Il y a du rouge partout dans les rues de Tokyo.

Il n'est pas seul, pas seul, pas seul. Elle est blonde, elle a de longues jambes, des cheveux courts qui rebiquent, un petit nez en l'air, des yeux verts de chat qui sait attendre et guette sa proie en frémissant d'une joie contenue.

Quand elle marche, elle appuie le talon sur le sol et rebondit avec l'élasticité d'une balle en mousse. Il la regarde en biais et la trouve belle, il ne sait plus où mettre ses mains. Elle lui donne faim.

Comment se sont-ils retrouvés ? Elle a pris le même avion que lui à Heathrow ou l'a rejoint à Tokyo ?

Elle « la » voit qui court dans l'aéroport...

Elle arrive, essoufflée, au comptoir pour embarquer. Tend son billet, demande c'est bien l'avion pour Tokyo ? Oh, *please*, je ne voudrais pas le manquer !

Elle a le cœur qui bat à l'idée que...

– Tu as entendu, Doug ? Je viens encore de dire ELLE en pensant à Shirley. C'en est fait. Shirley est devenue une couleuvre lisse, menaçante qui me remplit d'effroi. Ma vie rapetisse sans que j'y puisse rien.

J'ai perdu mon amour, j'ai perdu mon amie.

Elle étreint la tête du chien. Du Guesclin grince. Pataud. Misérable de chagrin. Elle se laisse rouler contre lui et se réchauffe à sa masse rassurante. Laisse les larmes couler. Philippe et Shirley, Philippe et Shirley. Philippe et Shirley. Philippe et Shirley.

Le lendemain, elle est réveillée par madame Menesson qui frappe à la porte.

– Madame Cortès, madame Cortès, vous avez vu l'heure ?

Elle se redresse d'un coup dans son lit et regarde sa montre : onze heures trente.

– Mon Dieu ! J'ai pas entendu mon réveil !
– Vous avez dû travailler bien tard...
– Je me suis endormie sur mes copies.
– J'ai pensé qu'il valait mieux vous réveiller. Vous avez de la route à faire. Je vous prépare le petit déjeuner ?
– Merci, madame Menesson, je descends tout de suite.
– Vous n'avez toujours pas retrouvé votre portable ?
– Non. Je vais finir par en avoir vraiment besoin...
– Je vous fais un œuf à la coque et du café ?
– Si vous voulez... Merci beaucoup, madame Menesson.

Joséphine pose les pieds par terre et regarde la lumière qui filtre derrière les rideaux. Une vraie chambre de jeune fille. Du Guesclin descend du lit avec précaution en posant les pattes de devant puis celles de derrière. Il s'étire, bâille et va se poster devant la porte. Il sait que madame Menesson lui a préparé une pâtée.

– Ok, je te retrouve en bas, allez, vas-y !

Elle aimerait le retenir, le prendre par le collier, lui parler, mais il file comme un affamé. Elle a le temps de penser « lâcheur » puis se reprend, agacée.

Sur le palier, il évite Angèle, la femme de ménage qui passe l'aspirateur et lui lance un strident salut le vieux ! Tu vas encore aller te faire gâter !

Joséphine referme la porte, va prendre sa douche, s'habille, surtout ne pas penser, surtout ne pas penser, elle attrape une brosse à cheveux, renverse la tête et commence à compter les cent coups de brosse du matin tout en observant la chambre vue à l'envers. De la poussière, un Bic, un crayon sous le lit, une chaussette noire, des kleenex froissés, une serviette de toilette. C'est drôle de voir la vie à l'envers, elle se dit en s'efforçant de distraire la peine qui se réveille, j'ai l'impression de regarder par le trou d'une serrure. Elle happe les mots, les enfonce dans sa gorge. Mâcher de l'air, mâcher du vide, ne pas penser, repérer sous l'armoire un crayon, un autre flocon de poussière, une pantoufle. Elle tente de sourire en appuyant sur le mot « pantoufle ». Mais ne parvient pas à desserrer les lèvres.

Philippe et Shirley. Elle ne savait pas que cela pouvait faire si mal. Ou alors elle avait oublié. L'amour est un poignard enfoncé dans le ventre.

Elle se force à compter et à suivre les mouvements de la brosse.

77, 78, 79…

Les cerisiers blancs de Tokyo…

85, 86, 87…

Elle refuse les larmes qui menacent de gicler.

94, 95, 96…

Elle est sur le point de se redresser quand elle entrevoit, entre le pied du lit et le mur, un téléphone. Son téléphone ? Elle s'aplatit comme une crêpe, tend le bras et l'attrape. Tente de l'activer mais il reste éteint. Plus de batterie.

Quelle importance ?

La seule personne à qui j'aie envie de parler, c'est Zoé.

Elle doit se faire du souci. Je ne l'ai pas appelée depuis… Je ne sais plus. Je ne sais plus rien. Tout est brouillé dans ma tête. Et puis, Zoé mène sa vie avec Gaétan, elle n'a plus besoin de moi. Plus besoin de moi.

Elle sourit de côté pour retenir un mauvais rire, un rire de femme abandonnée, de mère négligée, de pauvre petite chose jetée sur le bas-côté, et puis quoi encore ? elle soupire.

– Il est huit heures et toujours pas de nouvelles ! s'inquiète Zoé. C'est pas normal ! Pourquoi n'appelle-t-elle pas ?

– Baisse le son, j'entends la télé derrière toi ! dit Hortense.

– C'est François Hollande qui va parler…

– C'est qui déjà ? Ce nom me dit quelque chose.

– Hollande, le président de la République !

– Ah, c'est vrai.

– Tu savais pas ! s'exclame Zoé.

– Ici, on ne parle jamais de la France. C'est comme le Zimbabwe pour les Français. Branche ta caméra que je voie ta tronche.

Zoé apparaît à l'écran. Elle agite les mains pour faire «coucou!», creuse ses fossettes, secoue ses boucles cuivrées et souffle sur une mèche qui lui chatouille l'œil droit. Une mèche de cheveux qui zigzague et ressemble à un tire-bouchon.

— C'est quoi, cet horrible vernis à ongles? remarque Hortense

— Je l'ai acheté hier au Monop. Je le trouvais joli.

— C'est raté.

— Le problème, c'est maman, pas mes ongles! Qu'est-ce qu'on fait?

— Tu peux le balancer à la poubelle. Pour maman, je sais ce que tu vas faire…

La mèche tombe sur l'œil de Zoé et vient lui barrer la vue.

— Prévenir la police?

— Mais non! Elle a pas été kidnappée! Elle est juste suivie par un type.

— Appeler l'université?

— Non plus.

— De toute façon, je ne saurais pas qui appeler. Je ne sais pas où elle travaille, où elle dort, qui elle voit. Elle ne me dit rien. Elle croit sûrement que ça ne m'intéresse pas. Qu'elle m'encombrerait en me racontant sa vie. C'est de ma faute aussi… Je ne lui demande rien, je ne pense qu'à moi.

— Ça veut dire quoi, ce couplet chrétien? Tu te prends pour sainte-Zoé-priez-pour-nous?

— Mais c'est vrai, Hortense, on ne se pose pas de questions sur maman. On trouve tout normal. On veut juste qu'elle soit là pour s'occuper de nous.

— C'est la définition des enfants, «êtres ingrats, sans

cœur, mis sur terre pour pourrir la vie de leurs parents »,
et c'est pour ça que j'en aurai jamais ! Cesse de culpabiliser, tu es juste normale. Écoute-moi : la prochaine fois
qu'elle part, tu vas avec elle...

— Et ?

— Tu restes au fond de la salle et quand le type arrive,
l'air de rien, tu entames la conversation, tu l'interroges.

— T'es folle !

— C'est le seul moyen de savoir qui il est.

— Mais j'oserai jamais !

— Et pourquoi ?

Zoé lève les yeux au ciel. Attaque une petite peau sur
le majeur droit, fait voleter la mèche d'un soupir.

— Et s'il sort un couteau ou un revolver ? Hein ?

Elle a avancé le menton en point d'interrogation et
ouvre grand la bouche pour prouver son effroi. La mèche
tire-bouchon s'immobilise, comme paralysée.

— Tu vois trop de films, Zoé ! Si ça se trouve, c'est tout
simplement un fan. Il adore les livres de maman.

— Un grand costaud qui lit les livres de Joséphine Cortès à la chandelle, la nuit ? C'est toi qui vois trop de films,
j'irai pas.

— Alors, arrête de prétendre que tu t'angoisses pour
maman !

— Je voudrais t'y voir...

— Si j'étais en France, j'irais à Lyon, j'interrogerais le
type. Et je ne prendrais pas de pincettes.

– Mais tu n'es pas en France.

– J'arrive et dans pas longtemps !

– Comment ça ?

– Je t'expliquerai. C'est pas le sujet du jour.

Hortense réfléchit un instant, crayonne une manche sur un coin de feuille, puis un col de manteau, a envie de s'étirer de plaisir et déclare tout à trac :

– Il n'est pas là, Gaétan ?

– Non, il est sorti avec des potes. Sont allés voir un match au pub du coin.

– Et il te laisse seule à la maison ?

– Ben oui… Dis donc, je te demande ce que fait Gary ?

– Non mais… c'est pas la première fois.

Zoé réfléchit, tripote la mèche tire-bouchon. En fait une corde lisse. La relâche.

– Tu crois qu'il fait des trucs zarbis ? elle demande, inquiète.

– Non. Excuse-moi. Sais pas ce qui m'a pris de dire ça !

Zoé fronce le nez, le tord, le grattouille. D'autres idées l'assaillent, mais elle les repousse du revers de la main.

– Alors, tu rentres en France ? Et tu vas faire quoi ? Tu vas habiter à la maison ? Et on se verra tous les jours ? Tu me donneras des conseils pour m'habiller ? Tu seras gentille avec Gaétan, hein ? Et Gary, il dit quoi ? Et t'arrives quand ? Tu l'as dit à maman ?

Hortense dessine des boutons. Gros boutons, boutonspressions, boutons-fermoirs, boutons en corne, en tissu, en cuir, en nacre, boutons multicolores, un tourbillon de boutons. Elle s'écarte de la table, contemple ses dessins, et puis non ! Pas de boutons, juste deux pressions sous un pli surpiqué. Cela donnera un petit air officier en harmonie avec le col.

– Hortense ! Tu m'entends ? Tu réponds pas !

– Tu sais quoi, Zoétounette ? Identifie d'abord le suspect et on en reparlera !

Becca pousse la porte de l'église et se dirige vers l'aile qui abrite le refuge pour femmes For Women Only. Elle range le caddie rempli de provisions dans l'entrée en attendant que Penelope vienne le chercher et l'emporte en cuisine. Elle se redresse, se frotte les reins, ôte son manteau, va l'accrocher dans son bureau. La prochaine commande, c'est moi qui la passe sur Internet, je n'oublierai rien et je n'aurai pas à ressortir faire les courses, Shirley oublie un article sur deux en ce moment... Sais pas où elle a la tête, ou plutôt je le sais trop bien ! Va falloir que je lui parle.

Elle extirpe une longue liste de son sac à main et vérifie ses achats : Mister Clean, Spontex, Fairy, PG tips, sausage rolls, Scotch eggs, Pork pie, Cornish pasty, Heinz Baked Beans, Campbell Soup, custard cream biscuits, McVittie Biscuits, cheese and pickles, ouf ! je n'ai rien oublié.

Elle entend la voix de Shirley qui reçoit les nouvelles

arrivées et leur fait un discours de bienvenue. C'est toujours plus ou moins le même. Les mêmes questions. Pourquoi êtes-vous là ? Quel est le lent processus qui a détruit votre vie ? Comment corriger cette trajectoire du malheur ?

Une quinzaine de femmes se sont inscrites ces trois derniers jours. Becca frotte ses lunettes sur la manche de son chandail et fronce les sourcils, on ne va jamais réussir à s'occuper de tout le monde si ça continue à ce train-là !

Une femme est assise sur un banc dans le couloir. Elle a la gorge nue, le visage couvert de plaques, les yeux enfoncés comme deux puits dans une cave poussiéreuse. Secouée par des quintes de toux, elle se casse en deux et enfouit la tête dans son giron.

— Qu'est-ce que vous faites là ? Vous devriez être à l'infirmerie, la gronde Becca.

— Je voulais écouter ce que disait la dame. Je viens juste d'arriver.

— La dame s'appelle Shirley. Elle travaille ici.

— Ah..., dit la femme en toussant violemment.

— Vous êtes passée à l'accueil ? Vous vous êtes enregistrée ?

La femme hoche la tête.

— Filez à l'infirmerie, ne restez pas là, vous êtes en plein courant d'air.

Elle lui pose la main sur le front.

— Vous avez de la fièvre depuis longtemps ?

— Ça fait un bail ! Je crache, je tousse, j'ai des suées et une boule dans l'estomac, mais j'avais les enfants à m'occuper.

— Ils sont où, vos enfants ?

— Y a une dame qui les a emmenés à la cuisine.

— Très bien.

Du doigt, Becca lui montre le chemin de l'infirmerie. La femme s'éloigne en toussant et Becca s'avance vers la salle où Shirley, juchée sur une petite estrade, parle devant une assemblée qui l'écoute, bouche bée. Elles sont jeunes, elles sont vieilles, elles n'ont pas d'âge. Elles ont le même air de misère résignée qui voûte les épaules, tire les traits, tasse la silhouette. Elles clignent des yeux et écoutent. Va falloir trouver de la place, de la nourriture, des lits, pense Becca en s'asseyant au dernier rang.

Sous un grand néon blanc, Shirley arpente l'estrade en s'agitant tel un prédicateur de campagne.

— Vous êtes ici et vous ne l'avez jamais voulu ! Vous êtes ici et vous ne comprenez pas pourquoi. Que s'est-il passé ? Vous ne savez pas ?

Les femmes demeurent muettes, suspendues aux lèvres de Shirley comme si elle pouvait les guérir de tous leurs malheurs.

— Écoutez-moi bien, vous allez comprendre.

Un frémissement parcourt la salle.

— Il existait autrefois une expérience que l'on faisait au lycée pour tester le système nerveux de la grenouille et par conséquent celui de l'homme. On prenait d'une main une casserole d'eau que l'on posait sur le feu et de l'autre une grenouille vivante. Quand l'eau bouillait, on jetait la grenouille dans la casserole. Cela ne faisait pas un pli : la grenouille bondissait hors de la casserole et s'enfuyait. Son système nerveux l'avait avertie : la casserole était un endroit dangereux, il fallait qu'elle s'en échappe à toute vitesse.

Shirley s'interrompt, fixe une femme au premier rang, lui demande si elle a bien compris. La femme rougit et regarde ses pieds, embarrassée d'être soudain devenue le point de mire.

– Alors, on tentait une autre expérience. On jetait une grenouille dans une casserole d'eau froide. La grenouille nageait, coassait, se prélassait, insouciante. On allumait le feu sous la casserole et la température de l'eau augmentait. Environ un degré par minute. La grenouille continuait de nager, de coasser, de se prélasser sans remarquer que l'eau devenait de plus en plus chaude, puis brûlante, puis se mettait à bouillir. Enfin, la grenouille mourait. Elle n'avait pas tenté une seule fois de sauter hors de la casserole. Elle n'avait pas vu venir le danger.

Shirley marque une pause pour ménager son effet, pour installer le moment précieux où elle va délivrer la morale de son histoire.

– On ne fait plus cette expérience aujourd'hui dans les

écoles, et c'est dommage. Pas pour les grenouilles, mais pour nous. Et pourquoi?

Nouvelle pause. L'auditoire est captif. Chaque femme sait que l'histoire la concerne. Il y en a même une au premier rang qui se pèle le nez d'angoisse.

– Pourquoi c'est dommage? Parce qu'on apprendrait à faire attention. On sauterait par-dessus bord à la première alerte. On ne pardonnerait pas la première gifle au mari qui nous bat et s'excuse, on ne se laisserait pas voler, abuser, on cesserait de croire aux fausses promesses, aux faux sourires, aux rêves de pacotille qui nous endorment. Chaque jour, nous sommes victimes de violences physiques et morales parce que nous sommes des femmes. Appelez ça maltraitance, harcèlement, perversion, privation de liberté, qu'importe le mot, nous sommes victimes de ces abus. Et chaque jour, nous laissons faire en pensant que c'est exceptionnel, que ça ira mieux demain. On excuse une fois, deux fois, trois fois, on prend des coups, on reste et on finit comme la grenouille. É-BOUI-LLAN-TÉES.

Les femmes se regardent, chuchotent c'est vrai, ça, elle a raison. Celle qui se pelait le nez a les bras fermement croisés sur la poitrine pour exprimer son refus d'être victime.

– La grenouille ne périt pas seulement ébouillantée. Elle meurt trompée par de fausses promesses, de faux espoirs, par sa propre faiblesse. Ouvrez l'œil, refusez de vous laisser maltraiter, posez des limites à ne pas dépasser. C'est ce qu'on va vous apprendre à Murray Grove. Vous n'êtes pas ici pour le restant de vos jours, mais pour reprendre place dans la société.

Derrière Shirley se sont réunies les bénévoles. Elles sont au nombre de dix. Des femmes de tous milieux sociaux, de tous âges. Elles portent leur prénom en badge sur la poitrine. Elles enseignent le yoga, la cuisine, la poterie, le piano, le chant. Elles donnent des cours d'informatique, d'anglais, de couture, d'hygiène. Elles font le ménage, la cuisine. Gratuitement chaque jour. Quand Shirley les appelle, chacune se présente, explique quel est son rôle en souriant.

– Et maintenant, conclut Shirley, vous allez suivre Jane qui va vous faire visiter le centre, les différents ateliers, l'infirmerie, la salle à manger, les douches, la salle de repos et tout le reste. Bienvenue à Murray Grove et souvenez-vous : nous ne sommes pas des grenouilles !

Les femmes se regroupent autour de Jane. Elles traînent encore les pieds, mais se sourient timidement.

Becca s'avance vers Shirley, pose le bras sur son épaule et l'entraîne à part pendant que la salle se vide.

– Très beau, ton discours ! Il est nouveau, celui-là ? Je ne l'avais encore jamais entendu.

– Je l'ai écrit hier soir. Ça m'a fait du bien. Je me sentais mieux après.

– J'ai failli verser une larme sur cette pauvre grenouille !

– L'histoire de la grenouille est valable pour tout, remarque bien. Le réchauffement de la planète, par exemple. Petit à petit, le climat change. Résultat : chaque année il y a un tsunami, un ouragan, une tornade de plus, un volcan qui entre en éruption, un fleuve dont le niveau monte dramatiquement, une tempête de neige au printemps…

– Et on ne s'en aperçoit pas ! On prétend que tout va très bien, que c'est normal…

– Pareil pour la nourriture, s'échauffe Shirley. On augmente le gras, le sucré, on ajoute dans les plats cuisinés des résidus à base de colle, de sang, d'os, de colorants, de gelée, de poils !

– Un scandale ! s'insurge Becca dont l'œil frise, malicieux.

– Il faudrait réunir tous les dirigeants de la planète et leur servir l'histoire de la grenouille afin qu'ils réfléchissent au monde qu'ils nous préparent.

– Il n'y a pas qu'eux qui devraient réfléchir…

Shirley a un petit mouvement de recul.

– Qu'est-ce que tu veux dire ?

– Exactement ce que tu viens d'expliquer à ces femmes. Je connais quelqu'un qui reste tapi dans la casserole d'eau et ne veut pas voir le danger qui lui pend au nez.

Shirley hausse les épaules.
– Tu parles de quoi, Becca ?
– De la grenouille, de la casserole, du feu sous la casserole.
– Tu as ton petit sourire narquois, tu as quelque chose en tête ?
Becca s'énerve et pointe le doigt droit sur Shirley.
– Tu es une grenouille, Shirley !
– Moi ?
– Une grenouille ébouillantée au fond de la casserole.
– Moi ?
– Oui, toi.
Le menton de Shirley tremble. Elle lance à Becca un regard furieux.
– T'es folle ou quoi ?
Becca reprend, implacable :
– Tu as parlé à Joséphine récemment ?
Shirley détourne la tête.
– Non.
– Tu as essayé de l'appeler ?
– Elle ne décroche pas.
– Elle ne décroche pas ?
– Non. Je l'appelle et elle ne décroche pas.
– Et tu sais pourquoi ?
Shirley baisse la tête.
– Elle ne veut pas me parler.
– Et pourquoi, d'après toi ?

– Je ne sais pas.

– Shirley…

– Mais je ne…

– S'il te plaît… Sinon c'est moi qui vais être obligée de le dire. Tu ne voudrais pas, n'est-ce pas ? Ce serait embarrassant.

– Mais enfin ! Becca, tu…

– Dommage ! J'aurais préféré que tu prennes les devants.

Shirley rougit et s'effondre sur une chaise.

– Je ne peux pas !

– Et pourquoi ?

– Parce que… parce que…

– Parce que c'est grave ce qu'il se passe…

Becca saisit le bras de Shirley et, d'une voix ferme, elle ajoute :

– … entre vous deux.

– Entre qui ?

– Entre Philippe et toi.

Shirley secoue la tête avec force en évitant le regard de Becca.

– Mais il ne se passe rien ! Il ne sait rien, lui, il est loin de tout ça.

– Tu crois vraiment ?

– Il pense qu'on est juste amis…

– Et ce n'est pas le cas ?

Shirley lève vers Becca un visage crispé par la douleur.

Elle n'est plus le prédicateur qui arpentait l'estrade mais une femme perdue comme celles auxquelles elle s'adressait il y a quelques minutes.

– Oh, Becca, qu'est-ce que je vais faire ?

– Ce que font tous les gens courageux dans ce cas-là.

Shirley s'agite sur la chaise, repliée sur elle-même, refrénant son envie de bondir, de se dégager de l'emprise de Becca.

– Je l'aime. Comme je n'ai jamais aimé aucun homme.

– C'est ce qu'on dit toujours.

– Je ne sais pas comment c'est arrivé, ne me demande pas.

Becca la considère gravement.

– Je sais que ce n'est pas bien, poursuit Shirley, pâle, les yeux dans le vide, et je ne me cherche pas d'excuses. J'ai voulu disparaître, partir loin, mais je ne peux pas !

– Il va falloir que tu partes pourtant.

– Je veux bien, mais avec lui…, soupire Shirley avec un pâle sourire.

Elle se tourne vers Becca, l'attrape par les poignets.

– Je n'ai rien fait pour… C'est arrivé.

– J'en suis certaine. Le coupable n'est pas celui qui commet l'erreur, ça arrive à tout le monde, mais celui qui se complaît dans l'erreur.

– J'ai tellement honte !

– Tu dois t'en aller, Shirley. C'est la seule solution.

– Que je le laisse ? Mais je ne peux pas !

— Ce sera dur, mais tu le feras.

— Et si je promets de m'effacer, de ne plus rechercher la moindre intimité avec lui ? De ne plus rester ne serait-ce qu'une seconde dans la même pièce ?

Becca fait non de la tête, mais Shirley poursuit :

— Juste savoir qu'il est là, l'entendre, le croiser, l'effleurer. Si tu savais… Monter l'escalier qui mène à son bureau est un bonheur. Parfois, je redescends quelques marches juste pour le faire durer !

— Sois courageuse, va-t'en.

— Mais personne ne le saura. Je vivrai près de lui et je guérirai petit à petit.

— Ce n'est pas comme ça qu'on guérit.

— Si, si !

— Pas en amour, Shirley. En amour, il faut prendre la fuite.

— Je ne PEUX pas, suffoque Shirley, je ne PEUX pas. Laisse-moi rester. Dis-moi que ça va s'arranger.

Becca la contemple et secoue la tête.

— Pas en restant à ses côtés.

— Il ne sait rien, Becca, il ne sait rien !

— Joséphine sait.

— Joséphine ne sait pas !

Shirley se débat, elle ne veut pas entendre. Elle se passe les mains sur le visage, dans les cheveux.

— Si. Elle s'est enfuie le jour de l'anniversaire de

Philippe. Après que vous êtes allées toutes les deux prendre le thé chez Fortnum & Mason.

– Comment tu le sais ?

– Tu te souviens de Maud, cette femme aux cheveux rouges qu'on avait recueillie à Murray Grove au tout début ? Elle s'est prise en main, a quitté son mari, obtenu un logement et Philippe lui a trouvé un emploi de serveuse chez Fortnum & Mason. Elle était de service ce jour-là quand vous êtes entrées. Elle vous a fait un signe de la main, mais vous ne l'avez pas vue.

– En effet, je ne me souviens pas…

– Elle a assisté à la scène de la saucière. Elle a vu Joséphine partir. Elle souriait et pourtant on aurait cru une morte-vivante, elle m'a dit. Elle a compris que quelque chose clochait, et tu sais pourquoi ?

– Non.

– Joséphine a laissé deux billets de théâtre sur la table pour régler l'addition. C'est te dire à quel point elle était bouleversée.

Shirley l'écoute, stupéfaite. Elle répète elle sait ! Elle sait !

– Quant à toi, tu n'es jamais revenue des toilettes. Tu as abandonné un paquet sur une chaise. Un paquet que Joséphine a ouvert en catimini en faisant bien attention à ce qu'on ne la voie pas.

– Alors elle a vu…

– Oui. C'est encore Maud qui me l'a raconté. Joséphine a lu un petit mot dans une enveloppe, elle est restée un long moment comme une statue de pierre, un sourire vague sur les lèvres, et puis elle a remis le carton dans l'enveloppe, l'enveloppe dans le paquet, elle a tout bien refermé et elle est partie. Maud a payé votre addition. Je l'ai remboursée parce que tu penses bien qu'elle ne roule pas sur l'or! Alors ne me dis pas que tout va bien, que Joséphine ne sait rien.

Shirley soupire, défaite.

— Tu ne me demandes pas où est ton paquet? ajoute Becca.

Shirley lève la tête.

— Il est dans mon bureau. Tu le récupères quand tu veux.

— C'était un cadeau pour..., murmure Shirley.

— Philippe?

— Oui. Une reproduction à tirage limité d'un dessin de Lucian Freud. Pour son anniversaire. Il m'en avait parlé et j'avais deviné qu'il en avait très envie, même s'il prétendait le contraire. J'ai couru le lui acheter. Il en restait deux dans la galerie. J'ai choisi *Le Chien*, Joséphine a pris l'autre. Le jour où je l'ai rencontrée, elle venait le chercher...

— Et tu dis que ce n'est pas grave!

— Je sais, Becca. Je n'ai jamais voulu ça. C'est arrivé, je ne sais pas comment...

— Comme pour la grenouille, je suppose, dit Becca.

Shirley ne sourit pas. Prise dans un songe, pâle, fragile, elle raconte :

— On avait pris l'habitude de se retrouver le soir dans son bureau. On parlait. Ou plutôt je parlais. Je lui demandais comment ça marche, un homme ? Parce que j'ai l'impression que j'ai tout faux, que je ne comprends rien. Il m'écoutait, il me regardait tendrement, amusé, toujours attentionné, et je me laissais aller. C'est de sa faute aussi ! Il se dégage une telle force de lui, jamais menaçante, jamais brutale. Et moi, pour la première fois, je me sentais légère, féminine, charmante.

— Tu jouais avec le feu…

— Je le savais, mais je voulais l'ignorer. J'attendais ce moment du soir. Mes défenses tombaient une à une. Et puis un jour… Tu étais montée nous dire que tu étais fatiguée, que tu arrêtais ta journée. Il était neuf heures. Joséphine était à Paris, Alexandre dînait avec des copains, Philippe n'était pas pressé de rentrer, il a ouvert une bonne bouteille…

— Je me souviens, tu étais assise sur la banquette de son bureau, tu montais et descendais la fermeture éclair de tes bottes avec des petits coups secs. Je me suis dit que tu allais finir par la casser !

— C'est pas la fermeture éclair que j'ai cassée. À un moment, je ne sais pas pourquoi, on s'est regardés et j'ai reçu un coup de hache en plein cœur.

– C'est ce qu'on appelle communément un «coup de foudre», souligne doucement Becca.

– J'ai été fendue en deux. Plus de bras, plus de jambes, plus de souffle. J'étais assommée.

– Mais tu le connais depuis si longtemps, Philippe! Comment as-tu pu…?

– Ce soir-là, je l'ai regardé fixement comme si je ne l'avais jamais vu, il a souri, il a dit qu'est-ce qu'il y a? J'ai de la salade sur les dents? J'ai hurlé non, non! J'étais anéantie. Je n'avais qu'une envie : me coller contre ses jambes, lui manger la bouche, les bras, le ventre. J'étais une femme, il était un homme et rien d'autre n'existait. Si on m'avait dit tu vas mourir électrocutée si tu le touches, je me serais jetée contre lui! J'ai entendu, venant de dehors, des pas sur le trottoir, des gens qui se parlaient, une femme s'est mise à hurler fous-moi la paix! Suis pas ta chose! Ça m'a réveillée. Je suis partie en prétextant qu'Oliver m'attendait, que je lui avais promis de rentrer tôt. J'ai crié au revoir dans l'escalier, j'ai enfilé mon manteau en dévalant les marches, j'avais du brouillard dans les yeux, je ne voyais plus rien, je me suis aperçue que je pleurais. Je suis sortie, j'ai pris un taxi, me suis jetée sur la banquette, je sanglotais. Je ne comprenais pas pourquoi. Je pleurais de joie et je pleurais de désespoir. Je me disais demain je le revois, quel bonheur, demain je le revois, quel malheur! Il a dû penser que j'étais folle…

– Ou il a été soulagé que le danger s'éloigne…

– Il ne sait rien, Becca! Il ne sait rien! Je suis rentrée à la maison, Oliver était à Berlin, j'ai foncé prendre une douche, je me suis savonnée comme une démente, j'enfonçais les ongles dans le savon, je voulais m'arracher la peau. Je n'osais pas me regarder dans le miroir de la salle de bains.

Becca a croisé les doigts sur ses genoux, baissé les yeux. On pourrait croire qu'elle prie. Elle parle d'une voix voilée :

– On a honte quand on fait quelque chose qui ne correspond pas à ce qu'on aime en soi, on a honte quand on se trahit, qu'on devient quelqu'un qu'on n'aime pas, qui nous fait horreur.

– Je me regardais et je me disais qui c'est cette fille qui rêve de piquer son mec à sa meilleure amie ? C'est pas moi! J'ai pas fermé l'œil de la nuit. Mais le lendemain, je n'ai pas pu m'empêcher de revenir ventre à terre au foyer. Je suis même arrivée plus tôt que d'habitude, tu venais à peine d'ouvrir les portes et tu m'as dit t'es tombée du lit? Je ne t'ai même pas répondu. Je tendais le cou pour le voir passer dans le couloir. J'ai avalé les marches de l'escalier qui menait à son bureau, j'ai ouvert la porte en grand, j'ai bien vu qu'il n'était pas là mais je ne voulais pas le croire. Je regardais sa chaise vide et je le cherchais partout dans la pièce. Je l'ai attendu toute la journée en levant la tête dès qu'une porte claquait. Ce jour-là, il ne travaillait pas à Murray Grove et le soir m'a trouvée désemparée, vide, inutile. On me parlait, je n'entendais pas, on me demandait du pain, je tendais le sel, je regardais l'horloge et j'avais envie de lui botter le cul pour faire avancer les aiguilles, pour que vite, vite, on soit demain et que je le voie. Le lendemain, il n'est pas venu non plus. Je devenais folle... Je ne pouvais plus me raconter de mensonges, j'étais bel et bien prise. Attachée au fond de la casserole. J'avais perdu ma place dans la vie. Je n'étais plus rien qu'une femme qui attend. Je n'avais plus de fierté, plus d'honneur, plus de...

Elle ouvre ses mains et contemple ses paumes vides.

— Alors forcément je faisais tout pour éviter Joséphine. Elle était étonnée que je ne l'appelle pas, qu'on ne se voie pas quand elle était à Londres...

La porte de la salle s'ouvre. Un homme dans la trentaine entre, mince, la peau foncée, le visage ensanglanté, les dents très blanches, les cheveux hirsutes. Il porte un vieux pardessus gris dont une manche pend, arrachée.

— Madame Becca, je peux vous parler ?

— Pas maintenant, Bubble, tu vois bien que je suis occupée.

— Madame Becca, c'est que c'est grave, je me suis encore fait...

— Attends dans mon bureau, Bubble, j'arrive.

Il fait un petit signe à Shirley et sort en reculant.

— Il continue à marcher à reculons ? Je croyais qu'il avait arrêté, dit Shirley en souriant tristement.

241

– Il ne peut pas s'en empêcher. Ce doit être une marque de respect.

– Ça n'a pas l'air de s'arranger.

– Ça ne s'arrange jamais par miracle, Shirley, ça s'arrange parce qu'on le décide, qu'on prend les choses en main.

Shirley soupire et secoue la tête.

– Becca… y a juste un truc que je veux que tu saches : il n'a rien fait. Il n'y a jamais eu un seul geste équivoque de sa part. Il aime Joséphine. Personne d'autre.

– Tu en es sûre ? Parce que, vois-tu, moi qui vous observe depuis un moment, je trouve que vous passez beaucoup de temps ensemble et, que je sache, tu ne lui as pas forcé la main… S'il reste si tard à Murray Grove, c'est qu'il en a envie, non ?

– Je ne sais pas.

– Et lorsqu'on entre dans la pièce où vous êtes, on a bien souvent l'impression de gêner…

Shirley baisse la tête et la secoue avec la vigueur de la bête sauvage qu'on voudrait faire entrer de force dans un enclos.

– Tu ne te demandes pas pourquoi il est parti au Japon ? poursuit Becca, obstinée.

– Il adore Tokyo à cette période de l'année, son copain Takeo, les cerisiers en fleur, les…

– Dix jours sous les cerisiers, l'interrompt Becca, mais surtout dix jours loin de toi.

– Il t'a parlé ?

– Non. Je me mets à sa place. L'avantage de l'âge, c'est qu'on comprend beaucoup de choses. On a fait beaucoup de bêtises et on a donc beaucoup appris.

– Dis-moi. Je n'ai jamais eu de mère, j'ai appris la vie avec un père si pudique qu'il rougissait quand je jetais un œil sur son rasoir !

– Tu n'as pas connu ta mère ?

– Si je te racontais la vie de ma mère, tu tomberais de ta chaise et marcherais à reculons comme Bubble !

– Elle vit dans la rue ?

– Non, pouffe Shirley.

– Elle t'a abandonnée ?

– T'es loin du compte.

– Elle est toujours vivante ?

– Oui.

– Elle habite Londres ?

– Oui.

– Et je la connais ?

– On ne va pas parler de ma mère, Becca !

– Et pourquoi pas ?

– Parle-moi de Philippe, s'il te plaît.

– Pauvre folle !

– Il est parti pour épargner Joséphine ? Il espère que lorsqu'il rentrera, j'aurai oublié ?

– Oui. Et surtout que tout sera redevenu normal.

– Comme par enchantement ?

– Oui.

Shirley soupire.

– Je ne comprends toujours rien aux hommes.

– Tu vas partir. Je ne te laisserai pas ruiner la vie de Joséphine. Tu vas disparaître jusqu'à ce que tu l'aies oublié. Complètement. Tu te remettras. Tu es une coriace. Tu me détestes de te dire ça ?

Shirley fait non de la tête.

– Tu dis non, mais tu penses oui.

– C'est dur, si dur !

– Un homme, on en retrouve toujours un, une passion, cela ne dure pas longtemps, mais une amie comme Joséphine, c'est irremplaçable.

– Je m'en veux tellement. Si tu savais…

Shirley secoue la tête comme si elle ne comprenait pas ce qui lui arrivait. Elle répète, comme pour s'en convaincre, Joséphine a lu le mot et elle sait !

– Je ne pourrai plus jamais la regarder en face.

– Tu le pourras… si tu pars. Si tu restes, tu risques de commettre un faux pas, et peut-être même que vous le commettrez ensemble, ce faux pas, Philippe et toi.

– Tu crois que je ne le sais pas ?

– Et tu serais malheureuse comme toutes les pierres. Alors que si tu pars, tu souffriras et tu cicatriseras. On guérit des plus grands chagrins d'amour.

– Guérir ? Tu parles comme si j'étais malade…

– Mais tu es malade ! Laisse le temps passer. C'est le

meilleur remède. Joséphine est intelligente, généreuse. Un jour, vous vous retrouverez.

– Elle me pardonnera ?

– C'est une grande dame.

– Et je suis une amie lamentable.

– Allez ! Déguerpis ! C'est un ordre.

Derrière la porte, quelqu'un gratte avec insistance. Becca demande de sa voix forte qu'est-ce que c'est ? Bubble passe la tête et, de son air de mendiant contrit, il supplie :

– Il faut que vous veniez, madame Becca, je pisse le sang et j'ai pas la clé de l'infirmerie et Molly, elle est pas là et elle a tout fermé parce qu'elle me fait pas confiance rapport à la…

Becca pousse un soupir exaspéré.

– Tu sais bien qu'il ne faut pas sortir seul ! Ils te guettent et te tombent dessus. Tu le fais exprès ?

– On est quand même un homme, on a sa fierté ! S'ils croient qu'ils me font peur…

– En attendant, ils te loupent pas !

Becca se tourne vers Shirley.

– Je reviens, attends-moi.

– Suis désolé de déranger, madame Shirley… Suis bien esquinté, vous savez.

Il montre l'arcade sourcilière qui saigne, son œil à demi fermé, et se tient le bras en grimaçant. Il jette un dernier regard implorant à Shirley et suit Becca qui cherche dans son trousseau de clés celle qui ouvrira le placard aux médicaments.

Shirley se demande si c'est pour retrouver un amoureux qu'il s'aventure dehors. Il n'y a pas longtemps, ils ont parlé assis au soleil sur les marches de l'église. Bubble expliquait que, dans la rue, valait mieux ne pas être homosexuel, ni amoureux, ni chercher à se faire des amis, parce que, à la fin, on était toujours cuit et recuit.

– T'es amoureux en ce moment, Bubble ? elle avait demandé.

Il avait secoué la tête en souriant. Un sourire de fanfaron un peu triste sans beaucoup de dents.

– Non, il avait dit, et c'est dommage parce que quand on est amoureux, on voit la vie en rose.

– C'est vrai.

– Et souvent, il suffit d'un tout petit début d'espérance pour tomber amoureux. Moi, en tout cas, il me faut pas grand-chose, on me dit un truc gentil, on me regarde avec douceur et je démarre à toute vitesse ! Et je m'écrase dans le premier virage ! Suis pas un pilote très mérite.

Il avait fermé les yeux et tendu son visage au soleil, l'air désolé.

Un tout petit début d'espérance.

Elle aussi avait cru que...

Quand Philippe disait je NOUS ai choisi un bon vin, ON a fait du beau boulot aujourd'hui ! ou NOUS pourrions aller aux Prom's demain soir, tu serais libre ?

ou quand il éclatait de rire en concluant ah! il NOUS prend vraiment pour des crétins, toi et moi, tu trouves pas? elle attrapait ces «nous», ces «toi et moi», ces «on» comme des petits cubes, les empilait et bâtissait une romance.

Un tout petit début d'espérance.

Elle se relève en s'appuyant sur le dossier de la chaise. Passe la main dans ses cheveux. Sent son téléphone vibrer dans sa poche. Regarde qui l'appelle.

C'est un SMS de Gary.

« *What's up, mum*[1] ?»

My boy. My boy. Elle a envie de pleurer. Tape « *Everyting's fine. Miss you*[2] ». Renifle. S'essuie le nez.

Les messages crépitent.

Il donne un concert à la fin du mois. Dans son école. Sacrément important.

« *You'll come and see me*[3] ?»

« *Of course, apple of my eye*[4] !»

Le commandant de bord vient d'annoncer le temps de vol pour Londres, l'arrivée à six heures quinze à l'aéroport

---

1. «Quoi de neuf, maman?»
2. «Tout va bien, tu me manques.»
3. «Tu viendras me voir?»
4. «Bien sûr, prunelle de mes yeux.»

d'Heathrow. Philippe déplie la couverture rouge, règle l'inclinaison de son siège, allonge les jambes, refuse la coupe de champagne que lui tend l'hôtesse et demande à ne pas être dérangé jusqu'à l'arrivée. Il défait sa ceinture, jette un coup d'œil sur sa voisine, une longue blonde dont le chemisier bâille. Aperçoit un sein. Pas mal, pas mal. Ce sein-là lui fait penser à un autre sein...

Dans un restaurant de Tokyo. Takeo et lui dînaient en compagnie de deux Italiennes venues ouvrir une nouvelle boutique Prada. Elles cherchaient un partenariat avec une galerie d'art japonaise afin de créer «un mélange de *beautiful art* et de vêtements, l'art, la mode, *la bellezza*, le *so chic* et l'éternel, *you see what I mean*[1]?» expliquait Paola qui mélangeait l'anglais, l'italien, le français, balançait ses longs cheveux bruns, jouait avec les boutons de son chemisier, laissant entrevoir deux seins appétissants. Pia-pia-pia, elle babillait, la mode n'est ni morale, ni amorale, elle remonte le moral, pia-pia-pia, elle s'esclaffait c'est pas moi qui le dis, mais Karl Lagerfeld! Elle ondulait, riait, complimentait Takeo pour sa galerie, le choix des artistes exposés, son œil, son intuition artistique.

L'œil de Philippe avait glissé sur sa collègue, Roberta, une brune discrète qui se tenait en retrait, parlait peu,

---

1. «Vous voyez ce que je veux dire?»

posait des questions judicieuses d'une voix douce et se frottait les ailes du nez en plissant les yeux. Philippe avait été saisi. Il voyait Joséphine, ce petit geste dont elle avait, elle aussi, l'habitude. Il se rappela ses appels restés sans réponse, se demanda, étreint par une angoisse indicible, mais pourquoi ne m'appelle-t-elle pas ? Que se passe-t-il ?

Quand les deux filles s'étaient levées pour aller aux toilettes, Takeo lui avait demandé :

— Ça ne va pas ?

Philippe s'était confié et avait ajouté :

— Je ne sais pas pourquoi, mais j'ai eu peur tout d'un coup ! Impossible de me contrôler.

— Elle a peut-être eu un accident.

— Non. J'ai appelé Zoé, elle va très bien.

— Elle le fait exprès, elle te tourmente pour te rendre fou.

— C'est réussi ! Non, tu vois, je ne comprends pas bien... Et pourtant, j'en ai eu des femmes, pas mal même ! Ce n'est pas pour me vanter. Au point où j'en suis dans ma vie, je n'ai plus besoin de me vanter. Mais Joséphine...

Il avait répété «Joséphine».

— Tu vois, je dis son nom et je souris...

Takeo avait bu un peu de saké et soupiré qu'il était guéri de ce mal-là. Il l'avait soigné en abusant des livres. Les vieux auteurs avaient remplacé la lecture du cœur des femmes. Il se prélassait avec les Anciens. Récitait des passages de Tacite, Tite-Live, Ovide, Suétone, Sénèque. Il avait appris le français quand il était devenu ami avec Philippe. Avec le respect dû à une langue morte. Philippe s'offusquait, le français n'est pas une langue morte !

Ils s'étaient connus à New York dans le cabinet d'avocats internationaux où ils travaillaient. Autour d'une ampoule électrique. Lors d'une fête donnée pour Noël. Une ampoule clignotait sur une rampe lumineuse. Philippe s'était arrêté, l'avait dévissée en l'enveloppant d'une serviette de table blanche, l'avait inspectée, dépoussiérée, revissée et l'ampoule avait brillé sans discontinuer. Sur le côté, Takeo l'observait. Il s'était approché et avait dit vous n'êtes pas américain, n'est-ce pas ? Philippe avait souri. Ils étaient devenus amis.

Takeo avait dix ans de plus que lui et ressemblait déjà à un vieux sage. À New York ils avaient pris l'habitude de tourner autour du Réservoir le dimanche matin en échangeant des pensées profondes ou futiles. Parfois Takeo demandait si un pantalon fuchsia ferait l'affaire avec un pull violet, parfois il s'abîmait dans de longues réflexions sur l'individualisme et le capitalisme. Pouvait-on être généreux en amassant une fortune ou fallait-il obligatoirement la dilapider ?

Philippe, au restaurant, ne s'était adressé qu'à Roberta, cherchant à la faire rire, à la piquer, inventant des anecdotes effrayantes sur le Japon, des hara-kiris légendaires, des tremblements de terre qui laissaient échapper des araignées géantes et de vieux dinosaures ankylosés perchés sur des échasses. C'est vrai ? elle demandait, le souffle coupé. Tout ce qu'il y a de plus vrai ! répondait-il d'un air savant, feignant d'être froissé qu'elle ne le croie pas. Il multipliait les histoires, elle l'écoutait, remplie d'une terreur enfantine. Il s'était fait l'effet d'un ogre face à une gamine et s'était délecté à l'idée d'être si puissant. À la fin du repas, dans un sourire ponctué de deux fossettes exquises, elle avait dit d'une voix très douce, je ne vous ai pas cru une seconde, mais j'ai adoré avoir peur ! Cela faisait longtemps que je n'avais pas affronté des dragons. Je devais porter un pyjama Blanche-Neige la dernière fois. Elle s'était levée, lui avait dit bonsoir sans témoigner la moindre complicité.

Il avait été mouché.

Presque séduit.

Sur le chemin du retour vers son hôtel situé dans le quartier de Kagurazaka, juste à côté de la maison de Takeo, celui-ci s'était enquis :

– Pourquoi celle-là et pas l'autre ?

Il avait répondu :

– Parce que Joséphine me manque.

– Elle te manque parce qu'elle reste silencieuse ou elle te manque tout court ?

– Les deux, mon vieux ! avait répondu Philippe en riant. J'ai repéré chez Roberta un air de Joséphine, cette beauté cachée qui recèle un mystère qu'on veut être le seul à déchiffrer. J'ai passé une soirée délicieuse avec cette femme, j'ai eu envie de la faire rire, de l'intriguer, de l'étonner, je me suis cru Grand Manitou, et pourtant c'est elle qui a eu le dernier mot, et de bien belle manière. J'adore être surpris. Joséphine me surprend tout le temps !

– Tu as raison, c'est une femme très intéressante.

– Elle est fragile, j'ai toujours peur de la casser, et en même temps, elle ne rompt jamais. Dure comme de l'acier ! Elle se croit terne, sans grâce, et fait preuve d'un savoir-faire de courtisane rouée. Je ne sais jamais sur quel pied danser. Elle a dix ans, vingt ans, quarante ans… Parfois, elle doute et chancelle, et puis elle monte au front. Oui, elle me manque. Pourquoi ne décroche-t-elle pas ?

– Parce qu'elle a compris que tu étais venu à Tokyo pour ne plus entendre parler des femmes et de leurs problèmes, pour oublier le quotidien. Elle te laisse profiter et en même temps, elle entretient ton désir en ne t'appelant pas. Elle est très intelligente.

– C'est mon drame, mon vieux, avait dit Philippe en riant. Je vis entouré de femmes intelligentes. Et remarquables.

– Ici, on ne leur laisse pas beaucoup de place. Elles restent à la maison. Les hommes sortent, boivent, et parfois ne rentrent même pas dormir chez eux !

– Il faudrait que tu viennes visiter ce refuge. On en a fait un endroit formidable.

– En fait, avait dit Takeo, tu entames ta troisième vie.

Après avoir été un brillant avocat, un amateur d'art éclairé, tu es maintenant un bienfaiteur de l'humanité.

– Je ne supportais plus ma vie de riche oisif.

– Tu n'as jamais été un riche oisif, Philippe !

– Si. Quand j'étais marié avec Iris.

– Elle avait déteint sur toi.

– Tu ne l'aimais pas beaucoup, n'est-ce pas ?

Takeo avait connu Iris quand elle était étudiante à Columbia, à New York. Il avait assisté, désolé, au spectacle de son ami aux pieds d'une belle qu'il n'estimait pas. Il n'avait rien dit. Il s'apprêtait alors à rentrer au Japon et à épouser Hiromi qu'il avait rencontrée dans une librairie de Tokyo. Par la suite, il avait revu Iris plusieurs fois à Paris. Elle ne faisait pas attention à lui, elle le trouvait trop petit, trop rond, trop trapu, trop gros.

– Mais c'est une preuve de bonne santé au Japon d'être gros ! expliquait Philippe. Ça prouve qu'il a une stature sociale. C'est un intellectuel, les gens le saluent dans la rue. Sa galerie est très connue.

– Et puis il transpire du nez, tu as remarqué ?

– Tu exagères !

– Si. Quand il mange et boit un peu trop, il a le tour des yeux rouges, le nez rouge et il transpire des narines !

Takeo n'avait jamais trouvé grâce aux yeux d'Iris. Philippe avait fini par renoncer à l'inviter chez eux. Il avait pris l'habitude de lui rendre visite à Tokyo. Quand les cerisiers étaient en fleur. Il passait ses journées à deviser avec son ami, à flâner dans les rues, à manger des soupes et des petits pâtés, des bols de riz et de nouilles, des poissons et des légumes frits, des sushis et des algues qu'ils achetaient dans des échoppes. Takeo travaillait, mais se rendait disponible pour son ami. Il travaillait en marchant, en feuilletant des livres, en parlant avec d'autres galeristes au téléphone, en visitant des ateliers d'artistes. Philippe l'accompagnait.

– Je la trouvais superficielle et vaine, avait poursuivi Takeo. On se lasse des beautés de vitrine. L'amour n'est pas que contemplation, il est aussi dévoration. L'amour est cannibale.

– Tu m'as l'air très raffiné pour un cannibale !

– N'oublie pas que je ne tombe plus en amour. J'ai renoncé à cette activité si vaine.

– Iris n'a jamais aimé, c'est sûr.

– Elle ne donnait rien. Elle se donnait à voir. Elle se cherchait dans les miroirs. Elle en oubliait même qu'elle avait un fils.

– Dis-moi, n'as-tu pas commencé à poser un regard désobligeant sur elle le jour où elle a déchiré l'emballage parfait du cadeau que tu lui offrais ?

Takeo avait souri.

– Et quand, à Paris, tu lui avais présenté ton fils en disant « mon idiot de fils » et qu'elle t'avait fait une scène en disant que tu traumatisais ton enfant ? Tu te souviens ?

Le sourire de Takeo s'était élargi.

Et Philippe avait conclu :
— Elle ne connaissait pas vos mœurs, voilà tout.
— Elle ne se donnait pas la peine de les étudier. C'était une femme paresseuse. Elle n'aurait rien compris à ton histoire de refuge pour femmes.
— Elle n'aurait surtout rien compris à Shirley ou à Becca. C'est étonnant, la générosité de ces femmes. Et leur dévotion. Elles travaillent comme des forcenées. Becca n'est pas toute jeune, elle tombe de fatigue le soir. C'est une ancienne danseuse étoile...
— Celle que tu avais recueillie chez toi[1] ? Qui portait des petites barrettes roses et bleues dans les cheveux ? Ce n'était pas une sorte de clocharde ?
— Oui. Elle dirige le refuge maintenant. Avec Shirley.
— La grande blonde magnifique que j'ai aperçue l'autre fois quand j'étais à Londres ?
— Oui, celle-là même.
— Elle ne craque pas un peu pour toi ?
— Pas du tout ! Elle a un amoureux que j'aime beaucoup, un pianiste très connu, il s'appelle Oliver. Elle en est folle, mais ne sait pas comment s'y prendre avec lui. Elle m'a choisi comme confident. Je lui explique les hommes. Elle écoute comme une écolière, tout juste si elle ne prend pas des notes. L'autre soir, j'étais avec elle dans

---

1. Voir *Les écureuils de Central Park sont tristes le lundi*, chez le même éditeur, 2010.

mon bureau, c'était la fin de la journée, on buvait un bon verre de vin, on parlait de tout et de rien quand soudain elle a écarquillé les yeux comme si elle ne m'avait jamais vu, a posé son verre, a dévalé les escaliers en criant Oliver! j'ai rendez-vous avec lui! Elle courait comme si sa vie en dépendait. Elle avait l'air d'avoir quinze ans. C'était émouvant.

— Pourtant, il m'avait semblé qu'elle te mangeait des yeux.

— Ça, c'est parce qu'elle ne t'a pas regardé! Tu es jaloux de ma belle prestance!

— J'aimerais bien être jaloux, parfois... Mais j'ai lu trop de livres et me suis détaché de tout, avait soupiré Takeo. Il y a toujours un détail qui me retient, qui m'empêche de m'envoler. Je note un mot idiot, une dent cariée, une odeur de transpiration ou de parfum trop fort, une petite vanité exhalée. Ce doit être un vice.

— Et puis, il y a Hiromi.

— Hiromi est davantage une amie qu'une femme dont je serais épris. Je vis avec mes livres.

— Une femme, il faut que tu lui parles... Alors qu'un livre, c'est lui qui te parle.

— Tu as raison. J'apprends chaque jour en lisant. Tiens! Pas plus tard qu'hier soir, après qu'on s'est quittés, j'ai relu un passage de *De l'amour*, de Stendhal. Il y raconte une anecdote qui m'a tenu éveillé une grande partie de la nuit...

– Laquelle ?

– Il évoque une mademoiselle de Sommery surprise en flagrant délit par son amant. Elle nie le fait hardiment et, comme l'amant insiste et pointe du doigt le lit où a eu lieu l'infamie qui a fait de lui un cocu établi, mademoiselle de Sommery lui répond : « Ah ! Je vois bien que vous ne m'aimez plus, vous croyez ce que vous voyez et non ce que je vous dis. » Quel esprit ! J'aurais vénéré cette femme, mais n'en ai pas rencontré une seule qui lui arrive à la cheville.

Ils s'étaient arrêtés devant l'hôtel de Philippe. Takeo avait demandé :

– Qu'est-ce qu'on fait demain ?

Ils se voyaient tous les jours et Philippe décidait de leur emploi du temps. Takeo acquiesçait.

– On va voir l'exposition Bacon au musée d'Art moderne, on enchaîne avec les photos de Kayo Ume et on finit par les trésors sacrés au Musée national. D'accord ?

– Et une halte dans un bar à bière pour digérer tout ça ?

Philippe aimait les haltes dans les bars à bière. Une Kirin, deux Kirin, trois Kirin et Takeo, emporté par les vapeurs de houblon, se laissait aller à discourir. Il agitait des idées, des utopies, approfondissait une pensée, donnait libre cours à son érudition et parfois à sa colère. Il se mettait alors à parler d'une voix métallique, comme s'il crachait des munitions. Il appelait Tacite, Tite-Live à la rescousse. Récitait des passages entiers. Philippe arrondissait les yeux, tu les connais vraiment par cœur ? Takeo hochait la tête, ils sont formidables, ils racontent des histoires si modernes que je donnerais n'importe quoi pour boire une Kirin avec eux !

Et il est vrai qu'après plusieurs bières, Takeo transpirait du nez et que son appendice nasal luisait. Cela ne l'empêchait pas de disserter sans trébucher.

Ainsi, un jour qu'ils sortaient de l'entrepôt Mitsukoshi où ils avaient assisté à l'étiquetage des super-soldes, Takeo avait été révolté de voir ces vêtements bradés au dixième de leur valeur, parfois même laissés pour rien, et il était allé noyer sa colère dans un bar à bière.

— On n'aurait pas dû y aller ! avait dit Philippe.

— J'avais promis à un de mes artistes que je passerais. Il rachète des hardes à bas prix pour en faire des œuvres d'art, des sortes de collages multicolores, magnifiques.

— Ce n'est qu'une gigantesque braderie, Takeo ! Il ne faut pas te prendre la tête pour ça.

— On n'a plus aucun respect pour les objets. Tout est commerce, rapacité. Dans ces vêtements, il y a des heures de labeur humain, de savoir-faire, et tu as vu comme on les déprécie ! On se débarrasse des choses parce qu'elles ne sont plus au goût du jour, on invente sans cesse de nouvelles lignes, un nouveau design et on se moque de l'homme qui ne suit pas la mode. Ce n'est pas un gâchis, mon ami, c'est le Mal absolu. Ici, dans ce pays, sais-tu qu'on change de frigo, de télé, de machine à laver chaque année ? On les balance à la poubelle comme des kleenex !

— Mais quel mal y a-t-il à se débarrasser d'un objet qui ne nous plaît plus ?

— Tu ne sais même pas s'il ne te plaît plus ! La publicité t'ordonne de le penser pour que tu le remplaces aussitôt. On nie la réalité de l'objet qui peut encore durer, on nie la réalité humaine qui est enfermée dans cet objet. On nie aussi l'idée de consommer moins vite pour protéger nos réserves d'énergie. Ce système devient absurde, cruel. Tu veux entendre l'histoire du général romain et des esclaves sardes ?

Philippe avait acquiescé. L'histoire romaine apaiserait peut-être l'indignation de Takeo.

— Il était une fois un général qui alla se battre en Sardaigne. Il fit tant de prisonniers qu'il en remplit ses bateaux. Il revint à Rome où il possédait de grands bassins de pisciculture et commença à vendre les prisonniers un par un. La vente allait bon train, les riches patriciens achetaient à tour de bras, mais le général avait tant de prisonniers qu'il ne savait qu'en faire. Il se mit donc à les solder, trois esclaves pour le prix d'un, mais cela ne suffit pas : il lui en restait toujours une grande quantité. Il passa alors à cinq pour le prix d'un, dix pour le prix d'un. Il en restait toujours. Il ne pouvait pas les relâcher puisque ces hommes étaient des soldats et auraient menacé l'ordre public. Alors, il les fit égorger et les balança dans ses bassins à poissons. Eh bien... nous sommes comme ce général romain, nous consommons à tour de bras et nous perdons la tête.

– Nous consommons parce que nous en avons envie. Nous sommes libres...

– C'est la pub qui te fait croire que tu es libre. Tu n'es pas libre! Tu as changé ton téléphone parce qu'on t'a fait croire qu'il y en avait un plus performant, plus moderne. Tu achètes un objet et à partir de ce moment-là, tu n'as plus aucune responsabilité envers cet objet, tu agis en despote. Alors que tu devrais le soigner, l'entretenir, le faire réparer, veiller à son bon fonctionnement.

– Tu es en train de critiquer le progrès...

– Je voudrais simplement que les gens se comportent de manière responsable. On peut remplacer les anciennes technologies pour de bonnes raisons, parce qu'elles consomment trop par exemple, mais pas pour des raisons mensongères, publicitaires, purement narcissiques.

– Tu es un idéaliste, avait dit Philippe.

– Et j'entends le rester. Il faut bien que quelques-uns continuent à penser dans ce monde de décérébrés. Et c'est pour cela que tu es venu voir le vieil emmerdeur que je suis!

Philippe s'était demandé, ce jour-là, si Takeo n'était pas terriblement seul. Enfermé dans ses livres, ses tableaux, la contemplation de son aquarium. Le fils de Takeo était resté des années enfermé dans sa chambre, seul, sans lumière, sans compagnie, sans presque se nourrir. Hiromi déposait des bols de nouilles devant la porte de sa chambre. Parfois, elle devait les jeter, il n'y touchait pas. Il était sorti un jour, maigre, pâle, hirsute, et était allé se jeter sous un train.

Une fois, alors qu'ils rentraient d'une promenade sous les cerisiers blancs à Ueno, ils étaient arrivés chez Takeo en avance et avaient entendu Hiromi chanter dans sa cuisine. Une mélodie sourde, triste, douloureuse, qui montait comme une plainte. Il roulait dans la voix d'Hiromi les petits cailloux d'un chagrin ancien, presque asséché. Philippe avait eu l'impression de surprendre un secret interdit. Il s'était raclé la gorge, avait prétexté un coup de téléphone à donner et avait abandonné Takeo sous le porche de sa maison.

Ils n'évoquèrent jamais le chant triste d'Hiromi, ni le destin funèbre de leur fils.

Ils s'étaient quittés à regret. Philippe ne savait pas quand il reviendrait. Takeo promit de venir très vite à Londres.

– Merci, déclara Philippe. J'aime ces jours volés au temps en ta compagnie.

Takeo avait joint les mains et s'était incliné. Philippe l'avait imité avant de monter dans le taxi qui l'emmenait à l'aéroport.

Il ferme les yeux et revoit une dernière image de Takeo devant sa maison, il a le même sourire qu'à New York quand ils étaient devenus amis autour d'une ampoule qui clignotait. Le visage a vieilli, les chairs se sont affaissées, les cheveux grisonnent, mais le sourire est resté pâle, énigmatique. On ne sait jamais à quoi pense Takeo. Et il ne saura jamais d'où vient sa colère...

À côté de lui, sa voisine endormie ronfle bruyamment. Philippe se racle la gorge à plusieurs reprises pour la réduire au silence. Il se tourne, se retourne sur son siège, ôte son masque, jette un regard exaspéré à la ronfleuse. Elle a la bouche ouverte et les dents jaunes. Elle doit fumer, boire trop de thé. Il pense à ses rendez-vous du lendemain, au déjeuner avec Milton Lassler au Wolseley, au dossier Xylos à revoir. Il faut qu'il confirme par un virement à Takeo l'achat d'un tableau de Julian Lethbridge. Il avait failli acheter une des toiles de ce peintre autrefois, lors d'une exposition à New York à la galerie Paula Cooper. Il en avait été distrait par Iris. Et l'avait regretté. L'homme est discret et n'expose pas souvent. Le tableau qu'il a remarqué dans la galerie de Takeo est étonnant.

Il va falloir qu'il aille directement de l'aéroport à son bureau.

La femme blonde continue à ronfler. Elle monte et descend les arpèges sonores.

Ses clés? Où a-t-il rangé les clés de son bureau et de

l'appartement? Il les cherche dans son sac de voyage. Ne les trouve pas. Peste. Enrage. Les a-t-il seulement emportées? Demain, Gwendoline va chez le dentiste, elle l'a prévenu qu'elle ne serait pas au bureau le matin. Et Annie se rend au marché aux fleurs, c'est son plaisir de la semaine. Il n'y aura personne à la maison ni au bureau. Merde! Va falloir que je passe à Murray Grove prendre mon jeu de rechange.

Il appelle l'hôtesse, demande une coupe de champagne... et le menu.

Huit heures quinze. C'est l'heure à laquelle passe le camion-poubelle. Il bloque souvent la rue et provoque des concerts de klaxons. Les gens sont pressés, le matin, ils refusent d'attendre derrière des poubelles qu'on traîne. Ils sortent des voitures et vocifèrent. Les éboueurs en tenue orange sautent du marchepied. Becca en remarque un aux cheveux collés en épaisses tresses de rasta. Elle le voit chaque matin, lui fait un petit signe de la main derrière la fenêtre, il lui répond avec un grand sourire. Elle l'a baptisé Bob Marley. Il a le même bonnet vert, jaune, rouge, la même moustache fine, les mêmes joues creusées, les mêmes tresses. Et un gros pétard coincé derrière l'oreille. Elle lui montre son mug et il fait mine de trinquer avec elle. Il se lance à l'assaut des poubelles noir et orange, noir et bleu, noir et marron. C'est la première tâche qu'on enseigne aux pensionnaires de Murray Grove : trier les ordures ménagères. Cela vous aidera à trier ce qui se passe dans votre tête, explique Patricia, la psychologue. Ranger physiquement ou ranger mentalement, cela revient au même.

Ce matin, Becca s'est levée tôt. Elle a entendu la petite Sandria pleurer vers six heures. La mère est indienne. Elle porte sa fille dans une large écharpe sur le dos. Sandria a les pieds nus et n'attrape jamais froid. Ses yeux comme des hublots fixent chaque personne avec sérieux, puis elle sourit d'un sourire immense, chaud, confiant. Elle accorde sa confiance. C'est la plus belle petite fille que j'aie jamais vue, soupire Becca en buvant une gorgée de café chaud, elle a à peine dix-huit mois mais son regard dit des choses qui ne tiendraient pas dans des mots.

Bob Marley a mis ses écouteurs et danse sur la chaussée. Il se déhanche, recule, se plie, se balance sur un pied puis sur l'autre. Becca pose son café et se surprend à l'imiter. Son corps de danseuse retrouve la joie de se délier. Elle frappe du pied, lance un bras, une jambe. S'abaisse, se redresse. Grimace de douleur. Éclate de rire. Autrefois, son amour la faisait danser. Il la mettait en scène dans des ballets somptueux. Son amour est mort mais il lui rend visite, la nuit.

La nuit dernière, il est venu... C'est pour cela qu'elle a envie de danser ce matin. Elle a passé la nuit avec lui.

Elle savoure son café noir sans lait ni crème comme ceux qu'ils commandaient quand ils faisaient le tour du monde et dansaient sur les scènes de tous les théâtres. Ils avaient ce rituel du matin. Côte à côte. Sur une terrasse ou dans une salle surchauffée. Sans se parler. En buvant leur café bien noir. Ils se réveillaient lentement. Lisaient le journal. Le même. Acheté en double exemplaire. Ils se poussaient du coude, se montraient un titre, une photo. Les commentaient. Ou pas. Et puis il allumait sa première gitane. Il fumait des gitanes. Comme les Français.

La nuit dernière, son amour est venu la voir. Il l'a prise dans ses bras, l'a embrassée, lui a parlé. Il lui a dit qu'il ne fallait pas qu'elle se fasse de bile.

– Tu crains toujours le pire. Ne sois pas si dure avec Shirley, elle n'y est pour rien. Cela lui est tombé sur la tête. C'est une épreuve pour la faire avancer, ça sert à ça les peines de la vie.

– Je ne veux pas que Joséphine souffre.

– Cela ne te regarde pas.

– Je ne veux pas, c'est tout.

– Joséphine est forte. Elle rassemble ses forces. Elle a d'autres épreuves à affronter.

– Elle mérite de se reposer.

– Ce n'est pas toi qui décides !

– Je sais. Mais je veille sur elle. C'est comme ça.

Elle avait réfléchi et avait demandé :

– Dis, tu m'as trompée, toi ? Je veux dire, à part...

– Tu as toujours tout su de moi. Tu étais fine mouche. Je ne pouvais rien te cacher.

– J'aime quand tu viens me retrouver. Je suis si gaie après... L'allégresse est un sentiment aussi fort que l'amour.

Il l'avait serrée contre lui, elle s'était abandonnée, heureuse, il y avait tant d'amour dans le tour de ses bras. Et puis il était parti. Elle n'aimait pas sa façon de prendre congé. Comme un courant d'air. En même temps, se dit-elle en regardant le camion-poubelle, c'est un peu normal qu'il se retire comme un souffle.

Derrière la benne à ordures patine un taxi dont le chauffeur s'énerve. Il voudrait que le camion se gare et le laisse passer. Recule et range-toi sur le côté, il hurle en faisant de grands gestes, pauvre mec ! Il klaxonne. Les passants dans la rue ne se retournent pas. Ils sont habitués aux manifestations de mauvaise humeur. Ils regardent leur montre et pressent le pas. Ils vont être en retard au bureau.

Becca aperçoit sur les marches de l'église Shirley qui tire une valise. Son sac glisse de l'épaule. Elle le rattrape d'une main et donne un coup de pied dans la valise. L'envoie rouler en bas des marches. Elle part prendre l'avion pour

New York. Elle est repassée par Murray Grove, ce matin : elle avait oublié son passeport dans son bureau.

– Je perds tout en ce moment, même ma tête, elle a dit en fouillant dans son tiroir.

Elle a failli demander il rentre quand, Philippe? mais elle s'est arrêtée. Becca a eu le temps de lire la question dans ses yeux.

– Tu as pris la bonne décision, elle s'est contentée de dire.

Un homme descend du taxi et sort son portefeuille pour payer. Il tient un sac à la main et pose une valise sur le sol. Une grosse valise grise genre Samsonite. Ils ont tous la même, ces hommes qui voyagent! Pas la moindre imagination! Ils voyagent en gris et peignent le monde en gris. Le chauffeur tend le bras, compte l'argent, puis se penche et invective Bob Marley qui danse avec une poubelle sur la chaussée. Il l'enlace, la hisse sur le trottoir, la lustre de la manche, s'incline et s'efface en simulant un entrechat fouetté. Il s'imagine en Fred Astaire! s'esclaffe Becca en reprenant son mug de café. Et l'autre qui continue à s'énerver derrière le camion! Vont-ils en venir aux mains? Ça arrive certains matins quand le chauffeur de la benne s'entête à ignorer les injonctions des automobilistes.

Elle voit Shirley qui s'approche du taxi, a un léger sursaut, puis demande au chauffeur si le taxi est libre.

L'homme à la Samsonite se retourne, Becca reconnaît Philippe.

Elle sursaute et manque renverser son café.

Que fait-il là ? Il est rentré de Tokyo ?

Elle fronce les sourcils, se rapproche de la fenêtre.

Shirley tend sa valise au chauffeur qui la range dans le taxi, puis elle se hisse sur la pointe des pieds, passe les bras autour du cou de Philippe, l'attire vers elle. Il se penche, elle lui murmure des mots à l'oreille, il lui répond en l'étreignant, il caresse ses cheveux, et…

Le camion, mis en demeure par le chauffeur du taxi, recule pour se garer sur le côté et laisser la voie libre. Philippe et Shirley disparaissent derrière la benne verte.

– Oh ! Non ! fiche le camp, le camion ! hurle Becca.

Elle ne voit plus rien.

– Mais pousse-toi, pousse-toi ! elle grogne.

Elle fait de grands gestes au chauffeur qui recule lentement. La chaussée est étroite et il ne quitte pas son rétroviseur des yeux. Bob Marley la voit s'agiter et croit qu'elle l'encourage à danser.

Il se plante sous la fenêtre et fait semblant de frapper sur un tambourin tout en se trémoussant.

– Pousse-toi ! Pousse-toi ! hurle Becca.

Il fait de grands gestes, hilare.

– *Yeah ! Lady ! Yeah !*

Il balance les épaules et les bras, son bonnet tremble sur sa tête.

Le chauffeur de la benne à ordures klaxonne et le

rappelle à l'ordre. Il grimpe à regret sur le marchepied et se retourne pour lui dire au revoir, à demain, *lady*.

C'est au tour du camion de s'énerver : il voudrait que le taxi passe afin qu'il puisse reprendre son travail.

Philippe, penché à la portière, parle à Shirley.

Becca aperçoit les mains de Shirley qui saisissent celles de Philippe. Elle l'agrippe, l'attire vers elle. Sa tête disparaît un instant à l'intérieur, puis le taxi démarre.

Le regard de Becca tombe sur le tableau que Shirley voulait offrir à Philippe. Il est posé au pied de son bureau. Shirley ne l'a pas réclamé.

Becca revient vers la fenêtre. Sur les marches de l'église, Bubble s'étire. Il sourit de son sourire sans beaucoup de dents. Le camion déboîte et se replace au milieu de la route. Bob Marley se cramponne à la poignée en attendant le prochain arrêt.

– *Hey man!* crie Bubble. T'as pas un peu de shit pour moi ?

– Et je veux qu'avant le concert, vous veniez dans mon salon et ne jouiez que pour moi ! avait ordonné Elena à Gary en brandissant son index comme un cierge blanc.

Gary était monté la voir pour lui emprunter un fer à repasser.

– Je veux avoir la primeur. Je ne veux ni Hortense, ni ta mère, ni personne. Je fermerai les yeux et m'imaginerai seule dans une immense salle de concerts avec des rangées de fauteuils rouges, de lourdes draperies, des lustres en cristal, des plafonds peints. C'est mon luxe, j'y tiens, j'ai le droit de faire des caprices !

– Mais oui, avait renchéri Gary. Piquez tous les caprices que vous voulez, Elena, nous viendrons jouer pour vous, Calypso et moi.

– Parle-moi de cette Calypso, avait ajouté Elena en jetant la main dans sa boîte à loukoums. Tu ne me l'as jamais présentée...

– Je ne la connais que depuis un mois... Je préfère ne rien vous dire, vous aurez la surprise.

– J'aime qu'on me promette des surprises. Elle est jolie au moins ? Je n'aime pas les otaries !

– C'est tout sauf une otarie ! s'était offusqué Gary.

– Elle vient d'où ?

– De Miami.

– Je déteste Miami. Tout est faux à Miami. Même les palmiers !

– C'est votre opinion, Elena.

– Il n'y a aucun style, aucune histoire. C'est une ville en plastique. Que font ses parents ? Ils sont musiciens ? C'est eux qui l'ont initiée à la musique ? Comment a-t-elle appris le violon ? Et pourquoi ce drôle de prénom ?

– Je ne sais pas.

– Comment, tu ne sais pas ? Alors que tu répètes avec elle depuis un mois ! Tu n'es pas très attentif, mon garçon. Tu aurais pu lui poser des questions. Cela aurait montré que tu t'intéressais à elle. Je parie qu'elle t'a fait parler, elle.

Gary avait baissé les yeux.

– J'ai raison, donc. Tu n'as pas su créer la moindre intimité en un mois de répétitions. Tu ne sais rien d'elle et cela ne te gêne pas. Tu es décevant. Tu es comme tous les hommes et je te pensais différent. L'intimité devrait intéresser aussi bien les garçons que les filles. Mais les garçons croient que ce n'est pas pour eux, que ce sont des histoires pour les filles. Ils se trompent. Et tu te trompes. Tu ne seras jamais complet si tu ne fais pas attention aux gens...

La remarque d'Elena l'avait piqué. Elle tournait en boucle dans sa tête. Quand il se lavait les dents, quand il sortait de la douche, qu'il enfilait son caban, qu'il faisait glisser sa Metrocard dans la fente du tourniquet.

Et maintenant, ils sont là, Calypso et lui, dans le grand salon. À côté d'Elena, enfoncé dans une bergère, est assis un homme. Il répond au prénom de Robert. Un petit homme chauve avec des souliers bien cirés, des joues bien roses, une longue écharpe rouge qui lui donne un air de collégien et des yeux qui partent chacun de leur côté. Strabisme divergent. Le plus embêtant. On ne sait jamais quel œil suivre, si on se fait la malle à droite ou à gauche. Il semble beaucoup plus jeune qu'Elena et il parle français. Il doit baver en parlant car il se tamponne la bouche avec un mouchoir.

Ou il a un dentier.

Elena est habillée façon grand soir à Buckingham Palace. Une robe longue, bleu pervenche, et des gants pistache qui grimpent jusqu'aux coudes. On dirait Mère-Grand, se dit Gary. Elle est poudrée blafard avec deux pastilles roses sur les joues. Elle porte ses colliers de perles, ses rubis, ses diamants. Et un diadème dans les cheveux. Elle tient une coupe de champagne à la main et le petit monsieur, un verre de jus d'orange.

– Henry, pouvez-vous nous prendre en photo ? Je veux garder un souvenir de cette petite fête et l'envoyer à...

Elle est sur le point d'ajouter quelque chose, se reprend et fait tsstt-tsstt.

Ils se tiennent, souriants, devant l'appareil d'Henry.

Elena fait signe à Gary de venir se placer à son côté et lui prend le bras. Elle adresse un petit clin d'œil de connivence à Henry qui opine pour lui signifier qu'il a compris.

– Vous lui demandez de sortir Calypso du cadre ? chuchote Gary à l'oreille d'Elena.

– Tu as l'esprit vraiment mal tourné, mon garçon !

– Attendez de l'avoir entendue jouer et vous regretterez de l'avoir coupée.

Elena hausse les épaules et ordonne à Henry de prendre la photo. Puis elle pose avec le petit monsieur et une nouvelle fois avec Gary. Alors seulement elle se souvient de la présence de Calypso et lui accorde un sourire distrait.

Calypso se tient en retrait, les joues en feu. Un bouton rouge brille dans son cou, elle tente de le dissimuler en relevant son col. Elle porte ses vêtements habituels, marron et marron. Des souliers marron aussi. Elena fronce les sourcils d'un air désapprobateur. Calypso sort son violon de l'étui, l'accorde, fait glisser l'archet. Gary s'assied au piano, frappe un accord, étire ses bras, détend ses mains, attrape le regard anxieux de Calypso, la rassure d'une moue, bat la mesure du menton, un, deux, trois, un, deux, trois, et ils s'élancent.

La première phrase doit mordre comme le patin sur la glace.

C'est Calypso qui la lance et, tout de suite, Gary sent qu'ils y sont. Dedans. À égalité. Forts et accordés. L'allégresse soulève sa poitrine et fait voler ses doigts. Calypso cueille la note, la creuse, la cisèle, l'amplifie, la lui passe comme une boule de lumière qu'il laisse entrer en lui. Il a le sentiment de pénétrer sa propre chair, de toucher l'épaisseur tiède de son sang, il sourit. Il pourrait danser au-dessus de son siège, il n'habite plus sur terre. Calypso envoie promener ses chaussures, bondit, envole les notes en éclats mordants, fait monter et descendre un ruban qu'il reprend sur le clavier.

Quand ils posent le dernier accord, leurs bras, leurs mains retombent, leurs corps se désarticulent, ils s'affalent lentement. Gary saisit le regard émerveillé d'Elena et murmure c'est gagné ! C'est gagné ! Demain, on va tous les tuer !

— Chaque fois qu'Elena veut se débarrasser de moi, elle m'envoie chez Meme ! râle Hortense en descendant les marches du perron. C'est humiliant à la fin ! Je me demande bien ce qu'elle mitonne, cette fois !

Elle s'enroule dans son imperméable, marmonne quel temps pourri !

— Je ne la connais pas assez pour te dire, dit Shirley en lui courant après.

— Pourquoi nous a-t-elle chassées ? Tu ne trouves pas ça louche ? Elle voulait rester seule avec ce petit homme chauve dont le regard fuit sur les côtés…

Shirley secoue la tête en signe d'ignorance.

— Ne me dis pas que c'est un nouvel amant ! s'insurge Hortense.

— Un amant ? À son âge ? s'étrangle Shirley.

— Parfaitement. Elle en a déjà un, un Haïtien magnifique. Une armoire à glace. Il a trente-cinq ans de moins qu'elle. Tu le verras sûrement au dîner, ce soir. Peut-être qu'elle a envie de se farcir ce petit homme rose et glabre. Ça ne m'étonnerait pas.

— T'exagères !

— Il m'inspire pas confiance, ce type. Y a un truc qui me gêne chez lui, il est pas net.

— Elle a un amant ! répète Shirley, abasourdie. Je comprends maintenant pourquoi elle dégage tant d'énergie.

Hortense ralentit le pas et considère Shirley avec une sorte de pitié exaspérée.

— On peut pas en dire autant de toi, t'as l'air totalement flapie.

— Tu trouves ? demande Shirley en se redressant.

— Flapie. Carbonisée, essorée. Je développe ?

— Je crois que j'ai compris.

— Allez, viens! On va chez Meme. Ça te changera les idées.

Shirley sourit faiblement. Hortense poursuit :

— Je vais lui demander de m'apprendre à me faire un chignon. Pour demain soir. Et à me crêper les cheveux. Je veux être belle et belle! Et toi, comment vas-tu t'habiller? Tu y as pensé?

— Non...

— T'es molle, Shirley, t'es molle! Réagis! C'est un grand soir pour ton fils. Fais un effort. Rassemble les morceaux du puzzle!

Depuis que Shirley est à New York, Hortense a l'impression que son corps est bien arrivé mais que sa tête est restée à Londres.

— Ce doit être le décalage horaire, dit Shirley.

— Tu marches à côté de tes pompes. T'es pas là. T'es où?

À Murray Grove. Dans un taxi londonien. Dans ses bras. Ses doigts passent près de ma bouche, je les saisis et les étreins comme par inadvertance. Ses mains autour de mes épaules, sa bouche dans mes cheveux, sa voix qui demande ça va pas? Que se passe-t-il? Dis-moi, tu peux tout me dire, tu le sais... Et moi qui ne bouge pas, moi qui absorbe sa force, sa chaleur, l'odeur de la nuit en avion qui imprègne sa veste, la râpe de son menton pas rasé, moi qui m'enfonce contre lui, qui ne demande rien qu'encore quelques secondes de ce bonheur volé, quelques secondes encore...

Le bras d'Hortense la ceinture, des pneus crissent, hurlent, un homme sort le torse par la fenêtre et l'insulte, elle sursaute.

— T'es folle ou quoi ? crie Hortense. Tu te jetais droit sous les roues du taxi !

Shirley balbutie je suis désolée, désolée.

Hortense lui jette un regard noir.

— T'es complètement timbrée !

— J'ai pas vu.

— Reviens parmi nous !

— Puisque je te dis que j'ai rien vu...

— Tu finis par être embarrassante, Shirley ! Reprends-toi. Rien que pour Gary. Demain, c'est son jour. C'est lui, la vedette. Pas toi à l'hôpital ! Ne viens pas tout gâcher ! Ou alors fallait rester à Londres... Compris ?

Le téléphone vibre dans sa poche, elle décroche, jette un dernier regard exaspéré à Shirley et aboie allô ! Ah, Zoé ! Je suis dans la rue, j'entends pas bien. Je suis avec Shirley. Oui, oui. Quoi ? N'oublie pas d'envoyer un message à Gary, demain, pour son concert. Oui, c'est demain soir. Je te l'ai dit cent fois !

— Ok, je vais le faire, ne crie pas. Il faut que je te parle, c'est urgent.

— Urgent comment ?

— C'est Gaétan, il...

– Alors ça peut attendre. On va chez Meme.

– Il faut que je te parle absolument.

– Ça peut attendre demain, non ? Il est pas mort ?

– …

– Et n'oublie pas Gary ! Compris ?

– Et si je t'envoie un mail, tu le liras ? Suis plus importante que ta manucure quand même !

– Arrête, Zoé, arrête ! On se parle demain.

Zoé pose le téléphone, se roule en boule sur son lit. Joséphine est descendue voir Iphigénie, la gardienne. Une histoire de compteur électrique à relever. De toute façon, je peux pas lui dire à maman, je peux pas, c'est bien ça le problème. Je vais écrire à Hortense. Elle sera bien obligée de me lire.

Pourquoi on est toujours seul quand on a un truc hyper-important à dire ? Pourquoi tout à coup on n'a plus personne à qui parler ?

Elle ouvre son ordinateur.

Elle écrit à toute vitesse, elle écrit en maudissant le monde entier, sa famille, la vie qui est mal faite, Gaétan qui est encore sorti, il travaille jamais, il aura jamais son bac, j'en ai marre, j'en ai marre, pourquoi elle refuse de me parler, Hortense ? Ça sert à quoi, une famille ? Et pourquoi ça m'arrive à moi ? Moi qui demande rien à personne ! Je veux juste qu'on m'écoute un quart d'heure, c'est pas le bout du monde quand même! Si papa était là, il me dirait viens me raconter, ma petite chérie! Et il me prendrait sur ses genoux. Et pourquoi il est mort, papa? Mangé par un crocodile, c'est normal, ça? Rien n'est normal. On vous le dit pas au départ. Quand vous êtes petit, on vous fait même croire que la vie va être belle, on vous donne des bons points, des esquimaux au chocolat, on vous plante des arbres de Noël et puis après, on vous retire tous les soleils, tous les palmiers, toutes les noisettes et on vous laisse le mazout, les mouettes qui crèvent la gueule ouverte, les pères qui se font bouffer tout cru, les mères qui se carapatent à Londres, les sœurs qui préfèrent aller se faire tripoter les ongles plutôt que de vous parler quelques secondes...

Et Gaétan? Il se demande pas si j'ai envie de vomir quand je le vois avec Victor et Léa?

Non.

Chacun pour sa pomme.

Elle écrit à toute vitesse. Elle écrit pour qu'Hortense se penche vers elle. Elle raconte la soirée de la veille qu'elle n'arrive pas à oublier.

« Maman n'était pas là. On avait invité Victor et Léa. Victor, un pétard dans la main gauche, un verre de vin dans la main droite, fixait la bougie que j'avais allumée sur la table, Gaétan faisait des figures d'acrobate dans le salon, son bonnet Adidas bleu et rouge enfoncé sur les oreilles. Il s'asseyait à droite, il s'asseyait à gauche, il me prenait dans ses bras, passait la main dans mes cheveux en disant je t'aime, je t'aime, sans aucune pudeur et je souriais, gênée. Quand Victor et Léa sont là, Gaétan n'est jamais dans son état normal.

Il s'agite, il parle fort, il éclate de rire pour n'importe quoi et moi, je me demande ce que je fous là.

Il a bien vu que j'étais mal à l'aise, il a fouillé dans mes cheveux pour trouver mon oreille et il a murmuré t'en fais pas, mon amour, on l'aura ce foutu bac !

Il s'est remis à danser et puis ils sont allés tous les trois dans la chambre et sont revenus en ricanant, en se frottant les narines. J'ai mis du temps, tu vas dire que je suis un peu nouille, mais j'ai fini par comprendre qu'ils venaient de s'en foutre plein le nez. C'est Victor qui fournit, il dit qu'il a les bonnes connexions. Et il balance des épaules, il étire le cou, il fait sa moue d'autruche fiérote comme s'il fallait être vachement balèze pour s'en procurer. Comme si ça lui donnait du prestige. Comme s'il fallait l'appeler môssieur Victor. Je n'ai jamais compris pourquoi ceux qui en prennent se cachent dans les salles de bains pour se faire des lignes alors qu'on sait très bien ce qu'ils font. Ils feraient ça devant tout le monde, ça reviendrait au même. C'est pas comme si un flic était planqué sous le canapé. Et moi, je n'aime pas ça du tout. Et surtout, surtout, je n'ai pas envie que Gaétan tombe là-dedans.

Alors, Hortense, qu'est-ce que je fais? Dis-moi. Pour le moment, je m'écrase, je dis rien et ça me fout les boules de ne rien dire, de faire comme si je m'en foutais... »

Son doigt tape les trois points de suspension et reste en l'air. Elle réfléchit un instant. Pense à monsieur Du Beffroy et à la marquise de Sévigné. Est-ce qu'elle se serait laissée aller à geindre ainsi? Sûrement pas. Elle aurait tourné sept fois sa plume en l'air et aurait noyé son chagrin dans son encrier.

Et pourquoi j'ai toujours besoin de l'avis d'Hortense?

Je ne sais donc pas penser par moi-même?

Est-ce qu'elle me demande mon avis, elle?

Je sais déjà ce qu'elle va dire. Elle va hurler contre Gaétan, le traiter de petit con. J'ai pas envie qu'elle hurle. Je suis grande, je règle ça toute seule.

Et son doigt frappe la touche « retour », efface lettre après lettre le mail qu'elle vient de rédiger.

Elle éteint l'ordinateur, envoie un SMS à Gary. « Suis avec toi pour le grand soir, dans ta poche droite. Fais gaffe, suis roulée en oursin. Zoé. »

Gary, c'est sûr, il doit pas se poudrer le nez.

Meme ordonne à Hortense de ne plus bouger, prend une mèche de cheveux, la lisse entre ses doigts, la tire, en fait une plume d'Iroquois, sort un peigne de sa poche et le fait courir dans la mèche, tassant le cheveu vers le bas et construisant une sorte de meringue du plus bel effet.

— Il faut un peigne très fin. L'idéal, c'est un peigne à poux.

Hortense pousse un cri.

— Tiens-toi droite ! Ne bouge plus ! On en trouve chez Clyde sur Madison et la 74e. Ça coûte huit dollars. Y a rien de mieux.

— J'entre et je demande où est le rayon des peignes à poux ? dit Hortense, horrifiée.

— Tu entres, tu vas droit au rayon des peignes et des brosses, tu choisis le peigne le plus fin et c'est celui-là. Arrête de faire cette tête. Tu l'achèteras neuf, il aura jamais servi !

— C'est juste l'idée.

Meme hausse les épaules.

— On voit bien que t'as pas connu les poux ni la misère !

— C'est pas obligatoire. Y en a qui sautent cette étape !

— Y en a une qui y est jusqu'au cou, dans la misère !

Meme désigne Shirley du menton. Elle est assise deux tables plus loin, ses mains trempent dans la mousse comme si elles ne lui appartenaient pas, qu'elle les avait dévissées et posées là, ses yeux clignent dans le vide et sa bouche tombe à l'envers. D'un ton docte, Meme fait son diagnostic :

– Elle va mal, elle n'attend plus rien de la vie, elle a le cœur cassé. C'est une bête blessée.

– T'as tout faux. C'est la mère de Gary. Elle est venue pour le concert. Elle souffre du décalage horaire.

– Erreur totale ! Elle fuit l'adversité. C'est écrit sur son visage. On y lit le remords, le péché, la culpabilité. Peine d'amour. Femme empêtrée. Homme marié.

– Elle a un amoureux, il est libre et tout va très bien.

– Tu connais rien à la douleur humaine. C'est pas ton truc. Revenons à ton chignon. Tu crêpes chaque mèche, tu l'asperges de laque, tu la laisses dressée sur la tête et…

– Si tu es si forte, dis-moi ce qui va arriver à Gary demain soir. J'ai jamais le trac pour moi, mais je l'ai pour lui.

Meme soupire, exaspérée.

– Je te dis que cette femme souffre. Fais-la parler et tu verras. Elle est désespérée. Il faut que tu veilles sur elle.

– Je viens de la sauver. Elle allait se jeter sous un taxi.

– Tu vois ! J'ai raison.

Meme a fini de crêper les mèches et montre à Hortense comment les rabattre en unifiant le dessus pour qu'il n'y ait pas de touffe qui dépasse.

– Ensuite, tu montes le tout en un chignon que tu fixes avec des épingles. Soit tu tords la masse pour un chignon banane, soit tu l'étales et la poses au sommet du crâne pour un chignon casserole.

– Casserole ?

– Oui. Comme ça.

Et, d'un tour de poignet, Meme transforme le tas de mèches en coiffure savante et ronde. Le visage d'Hortense s'allonge, devient mystérieux, sensuel, arrogant. Elle plisse les yeux, tend les bras, oscille sur son siège, se contemple dans la glace, profil droit, profil gauche.

– Que je suis belle ! Mais que je suis belle ! Dis, Meme, tu pourras me coiffer demain soir ? Personne ne le fera mieux que toi ! Tu es une fée.

– Vas-y ! Couvre-moi de compliments !

– Mais c'est vrai !

– D'accord, mais donnant-donnant : tu me dessines une robe rien que pour moi et tu me l'offres.

– Pas de problème. Attends juste un an et ma première collection.

– Tape dans la main !

Hortense frappe la paume ouverte de Meme.

Shirley ferme les yeux. Abandonne ses mains à une dénommée Karina qui a le nez écrasé, les pommettes en promontoire et des yeux en petits carrés. Elle chuchote, pouffe, échange des recettes de cuisine avec sa voisine, parle de canard rôti, de caramel aux oignons, de bâtons de vanille. Shirley a la nausée. Elle se revoit dans le taxi. Elle laisse tomber sa nuque sur l'épaule de Philippe, dis-moi au revoir, je pars pour New York. Tu vas voir Gary ?

Je suis si fatiguée, si fatiguée. Tu travailles trop, tu ne fais pas attention à toi! Il passait ses doigts dans ses cheveux, les soulevait, les faisait glisser derrière l'oreille, c'est bien, tu vas te reposer, te changer les idées, tu en as besoin.

Elle hochait la tête, elle n'entendait rien, suivait le parcours de sa main, son souffle sur son front, rien qu'une nuit, rien qu'une nuit et après je m'efface, je disparais, je monte dans les tours de l'église et je deviens nonne, nonnain, nonnette, sainte peut-être. Joséphine n'en saura rien.

Et Oliver, il avait demandé, il vient avec toi?

Elle l'avait complètement oublié! Elle laissait échapper Oliver? dans un petit cri. Vous vous êtes disputés? il disait en lui prenant le menton pour lire dans ses yeux. Elle disait oui, oui, et elle pensait embrasse-moi, embrasse-moi, rien qu'une fois. Shirley, ne te mets pas dans cet état-là, vous vous disputez tout le temps, ça ne veut rien dire. Oh non! elle disait, oh non! Il souriait, vous êtes terribles, tous les deux! Il la serrait dans ses bras, elle laissait tomber sa tête et alors, il prenait sa main, l'ouvrait, la portait à la hauteur de sa bouche et...

— Shirley! Tu veux un *fortune cookie*? Tu veux connaître ton avenir? T'as vu comment elle m'a coiffée! Je vais faire une entrée fracassante demain! Chignon casserole avec une petite robe noire, un col Claudine blanc, un rouge à lèvres très rouge, des talons très hauts, mon Burberry, un foulard, un gros sac ! Je vais les crucifier !

Meme sort du vestiaire et revient, les deux poings fermés.

— Quelle main ? elle demande à Hortense.

— La droite !

Hortense tire un *fortune cookie*, l'écrase entre ses doigts. Le dépiaute hâtivement. Meme tend l'autre à Shirley qui attend qu'Hortense lise l'énoncé du sien.

« Certains râlent parce que les roses ont des épines. Moi je remercie les épines d'avoir des roses[1]. » C'est tout moi, ça ! s'exclame Hortense en tapotant le sommet de son chignon. Et que dit le tien, Shirley ?

— Je suis obligée de vous le lire ?

— Ben… c'est plus drôle.

— Pas tout de suite…

— Pas de problème !

Hortense se lève et donne un billet de vingt dollars à Meme.

— Le reste est sur le compte d'Elena. Elle nous a chassées, on ne sait pas pourquoi !

— Elle doit avoir une bonne raison, dit Meme.

En enfilant sa veste, Shirley écrase le petit gâteau dans le creux de sa main et lit à la dérobée : « Pour voir l'horizon, il ne faut pas être horizontal. »

---

1. Alphonse Karr.

Calypso traverse le Parc. Il est dix-neuf heures trente. Ce soir, elle dînera d'un blanc de poulet, se couchera de bonne heure afin de se réveiller le lendemain fraîche et alerte.

Demain à cette heure-ci, devant toute l'école réunie, elle jouera la sonate de Beethoven. L'air est doux, parfumé d'un petit goût de noisette verte, la lumière troue le feuillage des arbres et dessine une dentelle, elle prend le chemin qui passe au-dessus de Turtle Pond. Serre son violon contre elle dans le long imperméable qui l'enveloppe. Repense à la soirée de la veille. L'ultime répétition avec Gary chez cette femme, Elena Karkhova. C'était puissant. Inspirant. Et puis il y avait eu LE moment...

Quand il avait dit :

– Calypso !

– Oui ?

Elle avait scruté la partition, elle avait oublié un temps ? Avait relevé la tête, remarqué son regard, son regard qui ne demandait rien, qui ne voulait rien, qui laissait juste échapper son nom.

Calypso.

Il a dit Calypso. Pour rien.

Que c'était beau, cette dernière répétition ! Elle avait laissé la musique se consumer en elle dans un brasier de perfection sans escamoter aucune note mais, bien au contraire, en les ouvrant, les amplifiant, en les faisant monter au firmament comme des tournesols de feu.

La joie qui étreint sa poitrine lui fait craindre le pire : atteindra-t-elle le même sommet demain? Elle a peur soudain, se retourne pour vérifier qu'elle n'est pas suivie, comme s'il valait mieux que la peur vienne d'un étranger malfaisant que d'une absence dans sa musique, d'un oubli, d'une fausse note.

Mais il n'y a personne et elle poursuit son chemin en effleurant le violon sous le manteau pour s'assurer qu'il est bien là. Combien de fois, quand elle marche, fait-elle ce geste? Combien de fois son cœur s'arrête-t-il à l'idée qu'elle l'a perdu? Je suis trouée de peur à cause de mon violon. Mitraillée de petits plombs noirs.

Qui aurait l'idée de m'agresser? De dos, je dois avoir l'air de la fée Carabosse! Mon père est loin. Il crache des bouts de tabac, jure, peste, racle le fond de ses poches à la recherche d'un peu d'argent. Tout le monde l'évite depuis ce qui est arrivé à Ulysse. Il porte la balafre du diable. La marque du Mal. Le bruit court qu'il pourrait être à l'origine de l'agression, mais il manque des preuves.

Et comme s'il suffisait qu'elle pense à Ulysse pour que celui-ci se mette aussitôt à penser à elle, elle entend son téléphone sonner. Atteint la plate-forme de roche lisse. Décroche. C'est Rosita.

– Bonsoir, *abuela*. J'étais sûre que c'était toi!

— Tu as reçu le paquet? demande Rosita d'une voix rauque.

— Ce matin, avant de partir. Je n'ai pas eu le temps de l'ouvrir.

Calypso entend des grognements, c'est Ulysse qui veut lui parler.

— Je lui ai mis le téléphone sur l'oreille, dit Rosita. Vas-y, parle.

Calypso inspire profondément et articule en espagnol :

— *Te echo de menos, te necesito, abuelo! Mañana por la noche voy a tocar como si estuvieras conmigo! Para que recuperes tu fuerza de toro, tu aliento de toro, tu corazón de toro bravo! Abuelo me gustaría que volvieras a ser el hombre, joven y lleno de fuerza que fuiste tiempo atrás[1]!*

Rosita intervient et supplie :

— Arrête, Calypso, il pleure comme un enfant. Quelle idée de lui débiter des fadaises en espagnol!

— C'est que je voulais lui faire plaisir!

Calypso entend sa grand-mère dire à Ulysse calme-toi, calme-toi, elle va jouer demain soir pour toi, rien que pour toi.

---

1. «Tu me manques, j'ai besoin de toi, grand-père! Demain soir, je vais jouer comme si tu étais avec moi! Pour que tu retrouves tes forces de taureau, ton souffle de taureau, ton cœur de taureau furieux! Grand-père, je veux que tu redeviennes le jeune homme plein de fureur que tu étais autrefois!»

Calypso essuie ses larmes. Chaque fois qu'elle parle à Ulysse, elle se met à pleurer. Elle voudrait lui tendre la main et qu'il se lève, qu'il prenne le premier vol pour New York. Elle emplit sa bouche d'air et se met à fredonner les notes du *Printemps*, bourdonne les premières mesures et ça fait un bruit de bombardier qui pointe à l'horizon, se rapproche, se rapproche. Elle envoie promener ses sandales, ses pieds frappent la roche plate, elle mime l'archet sur les cordes du violon, les notes l'emportent. Elle se penche sur le téléphone, entend un grognement heureux et un semblant de mots qui fait écho.

— *Abuelo !* Tu as parlé ! Tu as dit *no, no*… Tu voulais dire *bueno*, hein ?

Ses pieds nus scandent sa joie.

Rosita a repris le téléphone.

— Tu as entendu, *abuela* ! Il a parlé !

— C'est magnifique ! Je t'embrasse, on t'embrasse tous les deux, on t'appellera demain soir après le concert, que Dieu et tous les saints te bénissent !

Calypso dessine un signe de croix sur son front, sa poitrine, ses épaules. Faire durer cet instant le plus longtemps possible, faire résonner les « o » d'Ulysse, les verser dans les rayons du jour qui décline, la tache de mousse verte au milieu de la roche grise, les aboiements d'un chien qui semble à la fois excité et peureux, tout prendre, tout mélanger parce qu'elle se sent assez forte pour tout porter.

Elle entend un bruit de pas et se retourne.

Un homme est là, il la regarde.

Elle ne le reconnaît pas d'abord et recule en attrapant le violon, son étui, ses chaussures. Une sandale lui échappe des mains et roule en bas du rocher. Elle étend une jambe pour la rattraper, bascule, hésite à lâcher son violon, tend le cou et reconnaît l'homme.

L'homme au billet de cent dollars.

Il s'approche. Ramasse la sandale, la plie entre ses mains.

– N'ayez pas peur !

– Je n'ai pas peur.

– Je vous ai entendue chanter.

– Je ne chantais pas pour vous.

– Où vous produisez-vous, mademoiselle ?

– Pourquoi voulez-vous...

– Répondez-moi.

Il y a comme un ordre dans sa voix.

– Ou sinon... ? demande Calypso.

– Je vous suivrai partout.

Calypso sourit :

– Vous en seriez capable ?

L'homme opine en souriant aussi. Ce sourire la désarme et elle laisse échapper sans réfléchir :

– Demain, je joue à la Juilliard School, à dix-neuf heures, dans le grand amphi.

– Je pourrais venir ?

Elle hoche la tête.

– Alors je viendrai... Merci, mademoiselle.

– Je laisserai une place à mon nom pour vous. Calypso Muñez.

– Merci.

Il tend le bras et dépose la sandalette dans la main tendue de Calypso. La sandalette et deux billets de cent dollars.

Calypso repousse les billets.

– Je ne veux pas. Cela m'embarrasse.

Elle se fait une haute idée non pas d'elle-même mais de son talent. Elle estime qu'il vaut bien plus que deux cents dollars.

– Et pourtant vous en avez besoin, n'est-ce pas ?

Elle ne répond pas.

– Vous avez raison, c'est bien peu, comparé à votre talent.

Il soulève son chapeau en hommage, il a l'air très jeune soudain sans couvre-chef, et s'éloigne sans se retourner.

Une femme passe, poussant un landau, houspillant une petite fille qui ne marche pas assez vite. La fillette a une baguette de fée à la main et frappe les buissons. Comme si elle pouvait les changer en dragons ou en papillons. Elle tire la langue et se concentre.

Les billets restent collés entre la semelle de la sandale et la roche.

Calypso les contemple, hésite. Elle pourrait faire tant de choses avec deux cents dollars. La petite fille se retourne au bout du sentier. Elle agite sa baguette magique, la fait tournoyer et la pointe vers elle. Abracadabra! Les billets sont pour toi!

Calypso lui sourit, rampe sur la roche plate et attrape les billets.

Cette nuit-là, cette nuit du 29 avril, à la veille du concert, alors qu'ils sont éveillés dans le grand lit, Hortense murmure dans le noir:

– Rien ne nous oblige à toujours faire des choses impossibles, d'accord?

– D'accord.

– On a le droit de dire ça va trop vite ou de faire un break sans passer pour une poule mouillée.

– D'accord.

– Tu n'oublies pas?

– Je n'oublie pas.

– Je suis toujours ta petite femme.

– Tu devrais dormir, Hortense.

– Je voulais juste être sûre...

Shirley a attendu que Gary et Hortense se soient endormis pour se glisser derrière le comptoir de la cuisine. Elle ouvre la porte du frigidaire. Une lumière bleutée tremblote, faudrait changer l'ampoule, elle se dit en lui donnant une chiquenaude et l'ampoule cesse de trembler.

Elle n'arrive pas à dormir. Elle mangerait bien un peu de jambon ou du *cottage cheese*. Une pomme verte. Un morceau de bacon. Un vieux plat de pâtes à réchauffer.

N'importe quoi pour faire marcher ses mâchoires et ses pensées. Ça va de pair chez elle.

C'était quand, ma dernière crise sentimentale? La dernière fois que je ne comprenais plus rien à moi-même, que je tournais en rond comme une chèvre attachée à un piquet?

Elle aperçoit du fromage orange en tranches sous cellophane, un yaourt aux myrtilles. La moitié d'un muffin. Une boîte de sardines. Ça devrait faire l'affaire. Mâcher et penser. Mâcher et penser. Essayer de résoudre le mystère. La dernière fois, je suis restée enfermée chez moi plusieurs jours et je suis ressortie aussi déterminée que ce vieux Sherlock Holmes. J'avais trouvé le coupable. J'allais l'arrêter, le jeter au cachot. Je croyais être guérie.

Je ne suis pas guérie.

Le coupable vit toujours. À l'intérieur de moi. Je le loge, le nourris, le blanchis. À l'œil. En échange, il me torture en toute impunité.

Je continue à tomber amoureuse d'hommes interdits. De ceux qu'il ne faut surtout pas approcher de peur d'être grillée vive. Comme si je ne me donnais aucune chance. Comme si je m'interdisais toute possibilité d'être heureuse.

J'ai essayé de me libérer pourtant.

Souvent.

Et j'ai échoué.

Toujours.

Retour en prison.

Je n'ai pas trouvé la solution.

Le fromage n'a pas de goût, elle a l'impression de ruminer un chewing-gum d'occasion. Quand elle était petite, son père lui interdisait de mâcher des chewing-gums. Elle les ramassait dans la rue, les lavait à la brosse et au savon, ajoutait un morceau de sucre et hop! elle mâchait. Elle ne supportait pas qu'on lui donne des ordres.

Elle avise un pot de confiture de fraises sur le comptoir et en tartine le fromage. Sois honnête, elle se dit en mâchonnant la pâte molle et sucrée, imagine Philippe à tes pieds, exauçant tes moindres désirs, te suppliant de l'aimer, le prendrais-tu en considération ? Ce n'est pas mauvais le fromage à la fraise. Non, je l'enverrais au diable.

Je ne suis pas amoureuse de Philippe, mais de la situation : homme strictement interdit. Comme le chewing-gum.

Je sais, elle soupire en reprenant une tranche molle et fade de cheddar à la fraise, je sais tout ça. Je vais aller consulter un docteur de l'âme. Je m'allongerai sur son divan et je parlerai.

Non, je ne pourrai pas. Je ne pourrai jamais.

Je ne pourrai jamais lui dire que ma mère s'appelle Élisabeth, reine d'Angleterre, que mon père fut son grand chambellan. Qu'ils s'aimèrent d'amour fou et conçurent un enfant. Moi. La fille timbrée qui ne s'amourache que d'hommes impossibles. Je vais rester derrière mon comptoir à ruminer du fromage à la fraise. À ruminer, ruminer jusqu'à ce que j'y voie clair dans ma nuit intérieure.

Au petit matin, ce 30 avril, le soleil se lève en grande pompe comme s'il savait que c'est un jour spécial. Il pianote sur les carreaux, les oiseaux s'époumonent dans les arbres. Gary ouvre les yeux en se disant il y a quelque chose d'extraordinaire aujourd'hui, un événement que j'attends, une majesté d'événement, qu'est-ce que c'est déjà ?

C'est alors qu'il reçoit le sourire ébloui d'Hortense.

— Bonjour, Gary Ward !

— Ah ! C'est vous, Hortense Cortès.

— Vive le printemps et merde pour ce soir !

— C'est donc ça ! Et c'est ce soir !

Gary bâille, se gratte le torse, lève un coude pour rattraper un oreiller, s'enroule dans le drap, ordonne :

— Viens contre moi, femme !

– Tu vas jouer devant la crème de la crème, ce soir.

– Toi, bientôt, tu t'envoleras pour Paris.

– Tu résumes bien la vie.

Ils s'étreignent. Roulent dans le drap, roulent dans le lit.

– On va vieillir d'un seul coup à partir de maintenant. Plus rien ne sera pareil.

– « Ô temps, suspends ton vol ! » déclame Gary, grandiloquent.

– Ne ris pas. Ce n'est pas banal tout de même !

– Tu as vu ma cravate noire ? Je ne la trouve plus.

– Aucune idée.

– On se retrouve à l'école ? Tu peux t'occuper de ma mère ? Ça m'arrangerait. On dirait une somnambule. Qu'est-ce qu'elle a ?

Elle lui mord la lèvre, se dérobe, il l'attrape, l'immobilise, se place au-dessus d'elle. Elle noue les jambes autour de ses hanches, se balance.

– Tu es une mangeuse d'hommes, Hortense Cortès.

– Erreur ! Je suis une mangeuse de toi !

Mister G. colle son oreille contre la porte de Calypso et tente de savoir si elle est levée ou si elle dort encore. Il lui a fait un café bien noir. Comme ceux qu'il buvait avec Ulysse dans les coulisses de ce cabaret miteux, Los Violones, sur Biscayne Boulevard à Miami. C'est là qu'il l'a connu, il y a longtemps, si longtemps, il n'avait pas encore de moustache ni de poil au menton. Ils étaient devenus amis. À la vie, à la mort. À la vie, à l'amour. On s'aime, mon vieux, disait Mister G. à Ulysse, en tout cas, moi je t'aime. Je donnerais toutes mes belles chemises pour toi ! Ulysse riait. Prenait son violon et lui répondait avec des notes, du Paganini pur jus. C'était comme ça. Ils s'aimaient, voilà tout. Par-delà les années, les filles et les tequilas.

Calypso est levée et parle à la violette cornue. Il lui aurait bien offert un bouquet pour marquer le grand soir mais il a eu peur de paraître idiot. Ça n'arrange pas un homme, le bouquet, ça n'en fait pas un dur à cuire.

Il pousse la porte et fait son entrée en demandant d'emblée :

– Tu as ouvert le paquet ? Celui qui vient de Miami ?

Elle n'a pas fini son entretien avec la violette cornue. Elle lui parle chaque matin. C'est son rituel. Elle appelle ça « méditer ». Il appelle ça « perdre son temps ». Ou « se branler » quand il a un peu trop bu.

Appuyé au dossier d'une chaise repose son violon. C'est ce soir, c'est ce soir, elle songe en louchant vers lui.

Elle s'est réveillée avec le bout des doigts qui lui démangeait. L'angoisse lui pique le sang de mille fourmis rouges. Ce matin, elle ne prendra pas de douche. À l'approche d'un concert, elle ne mouille jamais le bout de ses doigts afin que la corne reste bien dure.

Son regard glisse sur le violon. Le bois luit, doré caramel, quand le soleil l'effleure. Il repose, pimpant, confiant. Elle a envie de s'en prendre à lui pour chasser le trac qu'elle sent monter en elle, oh, ne fais pas le malin, elle lui dit avec un regard noir, c'est à cause de toi que les gens me détestent, le sais-tu? Ils sont jaloux, ils se demandent comment peut-elle avoir un si bel instrument, cette fille de rien du tout? Qui le lui a payé? L'a-t-elle volé? S'ils savaient! S'ils connaissaient Ulysse Muñez et son étonnant destin!

Elle revient sur la violette, les pétales jaunes zébrés de noir et de mauve, sur l'immeuble de l'autre côté de la rue, l'escalier d'incendie rouillé qui zèbre la façade aux vitres sales et cassées. Elle pousse un soupir et se retourne enfin. Elle est prête.

Mister G. est debout sur le seuil de la chambre. Il tient un bol de café entre ses gants de cuir jaune.

– Tu m'as pas répondu… Alors?

– Ça veut dire que tu ne partiras pas avant de savoir ce qu'il contient…

– *Yes, m'ame.*

Il a pris l'accent des acteurs noirs dans les vieux films d'Hollywood. Ceux qui jouent les serviteurs zélés, qui roulent des yeux blancs comme des boules de billard.

– Il vient d'Ulysse, tu le sais bien.

– Ou de Rosita.

– C'est la même chose.

— Pas forcément.

Calypso défait le paquet en faisant attention de ne pas déchirer le papier.

— On ne sait jamais, elle remarque. Rosita a peut-être glissé des confettis, des grains de riz ou des plumes.

— Ou une lettre.

Il n'y a ni confettis, ni grains de riz, ni plumes, ni lettre dans le paquet. Mais une robe. Un long fourreau de soie bleu pâle brodé de perles blanches que Calypso déplie dans un bruit de froufrou soyeux.

— Elle est magnifique! murmure-t-elle en détaillant le dessin des perles qui forment des fleurs, des fruits et, sur les épaules, deux oiseaux aux longs cous qui se ploient, se déploient, épousant le mouvement lent des épaules. Je n'ai jamais rien vu de si délicat. Tu as vu, Mister G., comme la couleur des perles change à la lumière? On dirait des gouttes d'eau.

Calypso se retourne pour prendre Mister G. à témoin et celui-ci recule, frappé de stupeur.

— Mais ce n'est qu'une robe, Mister G.! Tu n'en as jamais vu d'aussi belle, c'est sûr...

— Ce n'est pas n'importe quelle robe, il grommelle, c'est de la folie, c'est réveiller le diable. Comme s'il n'avait pas assez frappé!

Et il se signe précipitamment.

Calypso éclate de rire devant sa mine effrayée.

301

— C'est un cadeau de Rosita et d'Ulysse, ils ne veulent pas que j'aie l'air d'une va-nu-pieds ce soir.

Elle prend la robe dans ses bras, y enfouit son visage. Respire une odeur de parfum. Une odeur qui lui remplit la tête et l'emmène loin, loin. Fouille le tissu au plus profond, reconnaît un zeste de mandarine, d'orange, un froissement de feuilles de violette et encore plus loin, si elle attend un peu, un jasmin pâle dont les feuilles grelottent, une rose poivrée qui s'égoutte, un peu de vanille et de vétiver. Et du bois de cèdre qui monte du fond d'un vieux coffrage. Elle respire, les yeux clos, comme si elle recevait la bénédiction d'Ulysse avant le concert de ce soir.

Il faudrait que je trouve le nom de ce parfum.

Le parfum de la robe bleue brodée de perles blanches.

Elle se redresse, cherche Mister G. des yeux.

Il est parti. Il a posé le café sur la table de nuit. Il a oublié de refermer la porte.

Plus tard, elle fouillera dans le papier de soie. C'est étrange tout de même, cette robe qui arrive sans un mot, et sa main trouvera une paire d'escarpins assortis à la robe. En tissu bleu nuit, ornés de perles fines. Anciens, un peu usés aux talons, un peu éraflés sur le côté comme si sa propriétaire les avait frottés contre de lourds souliers d'homme, comme si elle avait enfoncé son genou entre les genoux d'un amoureux, se collant à lui, réclamant son dû. Les chaussures d'une femme avide, d'une femme gourmande. Une bride attachée à un petit bouton de nacre est sur le point de rompre. Calypso l'effleure d'un ongle, on dirait une grenade dégoupillée.

Elles sont à sa taille. Comme dans un conte de fées, je danserai jusqu'à minuit et aux douze coups d'horloge, je redeviendrai souris.

Mais ce sera après. Ce n'est pas mon souci.

Elle étreint la robe, virevolte, s'arrête et fait une révérence devant la violette cornue.

— Vous avez des nouvelles d'Heather ? demande Hortense à ses copines du Viand Café.

Jessica, Astrid et Rosie ont accepté de transformer le dîner du lundi en lunch rapide en l'honneur de Gary. Elles assisteront au concert ce soir, elles ont promis.

— Oui, répond Jessica, elle a trouvé un appartement à Santiago et va investir dans une entreprise sur Internet. J'ai pas très bien compris dans quoi exactement, je lui demanderai si ça t'intéresse. On se skype souvent.

— Elle s'est donné six mois pour réussir, ça risque d'être court, dit Rosie.

— Avec elle, ça va toujours très vite ! remarque Astrid.

— Avec moi aussi, ça risque d'aller vite, rétorque Hortense. Comptez sur moi pour mener mon affaire à un train d'enfer !

– J'ai croisé Frank l'autre soir, dit Jessica, il a été vert pomme de terre quand je lui ai dit que tu rentrais à Paris lancer ta marque. Que tu avais trouvé un riche financier et dessiné ta première collection. Il blêmissait sur pied. Si j'avais pu, je lui aurais vidé un container de bonnes nouvelles sur le crâne rien que pour voir sa tronche de minable ! Il a failli se trouver mal. J'ai su après par Malcolm qu'il n'avait pas décoléré pendant trois jours. Aigreurs d'estomac, nausées. Bien fait ! Tu nous venges toutes !

– Il est assez prévisible comme mec : soit il t'exploite, soit il t'aboie dessus. Y a pas beaucoup de choix, remarque Hortense.

– Le pauvre Scott a dégusté, il paraît. Toujours d'après Malcolm. Mais ça n'a pas eu l'air de l'affecter. Il est gai comme un roitelet et métamorphosé, paraît-il. Il a changé de coupe de cheveux, de vêtements, a éliminé les pellicules… Cherchez la femme !

– Ou le shampoing, dit en riant Hortense.

Rosie rougit et plonge dans le menu du jour.

– Dis donc… tu ne nous cacherais pas quelque chose ? s'exclame Jessica en la dévisageant.

– Pas du tout ! Comment peux-tu penser une chose pareille ?

– Penser quoi ?

– Ben… quand tu dis cherchez la femme…

– … et que tu rougis comme une pure jeune fille ?

Alors, c'est toi, la femme fatale qui a séduit ce grand benêt pelliculeux ?

– Ce n'est pas un benêt ! C'est un...

– Perdu ! C'est toi qui régales aujourd'hui. Tu nous as dissimulé une information capitale ! C'est la règle.

Rosie bougonne que c'est pas le moment, elle a pas fini de payer son crédit, et puis avec Scott, ce n'est que le début.

– Oui, mais c'est en bonne voie et tu ne disais rien ! Tournée générale, je vais commander ce qu'il y a de plus cher et tu nous racontes ton premier orgasme avec ce bon Scott !

– C'est que... pour le moment...

– Vous n'avez toujours pas consommé ?

Rosie secoue la tête, navrée.

– On s'envoie des textos et on se voit le samedi soir.

– On ne va plus être nombreuses à nos réunions du lundi, note Jessica. Plus d'Hortense, plus d'Heather... et si Rosie se marie, elle ira vivre en banlieue. Vous avez choisi la maison ? Avec ou sans piscine ?

– Mais c'est pas encore fait..., proteste faiblement Rosie.

Jessica se tourne vers Astrid :

– On va se retrouver en tête à tête toutes les deux.

– On prendra de nouveaux membres. Tiens, ma sœur Antoinette, elle va passer tout à l'heure, elle...

– La bombe sexuelle ? dit Rosie, enchantée de ne plus être le sujet principal de la conversation.

– Elle a besoin d'une tenue chic pour aller signer son contrat chez son agent, elle veut en imposer pour faire grimper les prix. Je lui ai fait une sélection.

– J'ai hâte de la voir, dit Hortense. Juste pour vérifier que tu ne nous as pas menti !

– Tu vas pas être déçue. Attachez vos ceintures, les filles ! Vous allez être projetées dans une autre dimension.

– Pourquoi faut-il que tu ailles à Paris ? soupire Rosie, soudain triste à l'idée du départ d'Hortense.

– Parce que c'est ainsi. J'y peux rien. Mais je reviendrai. Et je vous promets que vous ferez partie de cette aventure parce que vous êtes les meilleures !

– Ça, c'est bien vrai ! clament Jessica et Astrid.

– Je vais avoir besoin de vous ! Je veux que mon succès soit international.

Hortense dessine une tour Eiffel sur la nappe en papier, l'orne d'un drapeau français, la découpe en faisant crisser le papier, l'embroche avec sa fourchette et lance, hardie :

– À nous deux maintenant !

En écho derrière elle, une voix lui répond :

– Rastignac, *Le Père Goriot*. Fin du bouquin. « Et pour premier acte du défi qu'il portait à la société, Rastignac alla dîner chez madame de Nucingen. » Quelle chute ! En une dernière ligne, la situation se retourne, le cœur est foulé aux pieds, l'étudiant jette ses rêves dans le caniveau. Quelle férocité ! Quelle modernité ! J'ai adoré ce roman, j'ai cristallisé à m'en éclater la cervelle. Balzac est un cowboy, John Wayne un nain à côté de lui, range ton colt, Johnny, tu es cuit !

Hortense se retourne lentement, elle se demande si ce n'est pas Junior qui est venu se brancher sur ses ondes et grésille en attendant qu'elle se branche, elle remue légèrement la tête pour s'en assurer, se tourne encore et se retrouve face à une fille si belle que les mots sortent en bulles de sa bouche.

– Vous... vous...

Elle ne sait plus parler. Elle voudrait dire vous êtes la sœur d'Astrid, mais elle bafouille. Elle considère la main que lui tend la déesse face à elle, a peur de la saisir. Fait un effort.

La fille déclare s'appeler Antoinette.

Un mètre quatre-vingt-deux, des jambes qui montent en oriflammes vers le ciel, mince, gracieuse, souple, une poitrine ronde, dure, qui tend le tissu de la robe bon marché, une paire de fesses qui le remplit de l'autre côté, des attaches si fines qu'on a envie de les cercler d'or fin, une peau qui lance des éclairs, des cheveux raides, châtains, coupés au carré, un nez droit, une bouche aussi brillante qu'un étal de fruits rouges et surtout, surtout, deux yeux bleu turquoise bordés de cils noirs dans lesquels on a envie de plonger pour ne plus jamais revenir. Des yeux qui engloutissent. Cette fille est un abîme de beauté. Comment peut-on prétendre que les hommes sont égaux après l'avoir vue ?

Hortense se reprend, saisit la main qu'on lui tend. Elle déglutit bonjour, moi, c'est Hortense. L'apparition sourit, découvrant des dents éclatantes et ajoute :

– Ah ! C'est toi, Hortense, *the french girl* ! Celle qui veut conquérir le monde avec ses robes !

– C'est moi.

– Pas étonnant que tu cites Balzac, alors !

– Astrid t'a dit que je partais vivre à Paris pour lancer ma maison de couture ?

Antoinette hoche la tête, amusée.

– « L'homme qui ne voit que la mode dans la mode est un sot. La vie élégante n'exclut ni la pensée ni la science, elle les consacre. » Balzac encore !

– Tu l'as appris par cœur ?

– Non. Mais quand je lis un truc que j'aime, je le retiens.

– Elle t'a dit que j'avais trouvé un tissu révolutionnaire qui va changer la mode ?

Antoinette opine à nouveau.

– J'aime le mot « révolutionnaire ».

– Alors, travaille pour moi. Si on s'allie toutes les deux, rien ne nous résistera. Avec toi, je suis sûre de réussir. Je te donnerai un pourcentage sur les bénéfices. Tu ne seras pas seulement un grand mannequin, tu deviendras une femme d'affaires, riche et libre. Le monde entier sera à tes pieds.

– Je me fiche de l'argent. Je me fiche du monde entier

à mes pieds. Je n'ai besoin de rien si ce n'est de culture et de liberté. Je travaillerai pour toi si ce que tu fais me plaît.

– Il faudra pourtant que je te rémunère, que je te fasse un contrat.

– On se débrouillera.

– Mais encore ?

– J'aime apprendre. C'est mon kif. J'aime entasser le savoir comme d'autres font du shopping. Quand on sait, on cloue le bec au monde entier et il vous respecte. Alors, étonne-moi, apprends-moi mille choses nouvelles. Raconte-moi la mode, le luxe, les rois, Versailles, Marie-Antoinette, retrace-moi l'histoire des premières maisons de couture, des plus belles étoffes, le pourquoi du style, le comment de l'élégance et nous ferons affaire.

– Ben, si c'est ce que…, bafouille Hortense, à court d'arguments.

Elle se demande déjà où elle va trouver tout ce savoir-là.

– C'est ce que je veux. Tu sais d'où je viens ? Elle t'a raconté, Astrid ? Je viens pas de Park Avenue mais de la jungle. Je ne tiens pas à être heureuse ni à tout ce tremblement autour du bonheur, je préfère la vie avec ses plaies et ses bosses. Rester en vie, là où je suis née, c'est déjà une prouesse, surtout quand t'es une fille, que t'as pas de père, d'oncle ni de grand frère pour te protéger et que tu fais miroiter le paradis chaque fois que tu bouges tes fesses.

Puis elle se tourne vers Astrid et demande d'une voix douce :

– Tu m'as trouvé une tenue pour que je neutralise ce petit Blanc arrogant qui compte me rouler dans la farine ? J'ai lu son contrat, il se fiche de moi. Va falloir que je le mate ! Les hommes sont fatigants, pauvres miettes sans cervelle qui se prennent pour Zeus. Tu me commandes un dessert au chocolat, sœur chérie ? J'ai faim !

Gary regarde encore une fois l'heure à sa montre et se raidit. Seize heures quatorze. Dans moins de trois heures, il sera sur scène.

Il a trouvé refuge dans sa cabane de Central Park. Il y vient toujours dans les moments importants. Ses jambes l'y conduisent sans qu'il y pense vraiment. Qu'il entre dans le Parc par le nord, l'est ou l'ouest, il se retrouve, étonné, assis sur les bat-flancs de la cabane en rondins.

Est-ce que j'ai le trac ? il se demande en plongeant la main dans sa poche pour caresser la cravate noire qu'il a retrouvée dans le placard d'Hortense. Elle servait, tendue entre deux punaises, de lien pour suspendre ses foulards. Il l'a repassée avec soin mais le bout s'entête à rebiquer.

Il ferme les yeux et commence à parcourir la partition du *Printemps*. Il répète plusieurs fois la première phrase, c'est celle-là qui est importante. S'il la manque, tout le reste sera de guingois. Il se remémore la musique, abandonne ses doigts au toucher du clavier, aux changements de position, chantonne, reprend un passage, une mesure difficile, *mi, sol, fa, fa* dièse, *mi*, rouvre les yeux, imagine la salle de concerts vide, le silence qui l'emplit, le long piano à queue, les fauteuils repliés. Les lumières s'allument peu à peu, le brouhaha s'amplifie, on ouvre les portes, les gens entrent et s'installent. Bientôt il traversera la scène, il ira s'asseoir au piano, Calypso se placera près de lui et les premières notes de son violon retentiront.

Calypso.

Et il entend à nouveau les mots d'Elena. *Tu n'as pas su créer la moindre intimité en un mois de répétitions. Tu ne sais rien d'elle et cela ne te gêne pas. Tu es décevant. L'intimité devrait intéresser aussi bien les garçons que les filles...*

Est-ce vrai que je n'ai jamais posé de questions à Calypso ? il se demande en laissant courir ses doigts sur ses genoux. Oui, c'est vrai. Pourquoi je ne pose jamais de questions ? Ni à Calypso, ni à Hortense, ni à personne ? Je me contente de vivre au jour le jour, d'étudier mon piano, de bousculer des notes dans ma tête, de manger mes céréales, d'étreindre Hortense. Suis-je un homme léger ? Un homme superficiel ? Est-ce si important que ça de poser des questions ? Elena a l'air de dire que oui, elle a la science des âmes vieilles et sages.

Ce matin, il a reçu un texto de Mère-Grand, elle lui souhaite le meilleur pour ce soir. «*All the best, my boy!*»

Un texto de Mère-Grand! Elle a appris à pianoter! Elle est mignonne, elle peut même être malicieuse sous son masque de poudre blanche. Ils ont un mot de passe pour communiquer, elle signe Mère-Grand en français et lui, Le Chat Botté. Elle a pensé à lui. Cette idée l'émeut. Je l'aime beaucoup, Mère-Grand. Je ne lui pose jamais de questions. Elle trouverait cela « inapproprié ». Mère-Grand utilise des termes pudiques, voilés de précautions.

Le piano parle au violon, le violon répond au piano. Et si je ne savais communiquer qu'en jouant du piano? Comme Chopin quand il s'adressait à George Sand. Lui disait son amour, sa colère, son irritation.

Pourquoi je ne pose jamais de questions?

La seule fois où j'ai posé des questions, c'est ce fameux après-midi à Édimbourg où j'ai rencontré mon père. Il ne m'a jamais répondu. Et s'est fait sauter le caisson dans la nuit qui a suivi. Non sans avoir rédigé une lettre me léguant son château de Chrichton. Mon père avait des bouteilles et des bouteilles d'alcool dans le corps. On l'a retrouvé affalé sur le canapé dans l'entrée, mort. Je ne l'ai pas su tout de suite, je ne suis pas allé à l'enterrement. Je l'ai appris bien plus tard par une lettre de notaire.

Quand j'avais laissé la gare d'Édimbourg derrière moi, après cette entrevue ratée au Bow Bar, je m'étais fait la promesse de ne plus jamais prendre de ses nouvelles, de le laisser croupir dans ses barils de bière. Je ne voulais plus entendre parler de lui.

Et pourtant, je me souviens de tout au mot près. De chaque détail, de chaque réplique de ce jour où Mrs Howell m'a conduit jusqu'au pub pour le rencontrer.

Duncan McCallum était un géant, aussi haut que large, à la face rubiconde et boursouflée. Ses yeux semblaient injectés de sang, on n'en distinguait pas la couleur. Ses dents étaient jaunies par le tabac et il en manquait une devant. Son ventre débordait d'un vieux kilt vert et bleu, le gilet et la veste noirs étaient maculés et les chaussettes hautes arboraient deux ridicules pompons rouges qui pendaient sur le côté. Un vieux clown, avait dit Mrs Howell, un vieux clown balafré.

– Hey ! L'Anglaise ! s'était exclamé Duncan McCallum quand il les avait vus entrer dans le pub. Tu veux encore me ramener à la maison ?

Puis son regard s'était porté sur moi et il avait rugi :

– Qui es-tu ?

Je m'étais raclé la gorge, incapable de parler.

– T'es avec la vieille Anglaise ?

– Je... je...

– Il a perdu sa langue ou la vieille la lui a coupée ! s'était esclaffé Duncan McCallum en se retournant vers le garçon derrière le bar. Faut se méfier des femmes, même vieilles, elles vous coupent la langue, quand ce n'est pas autre chose !

313

Il avait éclaté de rire en tendant sa chope de bière.

– On trinque, mon garçon, ou tu restes muet?

Je m'étais approché et Mrs Howell avait murmuré :

– Duncan, je te présente ton fils, Gary. Tu te souviens que tu as un fils?

– Si je me souviens, la vieille! Tu me l'as rappelé l'autre soir quand j'étais trop ivre pour rentrer chez moi.

Puis ses yeux s'étaient à nouveau posés sur moi. Il s'était adressé au garçon derrière le bar :

– J'ai un fils, Ewan! T'en dis quoi?

– Je dis que c'est très bien, Duncan.

– Un McCallum. Tu t'appelles comment, fiston?

– Gary.

– Gary comment?

– Gary Ward, mais…

– Alors, t'es pas mon fils. Les McCallum ne changent pas de nom comme les femmes qui se marient. Ils restent des McCallum toute leur vie! Ward, c'est un nom anglais, il me semble. Je me souviens d'une Anglaise qui prétendait que je l'avais mise enceinte, une fille à la cuisse légère, c'est ta mère?

Je n'avais pas répondu.

– C'est ton fils, avait répété Mrs Howell d'une voix douce.

– S'il s'appelle Gary Ward, je n'ai rien à voir avec lui!

– Mais tu ne l'as pas reconnu quand il est né! Comment veux-tu qu'il s'appelle?

– McCallum ! Comme moi. Elle en a de bonnes, celle-là !

Et il avait pris à partie les hommes du pub qui regardaient un match de foot à la télévision en alignant les chopes de bière.

– Hé ! les gars ! Paraît que j'ai un fils. Je dois pas en avoir qu'un seul ! La semence des McCallum a engrossé bien des femmes. Elles étaient bien contentes d'ouvrir leurs cuisses…

J'avais rougi. Je n'avais plus qu'une envie : partir. Mrs Howell m'avait retenu par la manche.

– Tu as un fils, Duncan McCallum, et il est devant toi. Arrête de faire l'ivrogne et parle-lui !

– Ta gueule, la vieille ! C'est moi qui décide. Jamais une femme n'a décidé pour un McCallum.

– Monsieur, j'avais murmuré en m'approchant. Allons nous asseoir et parlons.

McCallum avait éclaté de rire.

– M'asseoir avec toi, Gary Ward ! Jamais je n'ai trinqué avec un Anglais ! Sache-le et enlève ta main de mon bras ou je te fous mon poing dans la gueule !

– Tu n'es qu'un pauvre type, Duncan McCallum, s'était écriée Mrs Howell. Tu ne mérites pas d'avoir un fils. Allez, viens, Gary, on s'en va.

Et on était sortis.

Plus tard, j'ai su que Duncan McCallum avait mis fin à ses jours la nuit même d'un coup de revolver dans la bouche, allongé sur le canapé défoncé de l'entrée du château. Il illustrait ainsi la vieille devise de ses ancêtres : « Je ne change qu'en mourant. »

Il aperçoit un écureuil qui le contemple, prudent, sur le pas de la porte. Il porte sa longue queue grise en parapluie sur la tête. Les écureuils pullulent dans les parcs de Londres. Il le sait parfaitement, il avait l'habitude de se promener seul dans Hyde Park quand sa mère retrouvait son amant à l'hôtel. Elle disait je vais voir un ami, lui ordonnait de rester bien sage, assis dans le hall, mais dès qu'elle avait disparu dans l'ascenseur, il décampait. Il courait vers le parc. Il conversait avec les écureuils, les nourrissait, les observait. Ils bondissaient comme des kangourous et filaient comme des rats. Il pouvait rester sans bouger si longtemps qu'un écureuil venait lui manger dans la main. Puis un autre et un autre. Ils se disputaient. Leurs griffes lui labouraient la paume et s'emparaient de la cacahuète ou du morceau de pain. Ils repartaient en jetant des regards furtifs pour vérifier si on les suivait. Comme des voleurs.

Il se revoit, accroupi, en train de retenir son souffle afin de ne pas effrayer l'écureuil qui vient griffer sa main. Il éprouve une vraie tendresse pour ce petit garçon qui errait dans le parc. Il a envie de lui poser des questions.

Peut-être que si je lui parlais, je parlerais plus facilement aux autres gens.

C'est une idée.

Il jouera pour le petit garçon, ce soir.

Il lui demandera de lui poser la première question.

Comment sa mère pouvait-elle le laisser seul dans le hall d'un hôtel pour rejoindre son amant ? Comment était-ce possible, une chose pareille ?

En ce 30 avril à Paris, Junior Grobz est triste.

Une langueur indéfinissable l'envahit, lui ôtant le précieux appétit qui le mène dans la vie et lui permet d'avancer sans se lasser. Junior Grobz n'a plus goût à rien. Les commissures de ses lèvres tombent, ses épaules s'affaissent, son nez s'allonge, il s'étiole. Ni ses recherches en cours, ni ses pensées, ni son esprit malicieux et primesautier ne parviennent à le dérider. Il a du vague à l'âme. Il s'enroule sur un coin de bureau en suçotant le bout de chiffon mou qui lui sert de doudou. Il l'a baptisé Butterfly. Butterfly a beau être un vieux torchon, sa matière douce et usée le rassure, l'inspire, lui permet de survoler la terre et ses problèmes, d'inventer de nouvelles chimères qu'il transforme le plus souvent en réalités.

Junior Grobz change de position et soupire.

— Je n'ai même pas touché à la délicieuse purée que Mère m'a préparée pour le déjeuner, dit-il tout haut, attristé par ce manque d'appétit. Or, si je perds le goût de savourer ses petits plats, je vais dépérir. L'entreprise familiale va s'écrouler car j'en suis la clé de voûte. Qui, si ce n'est moi, saura mettre au point un nouveau procédé, déposer un nouveau brevet, hein, Butterfly ? Mon père est bien âgé et ma mère pas assez habile pour se défendre et relancer l'entreprise. Tout repose sur mes épaules.

Le vieux torchon ne répond pas. Junior entend son silence comme un acquiescement et se recroqueville, désespéré.

Grâce à l'ingéniosité et au travail acharné de Junior, Casamia est en passe de devenir un important groupe industriel. Rien ne l'effraie. Sa curiosité insatiable ne connaît pas de limite. Il suffit qu'on lui lance un défi pour que l'enfant de six ans retrousse ses manches et, bavant d'ingéniosité, se mette au travail. Entouré de livres, d'écrans, de tablettes, de tableaux sur lesquels il note la progression de ses pensées, il calcule, il griffonne, il rature et de longs filets de salive témoignent de son ardeur à chercher.

– Mais pour cela, Butterfly, il faut que j'aie l'envie, la niaque, la rage, la fièvre ! Et là, vois-tu, je suis vide, mou, flasque telle une torpille désamorcée. Je ne sers plus à rien. Peut-être est-ce la solitude qui me nuit ? Trop de solitude tue la grandeur de la solitude. Comme la diète peut achever le corps qui la poursuit trop longtemps ou la charité sans discernement nuire à celui qui la pratique.

Le vieux torchon demeure muet. Junior le tord et le

remâche de plus belle pour en extraire le jus et faire surgir un début de réponse.

— Il me faudrait une complice. Est-on fait pour vivre seul ainsi que je le fais ? Qu'en dis-tu ? Existe-t-il une solitude parfaite et une autre imparfaite ? Une féconde et une autre stérile ? Que disait notre cher Pascal ? Il faudrait que je relise ses réflexions sur le divertissement...

Il continue à suçoter son vieux chiffon et à conjecturer.

— Tu sais quoi, Butterfly ? Hortense me manque. Je vais l'appeler et lui suggérer d'accélérer son retour en France.

Junior compose le numéro d'Hortense. Aussitôt une chaleur familière lui inonde l'âme, il se redresse, lisse son plastron, pose Butterfly sur un coin de table, étend les jambes sur le plateau du bureau, se gratte la gorge, prend un air enjoué afin d'être guilleret quand elle décrochera.

Les premiers mots d'Hortense le déroutent et il vacille, prêt à retomber dans la mélancolie.

— Qui c'est ? elle hurle dans l'appareil.

— Enfin, Hortense ma belle, c'est moi, c'est Junior.

— Qui ? Parlez plus fort, je suis en plein chignon casserole !

— JUNIOR !

— Ah... qu'y a-t-il, mon petit chéri ?

À ces mots, Junior se tortille de joie, empoigne ses doigts de pieds, les écarte, les grattouille, ondule, fait des sauts de carpe tout en gardant le téléphone collé à l'oreille gauche.

– J'avais besoin d'entendre ta voix. Je crois que je suis malade de ton absence.

– Tu m'en vois très flattée...

– Tu devrais être émue, ma beauté, pas flattée. Je te parle d'amour, pas d'amour-propre.

– Chez moi, c'est pareil. T'as envoyé un message à Gary ? C'est ce soir, le grand soir ! T'as pas oublié, j'espère !

– J'allais le faire.

– N'oublie pas, surtout !

– Promis.

– Tu vas être heureux, Junior chéri : je rentre à Paris !

À ces mots, Junior ne se sent plus de joie, reprend ses sauts de carpe, ses grattouillements de doigts, ses gloussements de paon en turgescence de roue.

– Tu rentres à Paris, parvient-il à articuler en suffoquant de joie.

Le bonheur lui fait perler la sueur au front. Il attrape Butterfly et s'éponge les tempes. Entend à peine quand Hortense lui explique qu'elle a trouvé un banquier, ou plutôt une banquière, et qu'elle a bouclé sa première collection.

– Et pour cela, il faut que je redevienne parisienne. La création, c'est à Paris que ça se passe.

– Quel ravissement ! roucoule Junior entre deux spasmes.

Elle pousse un cri et il entend Mimi! Attention! Tu me défonces le crâne!

— Qui est cette Mimi qui te houspille quand tu me parles?

— Meme. Tu écris Meme et prononces Mimi. Elle s'est échappée de Corée du Nord. C'est une femme exquise qui me fait un chignon casserole pour ce soir. Elle vient de m'enfoncer une épingle jusqu'au sang.

— Dis-lui de cesser immédiatement ou je la neutralise d'un coup de micro-ondes!

Hortense éclate de rire et Junior entend la dénommée Mimi rire et lancer *Hello Junior! Nice to hear from you*[1]! Tout émoustillé d'avoir un public de femmes pâmées, il prend aussitôt son rôle d'homme lettré.

— En ce moment j'étudie Kant et Spinoza, leur conception de la liberté... Ensuite, j'attaque Schopenhauer.

— Comme Antoinette! C'est drôle, ça! remarque Hortense.

— Qui est Antoinette?

— Je t'expliquerai.

— J'ai envie de lire Schopenhauer à cause d'une phrase. Tu veux savoir laquelle?

— Un peu plus haut, Mimi! Dégage bien le front! Et les tempes aussi!

— Écoute bien, Hortense : «Le problème des hommes,

---

1. «Hello, Junior! Contente d'avoir de tes nouvelles!»

c'est qu'ils prennent les limites de leur savoir pour les limites du monde. Le monde est bien plus vaste ! Faisons marcher notre imagination. » Schopenhauer pense comme Einstein qu'inventer est plus important que savoir. On est à l'étroit dans le savoir, jamais dans l'imagination. Je suis sur un projet époustouflant et...

– Je sais, Junior, je sais.

– J'invente. Mais j'invente si bien que cela se traduit dans la réalité !

– Moi aussi.

– J'ai inventé un tissu photovoltaïque constitué de minuscules cellules qui génèrent de l'électricité. Exemple : tu tires les rideaux de ta chambre et ça éclaire la pièce, ou tu poses ton portable sur la manche de ton pull et tu le recharges. Je vais lancer toute une ligne de tissus d'ameublement avec ce nouveau procédé. Casamia va engranger une fortune ! Père est très heureux de tous mes projets, il a parfois du mal à me suivre, mais...

– Moi aussi ! Moi aussi, je suis sur la même piste, Junior !

Mais Junior ne l'entend plus. Rassuré par les mots doux d'Hortense et son retour imminent, son esprit galope dans les vastes plaines du possible qu'il défriche alors qu'il parle.

– J'ai mis au point aussi un coton qui absorbe l'eau. Il peut retenir jusqu'à trois cent cinquante pour cent de son poids en eau. Avec ce coton, je fabrique une toile de tente pour les pays chauds. Ainsi la tente absorbera l'humidité de la nuit et la recrachera le jour. Une aubaine pour les peuples qui vivent dans le désert !

— J'ai découvert un nouveau tissu qui...

— Et j'ai encore des tonnes d'idées comme celle-là. Et bien d'autres encore plus folles !

— Mais écoute-moi, Junior ! Je t'ordonne de m'écouter ! J'ai trouvé un tissu qui masque la graisse, l'escamote, la dérobe. Une sorte de tissage serré. C'est parfait, Meme, c'est parfait, un coup de laque et c'est tout ! Et je vais avoir besoin de toi pour le mettre au point. Il faut absolument que tu m'aides.

— Alors on va travailler ensemble ! s'exclame Junior. Je me sens renaître, ma beauté ! Je commençais à m'ennuyer ferme. Je n'ai personne à qui parler. Ma pensée va trop vite pour l'homme moyen et me condamne à une grande solitude. Tandis que toi, tu vas à cent mille à l'heure.

— Merci, Junior.

— Tu es incandescente, précise, étonnante.

— Merci, merci. Cela fait du bien de se savoir appréciée...

— Tu vas rentrer, Hortense chérie ! Tu vas rentrer ! On va pouvoir se marier.

— Pas tout de suite. Tu n'as que six ans !

— Que c'est embêtant ! Je pourrais peut-être accélérer le temps...

— Pas sans me demander mon avis !

– D'accord.

– Et puis, il y a Gary. Tu te rappelles ?

– Oui. Il est vieux, lui.

– Il a juste un an de plus que moi !

– Toi, tu resteras toujours jeune et belle. J'y veillerai. Je suis en train de développer une formule de crème remarquable, j'ai réussi à enfermer de l'oxygène dans un onguent qui régénère les tissus vieillissants. Je travaille avec la Nasa qui veut l'utiliser pour les grands brûlés. Eux, ça leur est bien égal que je n'aie que six ans, ils parlent à mon cerveau, pas à mon corps de soi-disant enfant ! Ils n'ont aucun préjugé.

– Tu verses dans les produits de beauté ?

– Tu veux que je te dise : je ne sais plus où donner de la tête et l'appartement est encombré de mes recherches, il n'y a plus une chambre de libre. Tu arrives quand à Paris ?

– Je ne sais pas encore. Il faut que je voie avec ma banquière.

– C'est qui ?

– La dame qui va produire ma collection. C'est du sérieux. Elle me finance et me laisse carte blanche.

– Tu la sens bien ?

– Oui. Tu sais, c'est celle dont tu m'avais parlé en février en me disant que ma vie allait changer grâce à elle. Tu avais raison, une fois de plus.

– Parfait, ma bien-aimée. J'entends ma mère s'approcher, je vais devoir te quitter.

— N'oublie pas d'envoyer un message à Gary.

— Je le ferai pour te faire plaisir, mon adorée, mais souviens-toi que cet homme que j'estime et chéris reste un rival. Que ce soit bien clair entre nous !

Hortense lui assure qu'elle a bien compris et Junior raccroche, revigoré.

— Quelle femme épatante ! il s'exclame en suçant le bout de son torchon.

Il se sent d'humeur gaie, légère. Contemple le plafond, suit une ombre qui court et se divise en longs filaments, mille idées s'affolent dans un crépitement électrique. C'en est fini de son vague à l'âme. Il travaillera sur le projet d'Hortense, lui trouvera un fabricant afin qu'elle dessine de somptueuses collections et tous les deux, conjuguant leur énergie et leur talent, ils conquerront le monde.

— Mère, crie-t-il par la porte entrouverte, apporte-moi un plat de spaghettis et un agneau rôti ! Je meurs de faim !

Dans le salon, sur un coin de sa table de travail, parmi le fouillis des crayons, des pinceaux, des blocs de papier blanc, des paillettes, des coupons de tissu, des ciseaux, des croquis, Hortense a posé sa trousse de maquillage. Shirley est assise devant elle, le visage tourné vers la lumière de la rue, et se laisse faire, sans protester, les épaules voûtées, hésitant entre la résignation affichée et le faux entrain.

– Tiens-toi droite! lâche Hortense. Tu as mis une crème de jour?

Shirley hoche la tête et se redresse.

– Tu sais comment tu vas t'habiller?

– J'ai une petite robe et des chaussures vernies noires.

– Comment, la robe?

– Une robe.

– Mais enfin, Shirley! Aucune robe ne ressemble à une autre!

– Une robe rouge toute droite. Un modèle de chez Hermès que ma mère m'a offert, il y a longtemps.

– Ah… elle t'offre des robes, Babette?

– Ne l'appelle pas comme ça. Ça ne lui va pas.

Shirley a aussitôt les larmes aux yeux.

– Oh là là! On ne peut rien te dire!

– Je ne veux pas que tu l'appelles Babette.

– Ok! Je retire.

– Excuse-moi, je suis fatiguée.

– Je sais, je sais, le décalage horaire, patin-couffin…

– Mais c'est vrai! proteste Shirley, à nouveau sur le point de laisser couler ses larmes.

Hortense baisse les bras, excédée.

– Écoute, on va faire autrement. On ne va plus parler. Je vais te maquiller en silence. D'accord?

– D'accord.

– Tu veux enfiler ta robe d'abord pour ne pas ruiner ton maquillage?

– Pas la peine, il y a une fermeture éclair.

– Ok. Ferme les yeux et laisse-moi faire.

Hortense sort son poudrier bleu, pose la houppette sur le nez de Shirley, qui sursaute en un réflexe de défense.

– N'aie pas peur! Je vais te faire un teint parfait. J'ai une poudre magique.

Shirley soupire :

– Y a du boulot!

– Et je vais te peindre un sourire.

– On ne peut pas toujours rire à s'en fendre l'âme.

– T'es loin du compte!

– Je suis fatiguée en ce moment, je travaille trop.

– Laisse faire Philippe!

– Pourquoi tu me dis ça? demande Shirley, presque agressive.

– Parce que c'est lui le patron, non? Avec Becca.

– Si tu veux.

Shirley a un sourire furtif.

Hortense suspend sa houppette et entre dans ses yeux.

– Tu veux dire quoi par là?

– Rien, dit Shirley, si ce n'est que je me donne beaucoup de mal, moi aussi.

– Personne ne t'y oblige.

– Non.

– Alors, ne joue pas les victimes, c'est énervant. Et arrête de bouger!

La lumière du soir new-yorkais vient allumer le bleu

ardoise des yeux de Shirley, caresse le bombé doré de ses joues, souligne l'arc des sourcils, un frémissement de lèvres.

– En plus, t'es jolie ! Il te le dit pas, Oliver ?

– Je me fiche d'Oliver, laisse échapper Shirley d'un ton morne.

– C'est nouveau. C'est pour ça que t'as perdu ta boussole ?

– Peut-être bien que oui.

– Voilà ce que c'est de tout faire dépendre d'un homme. Fais comme moi : je ne compte que sur moi. Je ne suis jamais déçue.

– Et Gary ? demande Shirley.

– Gary. C'est autre chose. Il fait partie de moi, je fais partie de lui.

– Mais s'il te quittait un jour ?

– T'es folle ou quoi ? C'est impossible. On a grandi ensemble, on est comme deux troncs qui seraient devenus un seul arbre. Et on porte des fruits ! Gary, c'est le bonheur. Même quand on s'engueule, on s'aime.

Hortense hausse les épaules. Quelle drôle de question ! Gary et elle, c'est pour la vie. Elle contemple le visage chagrin de Shirley et reprend son ouvrage. Elle tire la langue, pose du rose, du brun, recule, juge, se congratule, prend Shirley par les épaules, la pousse jusqu'à la grande glace.

– Tu te trouves comment ?

— Très jolie.

— Tu dis ça pour me faire plaisir ?

— Oui.

— T'es vraiment éner...

Hortense est interrompue par son portable qui joue *La Marseillaise*. C'est la sonnerie qu'elle a attribuée à sa mère depuis qu'elle vit à New York. Autrefois cela faisait rire Shirley qui se mettait au garde-à-vous, raide comme un planton devant l'Élysée.

— Oui, m'man. Ça va ?

Sa main fouille dans les coupons de velours côtelé qu'elle a trouvés à Chinatown pour se couper une veste d'homme. Trois couleurs de velours : jaune, vert bouteille, rouge bordeaux. Elle les caresse de la main, les palpe, cherche Shirley des yeux pour l'interroger sur le choix de la couleur, mais cette dernière a disparu.

— Je suis avec Shirley, on se prépare pour le concert.

— Elle va bien ?

— Elle est complètement à côté de ses pompes, c'est la débine. Je la surveille de près. J'ai l'impression de faire du baby-sitting.

Joséphine reste silencieuse. Hortense s'impatiente.

— Tu appelais pour parler à Gary ? C'est trop tard, il est parti se recueillir avant le concert.

— Je voulais lui souhaiter...

— Ok, je transmettrai. Zoé t'a dit ? Je rentre à Paris. Bientôt. Je ne sais pas encore quand.

Elle parle vite pour masquer l'agacement qui l'envahit chaque fois qu'elle s'adresse à sa mère. C'est plus fort qu'elle, elle a envie de la secouer, de la bousculer, de répondre à sa place. Elle la trouve lente, si lente !

Elle se reprend et se force à être aimable.

— Je suis hyper-contente à l'idée de me lancer. Tu te rends compte ? Je vais avoir ma propre maison de couture, avec mon nom à moi !

— Et Gary, demande Joséphine, tu vas le laisser seul ?

— Oui, pourquoi ? Il est grand. Il sait nager.

— Je me demande si c'est une bonne idée. Il pourrait…

— Il pourrait quoi ?

— Je ne sais pas.

— Il pourrait trouver une autre fille que moi ? Une plus jolie, plus excitante, plus amoureuse ? Impossible.

— Tu as raison, ma chérie, dit Joséphine en riant. J'avais oublié à qui je parlais !

— Bien sûr que j'ai raison. Arrête d'avoir peur tout le temps. À force d'avoir peur sans raison, tu vas finir par avoir des raisons d'avoir peur !

Joséphine soupire.

— Je suis heureuse que tu reviennes vivre avec nous. Il va falloir te faire de la place.

— Beaucoup. Je vais travailler à la maison, du moins au début.

— Qui va te financer ? Cela doit coûter beaucoup

d'argent de lancer une maison de couture. Tu es si jeune encore !

— Je te raconterai. Pas le temps maintenant. Je ne peux pas laisser Shirley seule longtemps, elle est capable de se jeter dans la baignoire. Et puis, il faudrait que je t'explique tout en détail et je n'ai pas encore vraiment parlé avec Elena. Nous avons un accord de principe, pour le moment.

— T'es sûre que tu ne prends pas trop de risques ?

Hortense perd patience, ses nerfs se nouent, elle a envie de coller des gifles dans l'air. Comment vais-je pouvoir cohabiter avec elle ? Comment ?

— Maman, écoute-moi. J'ai décidé que j'allais être heureuse, que j'allais réussir. Que j'allais faire exactement ce que je voulais. Sans dépendre de personne. C'est clair ?

— Mais… le bonheur, ça ne se décide pas, ma chérie. On n'est pas heureux sur ordonnance.

— Si. C'est très simple.

— Simple ? s'exclame Joséphine.

— Simple comme bonjour !

Il suffit de faire exactement le contraire de ce que tu fais, pense Hortense. De prendre appui sur soi et non sur les autres. Je ne veux pas être heureuse à cause d'un homme ou d'un sombrero qui passe par là, *hola, muchacha ! Te quiero !* Je veux que mon bonheur dépende de moi seule, qu'il niche dans mes précieuses entrailles. Je veux me regarder en face, me serrer la main et me dire, bravo, ma petite chérie, bravo, tu as réussi !

Joséphine bredouille oui, oui, tu vas réussir, j'en suis certaine.

– Je préfère quand tu me parles comme ça. Ça envoie de l'espoir, du bonheur, du voltage ! Allez, je vais me préparer, je t'embrasse et à très vite.

Elle raccroche. Pousse un bruyant soupir, lève les yeux au ciel. C'est pas possible : je ne suis pas sortie du ventre de cette femme, il y a eu échange à la maternité !

Elle appelle Shirley.

Se demande pourquoi elle s'est éclipsée dès qu'elle a entendu les premières mesures de *La Marseillaise*. Et pourquoi sa mère n'a-t-elle pas demandé à parler à Shirley ? Hum, hum ! Ça sent l'œuf brouillé, elle se dit en se regardant dans le miroir de son petit poudrier bleu.

Elle aperçoit son nez parfait, son teint parfait, ses dents parfaites, sourit, s'étire de plaisir.

– Je ne voudrais être personne d'autre que moi !

Le bonheur, il ne faut pas lui courir après, il faut le fabriquer soi-même. Voilà le secret.

Elena est en train de préparer la table pour le dîner qu'elle donnera après le concert en l'honneur de Gary et de Calypso. La violoniste, je m'en passerais bien, elle est quelque peu ingrate, mais Gary, il faut le célébrer dignement, songe-t-elle en choisissant avec soin l'argenterie qui brillera sur la nappe blanche parmi les bouquets de roses et de lilas mauve.

Henry et Grandsire tournent autour de la table avec elle. Ils se concentrent sur le moindre détail. Rien ne leur échappe. Grace a repassé la nappe blanche qui porte le blason du comte Karkhov, d'azur aux deux barbeaux adossés, d'argent au chef cousu de gueules, aux trois quintefeuilles d'or. Elena passe une main distraite sur le chiffre brodé et jette un regard à Robert, appuyé contre la cheminée.

— Il l'avait acheté quand son titre de comte, Anton ?

— Après avoir amassé son premier tas d'or, répond Robert, amusé. En 1943, je crois. C'était la débâcle. On vendait et on achetait n'importe quoi. Les gens n'étaient pas très regardants, ils avaient faim. Qui se souciait de devenir comte et de s'acheter des armoiries, à part Anton ?

— Surtout qu'il s'appelait Jean-Claude Pingouin et était né à Saint-Ouen !

— Mais il avait travaillé l'accent ! Et la devise !

— « J'ai hâte. » Ça lui allait bien.

— Et l'arbre généalogique aussi. Une mère normande mariée à un vieux Russe, ça avait de la gueule ! Il s'était acheté un passé tout ce qu'il y a de plus russe.

— Pour me séduire…, soupire Elena.

— On trouvait encore de vieux Russes titrés prêts à brader leur titre.

— Avec les papiers qui allaient avec… Je sais, je sais.

— Il était très fort! C'est ce qui faisait son charme, d'ailleurs… Vous en savez quelque chose, Elena, non?

Elena lève les yeux vers lui et sourit en se rappelant la faconde de Jean-Claude Pingouin devenu le comte Anton Karkhov.

— C'était un escroc magnifique, mais un escroc tout de même! souffle-t-elle avec la lassitude de celle qui a tourné et retourné plusieurs fois cette énigme dans sa tête et n'a jamais trouvé de solution. Il roulait tout le monde dans la farine, forçait les blocus, violait les règles, il a dû en faire des tours de passe-passe pour devenir aussi riche!

— Oui. Aussi bien avec l'occupant qu'avec les victimes. Il affirmait que la nature humaine était pareille des deux côtés, qu'il y avait des bons et des mauvais et qu'il n'était pas là pour faire le tri, mais des affaires.

— C'est comme ça qu'il m'a épousée, dit Elena. J'étais une oie blanche, je n'ai rien compris. Il nous a bernés, mes parents et moi. Il a sorti une liasse de billets, les a passés sous le nez de mon père et les a remis dans sa poche. Mon père en bavait de convoitise, le pauvre. On n'avait rien à manger. Et puis Anton est sorti rendre la liasse au copain qui la lui avait prêtée et qui l'attendait sur le trottoir. «Le principal, c'est qu'ils voient les biffetons, il disait, ensuite ils sont persuadés qu'ils sont à toi et te baisent les pieds.»

— Quand il parlait ainsi, il redevenait Jean-Claude…

— N'empêche! Mon père lui a baisé les pieds et il a baisé sa fille! Il était très fort.

Grandsire se racle la gorge. L'évocation du comte Karkhov l'embarrasse. Il réprouve le fait qu'Elena emploie un langage de soudard. Il la préfère fragile, délicate, pâmée dans ses bras. Il aime quand ses paupières pâlissent, que ses yeux partent en arrière, qu'elle prend sa voix de première communiante, il n'aime pas quand elle jure.

— J'ai mis les entrées au frigidaire sous cellophane, dit Henry. Je n'ai plus qu'à faire cuire les pâtes fraîches. Je le ferai à la dernière minute.

— Vous avez fait le plan de table, Elena? demande Grandsire.

— Non, pas encore. Vous êtes sûr que vous ne voulez pas vous joindre à nous? dit Elena en se rapprochant de lui et en lui caressant la cuisse sous le tombé de la nappe blanche.

— Ce ne serait pas convenable. Je préfère vous servir et veiller à ce que tout se passe bien.

— Vous me rejoindrez après, n'est-ce pas? lui chuchote-t-elle en replaçant une mèche de cheveux derrière son oreille.

Robert a entendu la proposition d'Elena et rougit violemment. Il fait semblant de chercher son téléphone et s'écarte de la table.

— Bon, nous avons vu le principal, déclare Elena, je

vous laisse vous occuper du reste. Je vais m'entretenir avec Robert dans le petit salon.

– Bien, madame la Comtesse, dit Grandsire en s'inclinant.

Elena lui tape sur les doigts.

– Ne m'appelez pas comme ça, ce sont des mauvais souvenirs !

Et elle fait signe à Robert de la suivre.

– Vous vous souvenez de nos dîners à Paris, Robert ?

– Oh oui ! C'était notre jeunesse.

– La vôtre en tout cas ! J'avais déjà quelques années.

– Vous n'avez jamais fait votre âge, vous le savez bien !

– Et je peux encore faire illusion…

Elle se jette en avant, étend les bras et va toucher la pointe de ses orteils sans gémir. Puis elle se relève promptement et le regarde, triomphante.

– Vous avez entendu ? Rien n'a craqué ! Rotules, fémurs et tibias sont bien huilés.

Robert l'observe, amusé.

– Décidément, vous n'avez pas changé. Vous êtes formidable. J'aurais fait de grandes choses avec vous…

– Vous n'avez pas su saisir votre chance, le coupe Elena. Vous avez battu en retraite. Je vous ai fait peur ! Avouez, Robert !

Robert lève une main langoureuse.

– On s'est bien amusés tout de même !

– Oui, c'est vrai. Et ce n'est pas fini.

– Ah ? dit-il, intrigué, en se lissant le sourcil de son petit doigt dressé.

Elena pose ses coudes sur les bras du fauteuil, se penche en avant et murmure comme si elle laissait échapper un secret :

– Robert, je crois qu'il va nous falloir vendre un Zutrillo.

Robert éclate de rire :

– Un Zutrillo, comtesse !

– Un Zutrillo, Robert !

– Vous êtes sûre ?

– J'ai un projet et il me faut de l'argent, beaucoup d'argent.

– Un Zutrillo, c'est beaucoup d'argent !

Un soir de mai 1972, dans son bureau avenue d'Iéna, le comte Karkhov, alias Jean-Claude Pingouin, avait convoqué le jeune Robert Sisteron, fraîchement promu au titre de secrétaire particulier.

Rejeté en arrière dans son grand fauteuil de cuir noir, les pieds en chaussettes sur la table, les doigts roulant un cigare cubain, le portant à l'oreille, puis le faisant passer sous ses narines, il avait demandé :

– Vous avez vu ce film dont tout le monde parle en se gargarisant, mon petit Robert?

– Lequel, monsieur?

– *Orange mécanique.*

– Non, je n'ai pas eu le temps. Mais j'irai sûrement.

– N'y allez pas! C'est une horreur! Un film de foutriquet qui se croit génial. Et l'acteur! Une bouche énorme, un nez comme une crêpe, une dégaine de tapette! Vous avez mieux à faire.

– Bien, monsieur.

– Sinon... j'ai acheté deux Zutrillo hier avant d'aller au cinéma. Je pourrai désormais faire le malin. Je vais rendre furibards ces petits merdeux de Parisiens, les faire baver d'envie! Vous en dites quoi?

– Utrillo, monsieur, on dit Utrillo, pas Zutri...

Le comte avait levé les yeux vers lui. L'avait considéré gravement en faisant la moue, avait allumé son cigare, tiré plusieurs fois dessus afin que le bout s'allume et se consume. Robert attendait, debout, devant le large bureau. Il sentait ses mains devenir moites, son nœud de cravate trop serré, il n'aurait peut-être pas dû relever la faute de liaison.

– Je disais ça en l'air, monsieur le Comte. Juste pour que vous ne commettiez pas cette faute en public, ce serait regrettable. Tout le prestige de l'achat en serait entaché. Vous avez dû commettre cette erreur par étourderie ou parce que vous êtes fatigué, vous travaillez beaucoup...

Il venait d'être engagé. C'était un poste très convoité. Le comte était riche, habile homme d'affaires, craint, redouté même, mais il payait bien et se montrait généreux. Il s'enrichissait, certes, mais graissait aussi la patte à ceux qui travaillaient pour lui. Robert Sisteron avait vingt-six ans et tremblait d'avoir été téméraire. Il avait les mains de plus en plus moites. Il n'osait plus bouger. Il regardait le bout rouge du cigare dans la pénombre de la pièce, entendait le tic-tac de l'horloge Empire sur la cheminée, priait le ciel qu'Eugénie, la secrétaire, passe la tête et rappelle au comte le rendez-vous suivant.

Mais personne ne venait briser le lourd silence et Robert Sisteron ne savait plus comment se rattraper.

Le comte avait alors laissé tomber sa cendre dans le cendrier en argent placé devant lui, avait relevé la tête et fusillé son secrétaire d'un regard noir en articulant :

— Toi, tu les prononces, moi, je les achète, connard !

— Et pourquoi donc vendre un Zutrillo ?

— J'ai rencontré une jeune fille. Elle s'appelle Hortense Cortès, elle a de l'audace, du style, de l'énergie à revendre, elle a dessiné une collection qui va être, je le prédis, un énorme succès et...

— Je crois que j'ai compris.

— Attendez un peu. Elle connaît les bases du métier, d'une bonne épaule, d'un bon tombé de tissu, d'une hanche aplatie, d'un trait de crayon qui efface le ventre. Elle a redécouvert un tissu que j'avais sous le nez et que je ne voyais plus ! Un tissu qui va faire des miracles, bien utilisé. Elle est douée.

— Très douée ?

— Elle a travaillé la base chez Gap, elle est rompue aux cadences infernales, elle a faim et, pour couronner le tout, elle possède un caractère de chien. Elle est parfaite.

— Flexible quand même ?

— C'est encore une enfant. À condition de ne pas la brusquer, on en fera ce qu'on voudra. Elle veut être Coco Chanel, ce n'est pas ce que nous visons, n'est-ce pas ? Nous voulons autre chose.

— En effet. Je commence à comprendre votre dessein.

— Elle sera au dîner, ce soir. Je l'ai placée à côté de vous afin que vous la jaugiez. Posez-lui toutes les questions que vous voulez, je vous présenterai comme mon financier, mon homme de confiance.

— Ce que je suis, Elena.

Elena tourne la tête vers lui et plonge son regard dans ses yeux.

— J'ai surtout confiance en moi, Robert. C'est la vie qui m'a appris ça. Ne m'en veuillez pas.

— Je ne vous en veux pas.

Elena frappe le bras du fauteuil.

— Écoutez-moi bien, j'ai choisi Hortense Cortès parce que le monde de la mode a changé. Désormais aux commandes des maisons qui comptent, il y a des femmes. Partout. Des jeunes femmes. Chez Chloé, chez Alexander McQueen...

— Ce n'est pas nouveau! dit Robert.

Elena l'interrompt du regard.

— Non, ce n'est pas nouveau, mais c'est devenu une épidémie. Et pourquoi? Parce qu'elles savent d'instinct ce que les femmes veulent porter. Elles refusent le futile, le jetable, refusent de déguiser leurs semblables et travaillent le vêtement avec cohérence et réflexion. Elles ne se disent pas comment vais-je faire sensation? mais est-ce que je porterais ça pour aller chercher mes enfants à l'école? C'est toute la différence avec les anciens créateurs narcissiques qui dessinaient en pensant aux applaudissements de leurs courtisans et se miraient dans leurs mines de crayon.

— Vous êtes dure, Elena.

— Non, lucide. La crise a tout changé. Les femmes veulent des vêtements qu'on peut porter et qui les rendent belles. Quand j'ai demandé l'autre jour à Hortense à qui elle pensait en dessinant ses modèles, elle m'a regardée comme si je lui posais une question stupide et a répondu mais à moi, bien sûr! Elle ne vit pas dans un rêve, elle a les deux pieds enfoncés dans la terre. Et sa collection, enfin ce que j'en ai vu, démode illico tout le reste : une silhouette épurée, une palette réduite de couleurs, des emprunts au vestiaire masculin et la redécouverte de ce tissu magique qui efface l'embonpoint et dessine une ligne parfaite. Bref, elle a tout bon. Je n'attends plus que votre jugement sur sa capacité à collaborer avec nous.

— Je ne savais pas que mon avis pouvait être important, marmonne Robert en lissant son sourcil d'un air boudeur.

— Oh! Que vous êtes borné! Vous n'avez pas changé! Ne prenez pas la mouche si aisément. Je vous aime beaucoup. Vous êtes heureux comme ça?

Robert fixe le bout de ses souliers et bougonne.

— Est-ce que je vous aurais fait venir jusqu'ici si je ne voulais pas vous associer à ce projet? Si je ne vous estimais pas? Vous êtes juste un peu trop sérieux pour moi, c'est tout. Vous manquez de fougue, de folie! Vous en avez toujours manqué.

— C'est vous qui allez trop vite, Elena.

Elena s'impatiente et agite ses longs doigts bagués pour signifier qu'elle aimerait passer à autre chose.

— Vous m'avez apporté les chiffres que je vous ai demandés?

— Ils sont dans ma chambre, je vais les chercher.

Il se lève à regret, comme s'il eût aimé qu'Elena pousse plus loin sa déclaration d'affection.

— Vous m'avez fait beaucoup souffrir et vous le savez.

— Je ne vous ai pas fait souffrir, Robert. Vous avez eu peur, c'est tout. Ne réécrivez pas l'histoire. J'ai horreur qu'on essaye de me culpabiliser. Allez me chercher les chiffres, je vous attends ici.

Elena le regarde partir, fulmine. Un enfant! Ce sexagénaire a des vapeurs d'adolescent. Et pourtant, c'est le financier le plus avisé qu'elle connaisse. Jamais elle ne l'a pris en défaut. Elle a besoin de lui, il faut qu'elle fasse attention à ne pas le vexer. Il pourrait refuser d'entrer dans son plan.

Elle se mordille un ongle et respire pour apaiser les emballements de son cœur. Elle a déjà connu cette excitation mêlée d'effroi. L'angoisse de l'attente, le pincement à l'idée du succès qui ne viendrait pas. Ce que j'éprouve, je l'ai déjà éprouvé, mais cette fois-ci, c'est moi qui gagnerai. Je ne me laisserai pas avoir. Fini de vivre repliée dans mon cocon new-yorkais. Je passe à l'action, je fonce.

Robert revient avec un lourd dossier.

Il s'assied, le pose sur ses genoux, l'ouvre et déclare :

– Je vous ai trouvé les bilans de tous les groupes français et italiens, car ce sont eux qui dominent le monde du luxe. Vous avez tous les chiffres. Je ne vous donnerai que quelques exemples. Le groupe Prada : chiffre d'affaires en hausse de vingt-neuf pour cent pour l'année 2012! Et pour les neuf premiers mois de 2013, ils en sont à cinquante pour cent de bénéfice.

– Dirigé par qui? Une femme! *Una donna!*

– Stella McCartney, puisqu'on parle des femmes, a vu les bénéfices de sa griffe bondir de trente pour cent en 2012. La maison Céline… tiens! encore une femme!

— Je vous le disais, Robert ! *Girls, girls, girls !* J'ai mis dans le mille une fois de plus !

— Céline a doublé ses ventes en trois ans. Le luxe est le seul domaine qui se rit de la crise ! Et il n'y a pas que les grands groupes qui sourient. Des petites maisons accumulent, elles aussi, les bénéfices. Comme l'entreprise familiale Brunello Cucinelli qui fabrique des cachemires dans un petit village d'Ombrie. Chiffre d'affaires : deux cent soixante-dix-neuf millions d'euros l'année dernière, en augmentation de quinze pour cent. Idem pour Chloé.

— Encore une femme ! J'ai lu une déclaration d'elle dans un journal l'autre jour, elle disait qu'elle créait pour ses amies, pour des filles qu'elle connaît et elle appelait ça le *sister style*, elle a tout compris.

— Vous avez vu juste encore une fois, soupire Robert, déjà épuisé par la vitalité d'Elena. Comment faites-vous pour rester au courant de l'humeur du monde ? Vous êtes unique.

— Taratata ! Pas de compliments ! C'est comme ça qu'on gâte le fruit. Donc, si je vous ai bien compris, nous pouvons très bien y arriver.

— À condition d'exploiter le sésame du *made in*, le *made in France* ou le *made in Italy*, ce sont les deux seuls labels qui marchent.

— Pas étonnant. Le style, l'élégance, le luxe ont été inventés en France. Je viens de lire le livre d'une Américaine qui raconte cette aventure. Celle de Louis XIV et de Colbert décidant de renflouer les caisses vides du royaume de France en lançant l'idée du beau et en l'estampillant « Fabriqué en France ». Il faudra que j'offre ce livre à Hortense, cela devrait l'intéresser.

— Allez-y doucement avec elle si vous voulez que votre affaire marche ! Ne la brusquez pas.

Elena ne l'entend pas. Elle a un geste du menton pour l'inciter à conclure leur conversation et, comme il ne répond pas, elle clame :

— On y va, on vend un Zutrillo !

Et elle frappe dans ses mains pour qu'on lui apporte une bouteille de ruinart blanc de blanc pour fêter l'événement.

— Quels sont vos rapports avec cette jeune fille ? demande alors Robert.

— Je l'observe depuis quelques mois. Au début, elle me battait froid. Elle devait trouver que j'étais trop vieille, trop excentrique, trop moche. Que je sentais mauvais, que sais-je ? Bref, elle m'évitait. Elle changeait de trottoir pour ne pas me croiser dans la rue. J'ai fait comme si de rien n'était. À présent nous avons conclu un pacte. J'aime beaucoup son ami.

— Gary Ward ?

— Oui. Il m'a été recommandé. Par qui vous savez.

— Ah, je l'ignorais.

– Elle m'a chargée d'avoir un œil sur lui et je me suis exécutée.

– Comme toujours.

– Il n'y a vu que du feu. Je lui ai fait croire que je le recrutais par son école, c'était une ruse. C'est lui et lui seul que je désirais héberger.

– Astucieux.

– Ce garçon est très bien. Sa copine aussi. Un autre caractère, plus difficile, mais pas inintéressant.

– Vous saurez la tenir ? Souvenez-vous. Il ne faut pas laisser l'oiseau s'envoler.

– Exact. Il faut la mettre en cage. Lui faire signer un contrat en bonne et due forme. Elle est pile dans l'esprit du temps. Elle allie la science du produit et le savoir-faire ancestral. Elle a la mode dans la peau. Elle peut répéter le coup d'Alexander Wang. Sa griffe aux constructions simples, créée il y a huit ans seulement, est un succès international et le chiffre d'affaires l'année dernière a atteint les vingt millions de dollars, je me suis renseignée, moi aussi. Investissement initial : cinq cent mille dollars. Qui dit mieux ?

– Même pas un coin de Zutrillo !

– C'est pour cela qu'il faut foncer. La mode est en train de changer. On ne fait plus la mode pour la mode aujourd'hui. Il faut un sens. Une idée. L'Asie s'en mêle. Les Chinois attendent désormais un peu moins d'arrogance de la part de l'Occident et de ses créateurs. Le temps des

Mugler et des Montana est révolu. Mais ils veulent garder l'étiquette de «Paris, capitale de la mode». Cette gamine va nous apporter tout ça sur un plateau. Je vous l'assure. Et avec style, en plus! Elle sera épatante.

— Je vous admire, Elena. Vous vous projetez dans l'avenir. J'ai du mal à penser à l'année prochaine!

— Je veux m'amuser. J'ai encore quelques années à vivre. Je n'ai plus de temps à perdre, le compteur tourne.

— Et vous n'êtes jamais fatiguée! Moi, je suis de plus en plus las. Et j'ai à peine soixante-sept ans!

— Arrêtez, Robert! Vous me foutez le cafard. Donnez-moi plutôt une coupe de ruinart. Cessez de dire des bêtises. Sans vous, je serais morte. De honte. Je me serais mise à boire ou j'aurais fait une connerie.

Et puis, ouvrant les yeux comme si elle tirait deux grands élastiques, elle se penche et lui susurre à l'oreille:

— Dites, mon cher, vous savez de quoi meurent les vieillards?

— …

— Ils meurent parce qu'on ne fait plus attention à eux, qu'ils sont devenus transparents. Je ne veux pas devenir transparente. Grâce à Hortense, je vais faire couler du sang bien rouge, bien épais dans mes veines de presque centenaire.

— Elle se laissera manœuvrer, vous êtes sûre?

— Elle n'aura pas le choix.

— Et vous prendrez votre revanche?

– Ma revanche ?

Elena éclate de rire. Vide sa coupe de champagne. Jette ses griffes dans sa boîte de loukoums.

– Ma vengeance, vous voulez dire !

Joseph Pinkerton passe et repasse les doigts sur l'ourlet de ses grandes oreilles. Caresse les poils qui les hérissent. Les roule entre son index et son pouce. Tire, roule, grimace. Il est dix-sept heures, le concert commence dans deux heures, cela fait deux jours qu'il n'a rien avalé. Trois semaines qu'un nœud géant l'étreint chaque matin, que ses entrailles se tordent et qu'il court, en tenant son pantalon de pyjama à deux mains, jusqu'aux cabinets où il se vide les tripes. Son cou décharné flotte dans son col de chemise et son nez goutte. Quel pauvre hère je fais ! il marmonne en apercevant son reflet dans une vitre, et il se voûte un peu plus pour fuir son image. Où est passé le jeune homme qui se voyait bondissant à la tête des plus grands orchestres internationaux ? L'éphèbe blond à la chevelure épaisse, au nez droit, aux lèvres pleines qui tapait du poing sur la table, faisant trembler musiciens et partitions ?

Ce concert doit être un événement. Il y va de son prestige. Des hordes de professeurs guignent sa place, si impatients de l'évincer qu'il les entend piétiner dans le couloir comme des bisons sauvages.

Ce soir, le concert sera filmé. Il a convaincu l'émission phare de CBS, *60 minutes*, de filmer la représentation. Le journaliste a promis de tourner un sujet de dix minutes qui passera le dimanche suivant « si nous n'avons pas une urgence qui bouscule nos programmes », a-t-il précisé en prenant l'air grave et responsable du type qui ausculte le monde. Il ne sait pas encore qui sera interviewé, quelles questions seront posées, qu'importe, pourvu qu'on lui consacre une poignée de secondes, l'occasion de prononcer quelques mots bien pesés. Avec son nom au bas de l'écran. Professeur Joseph Pinkerton, Juilliard School, New York.

Il sort son mouchoir. Son bras retombe, las, sur un papier que lui a fait suivre son collègue, Philip Martins. Un formulaire pour partir enseigner dans une université chinoise. Il est trop vieux pour faire carrière en Chine, Philip Martins le sait très bien, il cherche à l'humilier, à souligner son âge. Les Chinois construisent des universités, des auditoriums à tour de bras et font venir d'Amérique les professeurs les plus éminents. Ils les rémunèrent somptueusement, exaucent le moindre de leurs désirs. Peu à peu, les talents de la nation partent à l'étranger. Philip Martins a été contacté. Il hésite à dire oui. Il voudrait son avis. Ou il voudrait qu'il sache qu'on lui a fait cette proposition. Cela ne risque pas de m'arriver, se dit Pinkerton en caressant la douce toison de ses oreilles. Il faut être fringant et jeune pour être courtisé par le succès... mais j'ai deux yeux, deux oreilles, je sais repérer le talent mieux que personne !

Il a assisté aux répétitions des étudiants qui vont jouer ce soir. Il s'est glissé dans les salles où ils travaillaient, s'est assis, a croisé les jambes, fermé les yeux, écouté, battu la mesure de ses doigts. Et je dois dire, il murmure en enfonçant ses longues mains dans ses poches, je dois dire qu'il y a quelques pépites. On devrait avoir de belles surprises.

Cela va être un beau spectacle, assurément. Son nez goutte à nouveau, il s'essuie d'un revers de manche, contemple la trace luisante sur sa veste, la frotte sur son pantalon. Ces jeunes gens si doués, si passionnés produisent de si belles notes ! Ce sont un peu mes enfants, pourrai-je le dire à la télévision ?

Il secoue la tête, ému. Ah oui ! On devrait parler de Joseph Pinkerton. Autant que d'Adele Marcus qui a découvert tant de grands pianistes en cette école. Je veux laisser mon nom dans l'histoire comme l'escargot signale son chemin d'une trace scintillante. Les impatients qui piétinent derrière ma porte, prêts à dévisser ma plaque pour y apposer la leur, seront obligés de se carapater ailleurs. Joseph Pinkerton restera longtemps encore dans son fauteuil en peluche tilleul. Il ne faut pas titiller le vieux poilu, il peut encore se rebiffer.

Il éclate d'un rire mauvais et caresse à nouveau les poils de ses oreilles.

Il est dix-huit heures quarante-cinq, les gens prennent place dans le grand amphithéâtre de l'école. Dans un brouhaha de bon ton, les parents échangent des sourires polis, tentant de dissimuler leur certitude de voir triompher leur progéniture. Les amis sont présents, prêts à faire la claque. Les professeurs se faufilent aux premiers rangs, serrent des mains, heureux de côtoyer les professionnels qui décideront du sort des lauréats, ceux qui seront invités aux festivals de Tanglewood, d'Aspen, de Cincinatti, ceux qu'on présentera aux plus grands concours dotés de bourses importantes.

Dans l'assistance, côte à côte, Shirley et Hortense lisent le programme où figurent les noms de Gary et de Calypso. Hortense porte fièrement son chignon casserole. Shirley se tient droite et fixe la scène. Sa jambe gauche tressaute d'impatience et vient heurter celle d'Hortense.

— T'en fais pas ! dit Hortense, tout ira bien.

— Ils passent en premier, tu crois que c'est bon ? dit Shirley.

— Il va tous les ratatiner, tu vas voir !

Elle vient d'apercevoir le nom de Mark juste après celui de Gary et essaie de déchiffrer le nom de son partenaire.

— Ton chignon est très réussi, la complimente Shirley pour tenter de penser à autre chose. Je crois que j'ai le trac.

Hortense sourit.

– Ça va aller. Il a travaillé comme un fou douze heures par jour, il ne peut que l'emporter. Et puis c'est le meilleur, un point c'est tout.

Elle imagine les articles élogieux des critiques. « Le pianiste Gary Ward est entré sans faire le moindre signe en direction du public. Il s'est assis au piano et a joué la sonate de Beethoven depuis une autre planète, perdu dans un jeu subtil où chaque note éclôt par la seule magie de l'articulation des doigts. Une articulation qui n'articule pas justement, mais pose sans peser, charnelle, évanescente, profonde et fluide, recréant sous ses doigts la magie d'un monde étonnamment personnel pour un garçon de son âge. *Veni, vidi, vici*, il est venu, il a joué, il a vaincu, il est reparti comme il était arrivé : en extraterrestre. Un génie est né ce soir, il s'appelle Gary Ward ! »

Voilà ce que j'écrirais, moi, si j'étais critique. Elle donne une petite tape sur son chignon, mouille ses lèvres rouges et se concentre sur la scène.

Les lumières se sont tamisées, les murmures se sont tus. On entend encore quelques grattements de gorge, des bruits de fauteuils, des pssssttt-je-suis-là qui accompagnent une main levée, puis le silence se fait.

Calypso entre la première dans un long fourreau de perles brodées sur une matière arachnéenne qui scintille sous les projecteurs, suivie de Gary, sombre et solennel dans sa veste noire. Son col blanc est ouvert, il n'a pas mis sa cravate. Ils se placent tous les deux, ouvrent les partitions, règlent leurs instruments, baissent la tête pour se recueillir, se redressent, échangent un regard et lancent la première phrase musicale.

Qu'il est beau ! murmure Hortense en donnant un coup de coude à Shirley.

Avant de rejoindre sa place, elle a dit ces mots, *abuelo,* je vais jouer pour toi, je vais t'aider à prononcer d'autres « o », d'autres « a », des « *cielito mío* », des « *amorcito* ». Tu vas être fier de moi. Elle a imprimé l'image de son grand-père dans ses yeux, a traversé la scène, a pris son instrument, a regardé Gary, posé son archet et lancé les trois premières mesures d'introduction.

Le motif suppliant, délié, joyeux du *Printemps* de Beethoven s'est élevé, les notes ont parlé. *Abuelo, abuelo,* écoute, on n'est pas vieux à soixante-quinze ans, c'est toi qui l'affirmais avant, *abuelo,* je veux que tu parles, je veux que tu marches. Ouvre les bras, je viens vers toi. L'image s'est animée, son grand-père a souri, ses rides ont remonté jusqu'aux tempes, il a levé un bras, agité les doigts, il bat la mesure, un, deux, trois, un, deux, trois, fronce les sourcils pour surveiller les notes prêtes à s'échapper ou à boitiller. Il penche la tête sur le côté, ferme les yeux et un bonheur indéfinissable se lit sur son visage.

Elle est sur scène. Avec Gary et Ulysse. Elle s'évapore, légère, se change en goutte de pluie, fait voler ses escarpins rebrodés de perles, s'élance pieds nus, saisit la main de son grand-père, le tire hors de sa chaise et s'échappe avec lui, ils volent, accrochés à son violon, ils montent jusqu'aux cintres, ils n'ont plus de limites. Elle tourne la tête et attrape le regard de Gary, intense, implorant, il s'arrime à elle, lui raconte une histoire. Elle l'entend, suspend son ascension, tend l'oreille, dis-moi, dis-moi, Gary, elle chuchote en passant et repassant l'archet sur son violon, raconte ton histoire.

Gary entend l'archet de Calypso, il la voit danser devant lui, pieds nus, elle prend les notes du piano, les charge sur son dos, se ploie, ondule, s'éloigne, et revient. Ne t'en va pas, il supplie, ne t'en va pas, je vais te dire un secret.

Le violon devient plus doux comme s'il se mettait en sourdine pour le laisser parler.

Il était une fois un petit garçon, dit Gary en déroulant les notes de la sonate, il était une fois un petit garçon, j'ai promis que je jouerais pour lui ce soir, je veux le retrouver, c'est la clé de l'histoire.

Tu veux lui poser des questions ? elle demande.

Comment tu le sais ?

Leurs doigts se parlent, les notes s'entrelacent, la

musique les coule dans le même moule en fusion, il voit son grand-père qui sourit, qui dit « o », qui dit « a », qui dit vas-y, épate-moi, *muchacha*. Oh ! s'exclame Calypso. Je vois un petit garçon, il est là, il nous regarde. Un petit garçon dans le hall d'un grand hôtel. Qu'il a l'air triste ! Sérieux, muet, enfoui dans le grand canapé. Il se demande où est allée sa mère, si elle est en danger, il a peur pour elle. C'est toi, ce petit garçon dans le hall de l'hôtel ? demande le violon.

Oui, c'est moi, il avoue tout de suite. Je ne l'ai jamais dit à personne. Jamais je n'ai parlé du petit garçon. Il a huit ans, il a dix ans, il voit tout en blanc, il n'a pas de couleurs, il est triste, il n'a rien à quoi se raccrocher, il flotte, je crois qu'il est perdu. Il cherche ses mots, mais il ne les trouve pas. Il ne sait pas comment poser des mots sur tout ce blanc qui l'étouffe. C'est trop pour lui. Il se lève et va vers le parc, les arbres, le gazon, les pétunias, les cannas, les myosotis sous la mousse, il cherche des couleurs.

Tu vas voir, je vais le charmer, dit Calypso, la nymphe ensorceleuse, je vais lui parler, le rassurer, lui faire tout oublier, je le prendrai dans mes bras, je serai mille sirènes.

Et le violon se met à jouer doucement, il enlace le petit garçon, il lui dit tu peux pleurer, tu peux parler, tu n'es pas obligé de faire semblant.

Un homme ne pleure pas, proteste l'enfant.

Si, chuchote Calypso, bien sûr que si. Je vais t'aider. On va pleurer ensemble.

Et le violon pleure avec lui.

Gary a le cœur qui se serre, il rattrape par la manche le petit garçon, il dit je suis heureux de t'avoir retrouvé, Calypso ralentit, elle les regarde passer, pousse le petit garçon vers Gary. Vas-y, parle-lui, parle-lui. Et l'enfant se retrouve projeté contre Gary.

Gary pousse un petit cri, il sent la main du petit garçon dans la sienne, il se redresse, ébloui, la joie jaillit, retombe sur ses doigts, il est fort, il est libre, les barrages volent en éclats, les eaux bondissent, il a envie de crier, de chanter, de faire pleurer Beethoven, merci, mon vieux, merci d'écrire des trucs si beaux, des trucs qui emportent, qui me retournent comme un cerf-volant et crachent des joyaux. Il voudrait étreindre Calypso, il ne peut pas, alors il la couche sur le piano, lui baise les paupières, ses doigts font la grande échelle jusqu'au ciel, il lui tend la main pour l'emmener, elle le regarde, elle sourit, elle dit oui, elle monte avec lui.

Shirley a entendu le cri de l'enfant. Il a résonné comme dans le hall des grands hôtels où elle l'abandonnait parce qu'elle n'avait personne pour le garder, parce que l'homme était dans la chambre et qu'il ne fallait pas le faire attendre. Il comptait chaque minute de retard et la lui faisait payer. Elle savait. C'était plus fort qu'elle, il fallait qu'elle monte jusqu'à cette chambre, elle avalait les étages en courant, elle se jetait contre la porte close, essoufflée, elle frappait, elle demandait la permission d'entrer.

La permission de se faire maltraiter.

Elle demandait pardon.

Elle disait fais ce que tu veux, mais pardonne-moi.

Il ricanait, il la fixait en imaginant tout le mal qu'il allait lui faire. Et il éclatait de rire.

Et quand c'était fini, parce que c'est comme ça qu'elle doit dire, quand c'était fini, elle repartait, honteuse, salie. Elle retrouvait le petit garçon dans le hall, elle s'agenouillait, lui demandait pardon. Combien de fois lui avait-elle demandé pardon ?

Et maintenant, elle entend le cri du petit garçon et se dit j'ai été un monstre. Son fils. Sa merveille de fils. Il est sur scène, il joue, il donne tout. Il vient de lui dire un secret. La plainte de son fils entre dans son cœur. Il lui montre le ciel, il lui montre la beauté, elle veut le suivre, elle ne veut plus le quitter. Elle veut rester à sa hauteur. Ne plus retomber.

Toujours les mêmes erreurs, toujours.

Elle repense à l'homme qu'elle enlaçait dans le taxi, je ne l'aime pas, je ne l'aime pas, je n'aime que ceux qui s'enfuient, qui ne me regardent pas, qui me maltraitent, me punissent. Je ne sais rien de l'amour, je dois tout recommencer, tout reprendre de zéro avec humilité.

Je ne l'aime pas, je ne l'aime pas, je ne l'aime pas.

Dès les premières notes que frappe Gary, Hortense est rassurée. Il est dedans. Et puis, elle entend une plainte, elle surprend un chagrin, les larmes lui montent aux yeux, elle se rembarre, ça va pas, non ? Tu vas pas te mettre à pleurer ! Détruire ton maquillage !

C'est si beau ce qu'il joue !

C'est si beau ce que la fille lui répond au violon.

On dirait qu'elle lui tord les entrailles, qu'elle creuse en lui. Elle l'exhorte, elle insiste, il se laisse faire, il s'ouvre en deux comme une orange qu'on déchire. Ils sont seuls, comme si tous les gens dans la salle avaient été évacués à la première mesure. Ils sont heureux, tourmentés, ils jouent la joie, et la douleur aussi. Mais la douleur, comme c'est étrange, ils la transforment en philtre magique et font monter un chant de vainqueur magnifique.

Ils se racontent une histoire. Une histoire rien que pour eux. Ils n'ont pas besoin de nous. Comme moi quand je coupais ma veste de velours côtelé. Elle va être belle, ma veste bouton-d'or. J'ai bien fait de choisir cette couleur. Et la matière, souple, épaisse. Elle se tient bien, elle a du poids. C'est important de choisir une belle étoffe. De belles matières. Comme la robe de cette fille, Calypso. Une merveille. Je me demande si elle me la prêterait pour que je regarde comment elle est coupée. C'est une drôle de fille, elle n'est pas belle, mais ce n'est pas un problème.

Elle incarne la grâce quand elle joue. On a envie de se chauffer aux rayons de sa peau, de grimper dans son violon, de voler avec elle. C'est une fée, est-ce que je devrais m'en méfier ? Non, je ne crois pas. Elle ne doit pas être dangereuse quand elle pose son archet...

Je ne l'aime pas, je ne l'aime pas, se répète Shirley en entendant la fin de la sonate et les applaudissements qui saluent la performance de son fils et de Calypso. L'amphithéâtre est debout et applaudit à tout rompre.

— C'est un succès, il ne faut pas se le cacher, déclare Hortense, je le savais, je le savais !

Gary et Calypso s'inclinent. Ils saluent. Ils se regardent en souriant.

— J'aurais voulu que ça ne finisse jamais, murmure Gary.

— J'aurais pu jouer jusqu'au petit matin, chuchote Calypso.

Soudain un sifflement strident leur déchire les oreilles, ils relèvent la tête, rappelés à l'ordre. C'est Hortense, debout sur son fauteuil, deux doigts en anneau dans la bouche, qui siffle avec l'insistance d'un Peau-Rouge de Brooklyn. Elle se dresse et hurle bravoooo ! Gary lui envoie un baiser du bout des doigts.

— Hé ! Shirley ! T'as vu comme je siffle ? s'exclame Hortense. Je m'entraîne depuis un mois avec Astrid. C'est vachement dur, tu sais.

Deux caméras se rapprochent de la scène et filment les visages radieux des deux solistes.

– C'est CBS et l'équipe de *60 minutes*! s'écrie Hortense en donnant un coup de coude à Shirley. Il ne nous a pas dit qu'il passait à la télé! C'est formidable. Si j'avais su, j'aurais habillé Calypso d'une de mes robes et j'aurais été célèbre en trente secondes! Bah… ce n'est que partie remise, j'en trouverai une autre plus connue pour porter mes robes!

Dans le grand salon tendu de rouge d'Elena, une longue table est dressée. Vingt-quatre couverts. Des amis de Gary, d'Hortense, des banquiers, des journalistes, des attachés de presse, des producteurs de télé, tout ce qui fait les ingrédients d'un succès. Elena jette un regard sur sa table et se félicite. Le cristal des verres à vin, des verres à eau, des verres à champagne étincelle. Des petits bouquets de fleurs allument des taches blanches et mauves, les carafes de vin allongent leur col gracieux. Tout est beau! Une réussite! Je n'ai pas perdu la main! Grandsire et Henry veillent, des serveurs se meuvent discrètement derrière les convives. On dirait qu'ils sortent des rideaux pour servir puis y retournent aussitôt. Les hommes sont en smoking, les femmes en robe du soir, les flammes des bougies font briller les yeux et caressent les peaux.

Un extra sert du cheval-blanc, du ruinart sous l'œil

attentif de Grandsire. Henry empêche un malotru de fumer, l'air bourdonne d'éclats de voix, d'éclats de rire, de tintements de porcelaine et de cristal. Elena a placé Hortense à côté de Robert, elle a gardé Gary et Calypso près d'elle. Cette dernière semble somnoler, épuisée. Elena admire avec quelle grâce elle dort, toute droite, un léger sourire sur les lèvres comme si elle ne dormait pas, qu'elle continuait en secret le dialogue du piano et du violon.

Calypso se recueille. Elle veut savourer son bonheur. Ne pas le laisser s'évaporer en propos insignifiants, en banalités polies. Le savourer. Elle aspire les petits détails de la soirée, elle les déguste, les suce comme des pastilles de menthe, elle ne veut surtout rien oublier. De temps en temps, elle ouvre les yeux et sourit au premier regard qu'elle rencontre. Puis les referme. Elle est si fatiguée. Elle a tout donné. *Abuelo, abuelo,* tu as retrouvé tes « a », tes « o »? Elle ne s'excuse pas de dormir ainsi. Elle n'a plus de forces. Elle se rappelle les premières mesures du *Printemps* et le bonheur vient la submerger à nouveau.

Le directeur de l'école lui a déclaré qu'elle aurait une bourse pour sa dernière année d'études. Plus de soucis d'argent, plus de soucis d'argent. Les mots la bercent dans son demi-sommeil.

– Ce n'est que justice, a marmonné Pinkerton, vous la méritiez depuis longtemps!

Elle entend la proposition d'un agent pour jouer

Mendelssohn. Avec Gary. Ils vont répéter ensemble. Mendelssohn, Mahler, ils ont du pain sur la planche. Elle somnole, heureuse, au milieu des plats qui passent, des boulettes de viande à la russe, des pirojkis, de la glace pralinée et de l'île flottante.

Au bout de la table, Mark essaie de séduire Astrid, mais celle-ci l'écoute à peine. Trop jeune, trop propre, trop lisse, trop doux pour moi, semble dire son regard qui repousse les avances du pianiste.

— Ma mère m'interdit de sortir avec des artistes, elle dit que ce n'est pas un métier. Tout juste une occupation pour fainéants.

— J'irai voir ta mère et je la convaincrai. Tu me rends fou. Je peux plus vivre sans toi.

— Bois un grand verre d'eau, ça passera.

— Quel piètre remède pour un amour si grand !

— Lâche l'affaire, tu m'intéresses pas. J'aime que les gros bras, les brutes, les vicieux qui me plantent un pieu dans le cœur, tu fais pas le poids.

— C'est plus fort que moi, dès que je vois une jolie fille, je m'emballe. Mais je l'oublie aussitôt, c'est l'avantage.

— Je préfère. Tu devenais lourdingue.

— Juste un dernier truc, tu peux me toucher le nez ?

Astrid écarquille les yeux.

— Te toucher le nez ?

— Oui, et le frotter doucement en tournant vers la droite. C'est comme ça que j'atteins l'orgasme.

– T'as une mouche dans la tête ?

– Je plaisante pas. C'est ma seule zone érogène.

– Ce mec est fêlé !

– Non. Dans mon pays, en Chine, il y en a beaucoup comme moi. Mais on n'a pas le droit de le dire. C'est une mauvaise propagande. Comme les pieds bandés.

– Pourquoi ?

– Pas bon pour le commerce extérieur.

Il hoche la tête d'un air grave et Astrid ne sait pas si elle doit le croire ou éclater de rire.

– Tu es vraiment chinois ?

– Ça se voit pas ?

– Si. Mais tu pourrais être né ici de parents chinois.

– Non. Je suis né là-bas. Je suis arrivé à New York à l'âge de deux ans, mais à sept ans, on m'a renvoyé en Chine. C'est la coutume dans la famille de mon père : les petits-fils appartiennent au grand-père paternel. Je suis donc reparti. J'ai pris le bateau, nous n'avions pas assez d'argent pour l'avion. Je dormais sur le pont, je grelottais de peur et de froid, je voulais m'échapper. Je ne voulais pas y aller.

– Je comprends. J'aimerais pas vivre en Chine. Il paraît que les gens crachent partout, qu'on rase les vieilles maisons pour faire des gratte-ciel et qu'on achète des organes humains au marché.

– Terrible, terrible. J'ai été emmené chez mon grand-père qui est le chef d'une branche de la mafia réputée pour sa férocité. Que des abrutis sanguinaires tatoués jusqu'aux narines ! D'ailleurs, tout mon corps est marqué de signes cabalistiques, du cou jusqu'aux doigts de pieds.

Astrid frissonne et tente d'apercevoir un bout de peau à travers la chemise blanche.

— Mon grand-père m'a appris à manier les armes, à trancher des nez, des oreilles, à ne jamais rien montrer, ni émotion, ni espoir, ni douleur. Parfois, il me lançait un poignard à deux millimètres du visage et je ne devais pas ciller.

— Mais tu étais un enfant ! s'exclame Astrid.

— Il voulait que je sorte de l'enfance, et vite ! Je dormais à même le sol, je mangeais des fourmis, j'allais pieds nus, je me lavais dans un baquet, dans la cour, en plein hiver, je cassais la glace. Si je bronchais, si je laissais échapper une plainte, il m'envoyait au cachot. Et alors, je buvais les flaques, je léchais le salpêtre des murs.

— Quel salaud !

— C'était mon grand-père, soupire Mark. Il ne faisait que perpétuer la tradition. Il ne me serait pas venu à l'idée de le juger ni de le critiquer.

— Complètement endoctriné !

— En un sens, oui. Tout le monde le craignait. Il pouvait abattre un homme d'un seul coup de sabre.

— Ouaouh ! s'exclame Astrid qui commence à trouver le grand-père très séduisant.

— À treize ans, j'ai tué pour la première fois. L'homme

avait refusé de payer sa taxe. Une proie facile. On m'a conduit dans une sorte de hangar désaffecté, ils ont amené un pauvre vieux et je l'ai abattu en lui collant une balle entre les deux yeux. Ç'a été facile, l'homme était pétrifié, il ne bougeait pas, il chiait sous lui. Je me suis approché, je l'ai regardé dans les yeux et j'ai tiré. Pas la moindre émotion. J'étais content de moi.

— Ouaouh ! dit Astrid qui désormais n'a plus qu'un seul mot de vocabulaire.

— Et puis, à treize ans, est-ce qu'on sait ce qu'on fait ?

Astrid ne sait que répondre. Elle soupire, bouleversée.

— J'ai été récompensé, j'ai eu droit à ma première pute. Une fille de quinze ans, belle comme le jour, et savante ! Je ne te raconte pas, elle faisait des trucs de courtisane raffinée, elle avait vraiment de l'expérience.

— Ouaouh ! répète, sidérée, Astrid qui ne peut plus détacher son regard de Mark.

— Je suis allé d'épreuve en épreuve. Je franchissais des barrières de feu, je sautais d'un pont dans la rivière, je buvais cul sec deux bouteilles d'alcool, je flinguais un mec, deux mecs… Je couchais avec une pute, deux putes. J'avais un seul ami. Un cousin que mon grand-père formait avec moi. Nous avions le même âge et je l'aimais beaucoup. Nous dormions ensemble, nous nous entraînions ensemble, nous baisions ensemble parfois, nous nous encouragions quand il fallait tuer ou sauter dans le vide. Quand j'ai eu dix-huit ans, l'épreuve finale a eu lieu.

Astrid est suspendue aux lèvres de Mark. Elle a posé sa main sur sa gorge et a du mal à respirer.

— Mon grand-père m'a dit que j'allais devoir tuer une fois de plus. J'ai haussé les épaules et j'ai dit facile. Oui mais, il a ajouté, tu vas devoir tuer de trois coups de couteau, pas plus. Et devant trois juges. Ils compteront chaque coup. Tu n'auras pas droit à un seul coup supplémentaire. Si tu échoues, ils t'abattront. Facile, j'ai encore dit.

— Ouaouh! dit encore Astrid en se tortillant sur sa chaise.

Elle a envie de toucher la peau dorée de ce garçon d'apparence si banale. Envie de goûter sa bouche, son torse, son sexe. Elle serre les jambes pour maîtriser le fourmillement qui monte entre ses cuisses.

— Alors, j'ai demandé froidement qui je devais abattre et mon grand-père m'a dit ton cousin. J'ai failli hurler non, non! Mais je me suis retenu. J'ai serré les dents, j'ai demandé il sait? Il a dit non. Je vais devoir le tuer par surprise? Il a dit oui. Si tu te tires de cette épreuve, tu deviendras membre à part entière de notre famille. Tu seras traité en égal malgré ton jeune âge. Alors, je me suis dit que j'avais pas le choix, que c'était lui ou moi et j'ai dit d'accord.

— Ce n'était pas pour te tester?

— Non. Je suis arrivé dans une grande salle. Il y avait des chaînes qui pendaient, des poulies qui se balançaient, du plâtre qui se détachait, ça faisait des nuages de poussière. Quand on marchait, les poutres tremblaient, je me suis dit que j'allais m'en prendre une sur la gueule.

— Oh là là! dit Astrid en s'éventant et en pensant pourvu qu'il veuille bien me donner son numéro de téléphone!

— Au fond de la salle, sous une grosse poutre, il y avait une table et trois chaises. Une bouteille d'eau et trois verres. Mon cousin jouait avec un ballon, il essayait de faire des paniers. Il m'a accueilli avec un grand sourire. Je lui ai donné une petite claque amicale dans le dos et j'ai vu entrer les trois juges. Trois hommes chauves et gras, habillés de la robe noire à trois bandes rouges et dragon d'or qui est l'uniforme du clan. Ils portaient un sabre au côté. Ils sont allés s'asseoir sans dire un mot. Qui sont ces mecs? a demandé mon cousin. Aucune idée, j'ai dit. Pourquoi ils nous regardent comme ça? Sais pas, j'ai dit. Les trois mecs se sont assis. Le plus âgé a frappé avec une règle en métal contre un verre d'eau et a dit allez-y, les garçons! Mon cousin m'a regardé et a éclaté de rire. J'ai sorti un long couteau affûté de ma manche. Il m'a regardé, a crié non, non! et j'ai soupiré désolé, mon vieux, c'est toi ou c'est moi! Il a supplié, il a pleuré. J'ai détourné la tête, alors il s'est jeté à mes pieds dans une telle précipitation que... Mais tu vas pas me croire!

— Si, si, vas-y, supplie Astrid en enfonçant ses doigts dans le bras de Mark. Je peux tout entendre!

— La poutre en métal au-dessus de la table s'est

détachée, elle est tombée sur les trois juges et les a tués sur le coup !

– Et alors ? demande-t-elle à bout de souffle.

– Ben, on était là, lui et moi. On regardait les crânes fracassés, le sang qui arrosait le sol, on entendait les râles qui sortaient de sous la poutre.

– *Oh my gosh !* s'exclame Astrid, la main sur la bouche pour ne pas hurler.

– Je me suis approché. Il restait de l'eau dans la carafe, je nous en ai versé un verre à chacun et on a bu. Il m'a dit je t'en veux pas, t'étais obligé. J'ai dit t'es un chic type, je te revaudrai ça. Et on s'est donné l'accolade. Depuis, on est copains pour la vie. Mon grand-père voulait que je reste en Chine, mais j'avais commencé le piano et découvert un autre monde, alors je suis revenu. Il a compris. Il m'a dit que j'étais le bienvenu si je voulais rentrer un jour au pays, que je gardais mon rang dans le clan.

Astrid contemple Mark avec infiniment de respect.

– Je suis désolée de t'avoir envoyé promener tout à l'heure.

– C'est rien, poupée. Les vrais durs passent toujours inaperçus. On dirait des anges et ce sont des démons, crois-moi, j'en sais quelque chose !

– Tu as dû souffrir tout de même…

– Oui. J'y ai laissé mon cœur. Je ne ressens plus rien. Tu peux toucher, c'est creux.

Elle étend la main comme si elle allait toucher une

relique et il éclate de rire, se contorsionne, se tient le ventre, des larmes coulent sur ses joues. Gary l'aperçoit, a un petit sourire amusé et lance :

— Tu as encore raconté un de tes exploits ?

— Ben oui. Et ça a marché. Elle n'aime que les brutes !

Astrid, furieuse, lui décoche un coup de pied dans le tibia et lui tourne le dos. Mark s'écroule de rire.

C'est ce moment-là que choisit Elena pour réclamer le silence : elle va porter un toast. Elle fait signe à Robert de prendre la caméra et de filmer la scène.

Pourquoi a-t-elle besoin de filmer ça ? se demande Hortense.

— N'ayez crainte, je ne parlerai pas longtemps. Je sais combien les discours sont ennuyeux à moins d'avoir été écrits par des esprits raffinés et facétieux. J'aimerais qu'Oscar Wilde ou Noel Coward soient parmi nous, je leur laisserais volontiers ma place. Je voudrais, ce soir, remercier Calypso et Gary pour le magnifique récital qu'ils ont donné sur la scène de la Juilliard School, j'ai eu droit à un concert privé hier au soir, ici même. Je voudrais féliciter Gary pour son assiduité, son talent, sa générosité qui font de lui un artiste remarquable et dire à Calypso combien son chemin sera couronné de gloire et de succès…

Elena lève son verre, se tourne vers Calypso qui incline la tête et remercie dans un sourire. Elle entend les applaudissements, reçoit le regard de Gary qui lui sourit, semblant lui dire merci, elle lève un sourcil, merci pour quoi ? et il lui sourit encore. Elena se baisse vers elle, passe son bras autour de ses épaules et vient faire tinter sa coupe de champagne contre la sienne. Calypso rougit. Elle baisse le nez sur sa robe bleue perlée et attrape une bouffée de parfum qui l'étourdit. Le message d'Ulysse pour elle. Il dépose un parfum en guise de message. La trace d'une mandarine, d'une orange, une feuille de violette froissée, un soupçon d'ylang, une rose poivrée, de la vanille, ses narines frémissent, le patchouli et le bois de cèdre ferment la marche, la tête lui tourne. *Abuelo, abuelo,* merci. Tous ces parfums l'assaillent et la pénètrent. L'enveloppent d'une chaude présence, elle frotte sa joue sur son épaule, sur le haut de sa robe, mime une caresse, un abandon. Comment Ulysse s'est-il retrouvé en possession d'une robe si belle ? Qui la lui a laissée ? Car la robe n'est pas neuve. Ce n'est pas Rosita, non, non, elle a les hanches fortes et la poitrine bien ronde. C'est une autre femme, une femme qu'il a aimée passionnément puisqu'il a gardé sa robe. Mais qui ? Et pourquoi la lui a-t-il envoyée à la veille du concert ?

— Et je voudrais aussi, profitant de votre présence à tous, vous annoncer une grande et belle nouvelle…

Elena observe une pause. Il s'agit de marquer les esprits. Plus tard, on regardera le film et on dira c'est ce soir-là que tout a commencé. Les conversations se sont arrêtées, on n'entend plus aucun murmure, plus aucun rire étouffé.

Henry et Grandsire se tiennent debout, majestueux, conscients de l'importance du moment, prêts à museler le premier qui oserait parler.

– Hortense et moi, nous allons nous associer et lancer…

Elena ménage son effet, lève son verre en direction d'Hortense qui ne peut s'empêcher d'être émue. Et rassurée. Alors c'est officiel, elle ne va pas se dérober. On va bientôt signer un contrat, il va falloir que je me trouve un avocat, je ne veux pas me faire escroquer!

– … une nouvelle maison de couture! J'ai vu les modèles de la première collection et je vous affirme que les couturiers les plus fameux ont de quoi s'inquiéter, une rivale vient de naître. Longue vie à la maison Hortense Cortès!

Tout le monde applaudit. Gary se lève, heureux et fier, il tend son verre vers Hortense, qui le rejoint et vient l'embrasser.

– Je suis si fière de nous! elle lui murmure à l'oreille. On est les meilleurs et ça ne fait que commencer!

Mark se dresse aussi, Robert, Shirley, Astrid, Rosie, Jessica et tous les convives l'imitent.

Seule Calypso reste assise.

Elle dodeline de la tête, entend le brouhaha, joint les deux mains pour applaudir, attrape à nouveau une bouffée de ce parfum qui imprègne sa robe. Et puis, elle se dit, je n'ai pas vu l'inconnu du Parc. Est-il venu chercher sa place? A-t-il assisté au concert?

Son menton tombe sur sa poitrine. Elle dort.

En ce premier dimanche de mai, Emily Coolidge a enfilé une jolie robe, un string panthère, mis deux gouttes d'«Ivoire» de Balmain derrière l'oreille, et se prépare à recevoir son amant, Giuseppe Mateonetti.

Il vient toujours le dimanche. Parfois le mardi ou le jeudi. Il vient de plus en plus souvent. C'est bon signe.

Le dimanche soir, il regarde *60 minutes*, son programme de télé préféré. *The number one news program*, il dit en croquant une cacahuète, plus de treize millions de fidèles, ça c'est de l'audience.

Ce dimanche soir, elle peint ses ongles en l'attendant. Giuseppe aime les femmes aux ongles rouges et longs. Je veux que tu sois ma panthère, je serai ton léopard, il dit en montrant les dents et en grognant. Il a une manière de retrousser sa lèvre supérieure qui l'effraie. On dirait qu'il va la dévorer.

Elle allume la télé afin que tout soit prêt quand il sonnera. Il demande toujours quelque chose d'inattendu, elle aime avoir pensé à tout et le surprendre. Il va bien finir par la trouver parfaite! Et il ne pourra plus se passer d'elle. Et... Et il l'épousera.

60 minutes. CBS. Channel 2. Elle n'aime pas trop cette émission. Trop sérieuse. Et puis, les présentateurs sont des vieux, ils ont la peau du menton, la peau des paupières, la peau du cou, la peau des fesses, la peau des couilles qui tombe en molles arabesques. Je le sais, je les ai vus en peignoir. Dans la salle de maquillage ou ailleurs. Elle glousse en passant une dernière couche de rouge. Les hommes à la télévision, ils jouent les importants, mais quand je les tiens entre mes cuisses ou dans ma bouche, ce sont des petits garçons ! Ils poussent des cris, disent des mots tendres, se répandent en remerciements. Ils crient mon nom ou celui de Dieu. Surtout les vieux ! Ils sont pitoyables. Je ne veux pas devenir vieille, elle se dit en rentrant le ventre, en arrondissant les yeux, en relevant le menton.

Sur la table basse, il y a un morceau de cheesecake au chocolat posé sur l'édition du dimanche du *New York Times*. Elle l'a acheté pour Giuseppe. Il aime regarder son émission préférée avec un morceau de cheesecake. Elle fait tout ce qui lui plaît.

Elle a tout misé sur lui.

C'est vrai, parfois elle en a marre d'avoir la nuque cassée à force de se pencher sur son entrejambe. Mais il demande si gentiment sa petite *piacevole consuetudine*[1], il la conduit si tendrement jusqu'à la bosse sous son pantalon. Il ouvre sa braguette, la saisit par les cheveux, allez, mon bébé, allez.

Enfin... pendant ce temps, elle ne mange pas de

---

1. « Agréable habitude. »

cheesecake. Elle s'efforce toujours de voir les choses du bon côté.

Elle n'aime pas tant que ça suçoter son entrejambe. C'est lassant à la longue. Mais il paraît qu'elle est un véritable cordon-bleu en la matière. Son dernier amant, Bill Crumbey, l'affirmait, Emily, c'est une virtuose du pipeau et à table, devant ses amis, Bill mimait une joueuse de flûte. Ils riaient de bon cœur en buvant du vin blanc le samedi soir à East Hampton. Elle voulait faire partie de la fête. Elle finissait par rire aussi.

Giuseppe n'a pas de maison dans les Hamptons, mais un palazzo près de Sienne. Sa mère y habite. Elle est veuve. Il l'appelle tous les dimanches matin et lui parle longuement. C'est un fils très déférent, très affectueux, il ne raterait pour rien au monde son appel dominical.

Elle n'a pas misé sur le mauvais cheval.

Il l'invite dans de bons restaurants, laisse de gros pourboires, lui offre des châles en shatoosh qui valent des milliers d'euros, tissés à partir des poils du cou d'antilopes tibétaines qui vivent à plus de cinq mille mètres d'altitude. Il faut les poils de cinq antilopes pour faire un seul châle. Il lui en a offert deux. Elle a calculé qu'à cause d'elle, dix antilopes grelottaient au Tibet. Ça l'a un peu refroidie. Quand il a voulu lui en offrir un troisième, elle a refusé en prétextant qu'elle ne voulait pas le ruiner. Il a protesté que ce n'était rien, mais elle a imaginé cinq nouvelles antilopes à poil dans la neige à cause d'elle et a dit qu'il n'en était pas question.

Il a trouvé son geste fort noble, en a parlé à sa mère qui a eu l'air étonnée. Elle a donc un peu de bon sens, elle a persiflé.

— Pourquoi elle a dit ça ? avait demandé Emily.

— Pour elle, toutes les femmes que je fréquente sont des femmes de mauvaise vie uniquement intéressées par mon argent ! Mais pas toi, ma chérie !

— Des putes, quoi ! elle a conclu.

Parfois, quand elle œuvre entre ses jambes, elle pense aux antilopes et se dit que, finalement, elle n'est pas mieux lotie qu'elles. Elle passe comme elles entre les mains de l'homme, et pas pour le meilleur.

C'est idiot, elle ne doit pas se plaindre : elle n'a pas misé sur le mauvais cheval.

Il l'emmène chez Tiffany, à l'Opéra, répète *tesoro mio* en lui caressant la joue, lui prend la main et la pose entre ses jambes dans la pénombre d'un cinéma. Elle rit, se tortille, mais laisse sa main et l'agite un peu si l'obscurité est totale. Il a hérité de l'entreprise familiale, La Casa di Lena, elle ne sait pas très bien ce que c'est, mais croit avoir compris que c'était un vignoble en Ombrie. Pour l'instant, sa mère et sa sœur gèrent l'entreprise. Il s'occupe des *public relations* à Paris, à Londres, à New York, à Moscou, à Dubaï, dans le monde entier. Elle l'a rencontré lors d'un reportage sur les affaires familiales dans le luxe, « Les petites boîtes qui rapportent gros ». Il habite un penthouse sur la Cinquième Avenue, à côté de l'hôtel Pierre. Il fait broder ses initiales sur ses chemises, lui ouvre la portière du taxi et vérifie que sa cravate est droite avant de sonner à la porte de ses amis.

Il connaît les bonnes manières.

Elle n'a pas misé sur le mauvais cheval.

Avec Giuseppe, s'il fait sa demande, elle ne sera plus obligée de travailler, il s'occupera d'elle. Il ne veut pas d'enfant, il dit que ça fait trop de bruit, qu'il faut s'en occuper tout le temps, qu'ils mangent du sucre et ont des caries. Il veut qu'elle ne se consacre qu'à lui. Et à la bosse sous le pantalon ! Mais il dit ça en riant.

Il a le sens de l'humour.

Elle boirait bien un petit verre en attendant. Que va-t-il me demander aujourd'hui ? On dirait qu'il me teste… Se peut-il qu'il me teste ? Ce serait bien mesquin.

Elle se verse un verre de vodka, se traite de conne, il va le sentir en l'embrassant, elle repousse le verre, le remet dans la bouteille. Il ne faut rien gâcher. Elle doit faire des économies. Pas sûr que son contrat soit reconduit à la rentrée. On lui a fait comprendre qu'elle devrait faire « un petit rafraîchissement du visage » si elle voulait rester à l'antenne et continuer à présenter *Rich and Famous and Me*. Un peu, que j'ai envie de rester à l'antenne !

Grace, la femme de ménage, a préparé une salade de fruits dans un grand saladier. Emily attrape un morceau d'ananas, le déchire de ses dents blanches, le jus coule sur ses doigts aux longs ongles rouges. Penser à rentrer le ventre. Grace n'a pas besoin d'un rafraîchissement du visage pour faire le ménage. C'est l'avantage. Pas besoin de faire des pipes, non plus… oui, mais elle fait les devoirs de ses vauriens de fils!

Je préfère les pipes. Et puis, j'ai de l'entraînement. Je pense à autre chose. Je colle la mer des Caraïbes dans le fond du pantalon, le sable chaud, la mer turquoise, des poissons orange et verts, et hop! je turlutte. Comment font celles qui n'ont pas d'imagination? Je les plains, la tâche est monotone.

Il est en retard. L'émission va commencer sans lui. Elle souffle sur ses ongles. Presse une giclée de spray à la menthe dans sa bouche. Renifle ses aisselles. Passe un doigt dans son string panthère. Renifle. Vaporise le parfum français dans son cou. Toujours le même. Je suis une femme fidèle, moi! Remonte ses seins dans le soutien-gorge. Quarante-cinq ans, je me tiens bien encore. Elle ne lui a pas dit son âge. Il cherche à savoir, mais elle élude et minaude qu'une femme qu'on aime n'a pas d'âge. Un jour, il a osé quarante ans, et elle a pris l'air offensé. Alors il a dit d'accord, d'accord, trente-huit? Elle l'a repoussé et il n'a pas eu sa petite gâterie. La tête sur le billot, elle mentirait.

On sonne à la porte. Elle jette un dernier regard sur le salon. Tout est en place. La bouteille de whisky, le

Perrier, les glaçons. La télévision est allumée. Les allumettes, le coupe-cigare, le cendrier.

Elle lance, joyeuse, j'arrive, *amore mio,* j'arrive ! Fait des petits pas pressés sur ses hauts talons, manque de s'étaler sur un coin de tapis, glisse, se rattrape au bord d'une commode. La sonnette retentit une nouvelle fois, impérieuse, irritée.

— J'arrive, *amore* !

Elle reprend son souffle, fait bouffer ses cheveux dans le miroir de l'entrée, se mouille les lèvres, plaque le ventre, étend le bras, ouvre la porte.

— Bonsoir, *bellissima* ! J'arrive à temps pour l'émission ? Ça n'a pas commencé ?

Elle le rassure. Il l'embrasse rapidement, défait son nœud de cravate, regarde l'écran par-dessus son épaule et demande :

— T'as un chausse-pied ?

Pinkerton vient d'appeler Calypso pour la prévenir : l'émission va commencer. Elle est dans le salon avec Mister G., ils attendent en silence. Mister G. a sorti son appareil photo pour prendre un cliché de l'écran.

— Tu as prévenu Ulysse ? il demande en tirant sur les pointes de son gilet brodé.

— J'ai oublié !

— Fais-le tout de suite ! Il ne te le pardonnerait pas.

Elle s'exécute aussitôt et compose le numéro.

Ulysse fait des progrès, il articule des sons qu'elle reconstitue. Elle arrive ainsi à recomposer des phrases. Parfois, il s'énerve et décide de ne plus parler.

Après le concert, elle l'avait appelé. Leur dialogue avait donné à peu près ça :

— Tu mis robe, *amor*?

— Oui, *abuelo*. La robe et les chaussures.

— Tu jo-lie!

— Ils ont beaucoup applaudi et on a gagné! On a gagné!

— Bien, bien, je heureux.

Il ne peut pas parler longtemps, il se fatigue vite.

— Et j'ai été interviewée par la télé! Le journaliste m'a parlé d'argent, de cachets, de concours, de rivalités, pas beaucoup de musique. Pinkerton dit que c'est normal, c'est ce qui intéresse les gens.

Cette fois-ci, c'est Rosita qui décroche. Calypso crie :

— J'ai oublié de vous dire… Ça va commencer! Ça va commencer! L'émission sur CBS où j'apparais. On se rappelle après?

Alors qu'elle raccroche, elle aperçoit une longue jeune fille qui entre en scène dans une robe bleue brodée de perles, elle vient se placer, prend son violon avec grâce. Elle la contemple, ébahie. C'est elle, cela se peut-il que ce soit elle ?

Elle se tourne vers Mister G. et demande :

– C'est moi, c'est vraiment moi ?

Il hoche la tête et sourit.

On dirait qu'il ne s'adresse pas à elle, on dirait qu'il sourit à une femme juste derrière elle.

Elle se retourne, il n'y a personne.

En pleine besogne, Emily entend jouer un violon et un piano. Elle tourne la tête vers l'écran. Elle pourrait faire sa petite affaire en regardant la télé. Elle s'ennuierait moins. Mais il lui remet le nez dans sa braguette. *Che bontà !* il soupire. Vas-y, mon amour, ne faiblis pas, le chant de ce violon est si beau ! Quel bonheur tu me donnes ! Il lui appuie la main sur la nuque, la force à accélérer, à ralentir, il tient les rênes de son plaisir, elle étouffe, manque s'étrangler, mais continue, bonne fille.

Il gémit. Ses propos deviennent incohérents. Et le piano, ah, ce piano ! Et le violon, ce violon ! *Dio mio !* Et cette fille, quelle musicienne ! *Ma...* elle est extraordinaire, elle joue comme tu pipes, mon amour, c'est une virtuose. Que tu es bonne de me donner tout ce plaisir ! Et cette fille, je lui ferais jouer de l'archet sur mon zizi, tu le rends si heureux, mon zizi. Il voudrait crier sa joie. *Ma*

questi due, ils sont extraordinaires ! J'en pleurerais ! Tant
de beauté, tant de bonté !

Piquée, Emily tourne discrètement la tête vers l'écran et
s'étouffe. Elle reconnaît sa robe. Sa robe bleue cousue de
perles brillantes avec les longs cous des oiseaux qui
s'agrafent aux épaules, c'est ma robe, elle a envie de
s'exclamer, ma robe ! Et dans sa robe, une longue fille
brune, accrochée à un violon comme à une échelle de soie.
Elle vole au-dessus de la scène. Elle a des yeux de libellule
et un menton en goulot de bouteille. Le nom de la jeune
fille vient s'inscrire en bas de l'écran : Calypso Muñez.

Giuseppe, saisi d'un spasme, explose dans sa bouche et
serre la tête d'Emily entre ses mains comme s'il allait la
broyer. Il pousse des cris de singe et sa tête bat contre le
dossier du canapé.

Emily suffoque, s'étrangle, se dégage.

Elle vient de prendre un coup de poing en plein visage.
Elle retombe tel un pantin désarticulé sur le tapis. Sa
bouche dégouline de sperme, elle n'aime pas avaler. Elle
le recrache discrètement dans des kleenex qu'elle dissimule sous un coussin du canapé. Il ne la voit pas, il a la
tête renversée en arrière, il reprend ses esprits.

Calypso Muñez, sa fille, joue du violon à la télé.

Elle finit de s'essuyer la bouche. Calypso Muñez. Et
maintenant voilà que sa fille parle. Sa voix est douce,
retenue, posée. Elle n'a pas un joli menton, elle n'a pas
de jolies dents, mais ses yeux sont emplis de rêve, elle

n'habite pas sur terre. À ses côtés, un beau garçon, un grand brun qui la regarde avec tendresse. Ils n'ont pas encore touché terre, ils sont là-haut dans les nuages.

Giuseppe réclame un petit verre, mais elle lui fait signe de se taire. Il ne proteste pas, il se laisse aller, flapi, sur le canapé. Se dégonfle comme une vieille baudruche.

– Tu la connais ?

– Oui.

– Tu la connais bien ?

– C'est... c'est la fille d'une amie, Dolores.

– *Olé*, Dolores !

Il est d'humeur charmante, il a envie de parler espagnol, de claquer des talons, de manger des tacos, de danser le flamenco. Il ajoute, magnanime :

– Tu diras à ton amie que sa fille a un talent fou ! Je prendrais bien un petit verre.

Elle le repousse d'un coup d'épaule, elle ne l'entend plus.

– Alcool, *muchacha* ! il lui hurle à l'oreille en riant. *Muchacha !*

Soudain elle revoit tout : l'homme, le garage, le camion sur le chantier, les palmiers, les bougainvilliers, les chambres de motel, il n'y avait jamais d'air conditionné, ou il était cassé. C'était l'année où ses parents l'avaient envoyée terminer son lycée chez son oncle et sa tante à Miami. Son père souffrait d'« une longue maladie », sa mère devait s'en occuper « jour et nuit », ils passaient « un sale moment », ils avaient « besoin de se retrouver », c'était mieux pour elle. Elle avait compris qu'elle gênait.

Le problème, c'est qu'elle gênait aussi son oncle et sa tante. Ils n'étaient jamais chez eux. Ils étaient au régime et ne mangeaient que du blanc de poulet. Ils n'avaient pas d'enfant. Ils ne savaient pas comment lui parler. Au début, ça les avait amusés d'avoir une grande fille de dix-huit ans, blonde et jolie. Sa tante lui brossait les cheveux, lui achetait des minijupes, des maillots de bain, du rimmel, des faux ongles, des faux cils, des Tampax. Son oncle l'emmenait au golf et lui faisait boire des manhattans. Très chic, il disait, très chic, les manhattans. Cela n'avait duré qu'un temps, ils s'étaient lassés, ils avaient pris la poudre d'escampette. Sa tante vendait des produits de beauté et faisait du porte-à-porte, elle partait de plus en plus loin avec ses valises d'échantillons, ses blancs de poulet dans un sachet en plastique, rentrait de plus en plus tard. Ou ne rentrait pas. Son oncle n'avait pas l'air de s'en formaliser. Il faisait quoi déjà ? Elle ne se souvient plus. Un métier d'homme. Un métier d'homme absent. Ils se croisaient. Ils lui disaient tiens, voilà les clés, tu sauras bien te débrouiller !

Elle se débrouillait.

Elle était plutôt contente de se débrouiller parce qu'elle était libre. Libre ! Elle pouvait passer des matins et des après-midi couchée dans son lit, à regarder la télé en mangeant des cookies, des brownies, des crèmes glacées, en se caressant d'un doigt, en gémissant, c'était intéressant. Elle chevauchait l'oreiller. Il y avait une télé dans chaque pièce. À quoi cela servait-il puisqu'ils n'étaient jamais là ?

Elle espionnait la maison des voisins, cachée derrière les rideaux de la chambre. Des ouvriers agrandissaient la terrasse. Elle observait leur façon de cracher, de jurer, de boire de la bière. Des Cubains avec des tignasses hirsutes, des poils, des gros bras, des gros muscles et des mains de lutteur. Elle frémissait de désir et retournait se caresser. Elle inventait des histoires qui n'avaient pas de sens. Il y avait un homme qui lui plaisait bien, grand, fort, poilu, il marchait d'un pas tranquille, tout le monde lui parlait comme à un chef. Ça l'excitait.

Un jour, il avait sonné à sa porte, il voulait savoir si par hasard le voisin avait laissé un jeu de clés, il avait besoin d'accéder au garage.

Elle revoit tout : elle est pieds nus sur le carrelage dans une longue chemise qu'elle a piquée à son oncle, elle vient de manger un pot de glace, elle est légèrement écœurée. Elle a essayé de vomir mais ça n'a pas marché. L'homme s'appuie au chambranle, il la jauge de son regard lourd, il a de l'herbe dans le cou et ça sent bon, elle se rapproche, elle le frôle, il ne s'écarte pas, quelque chose d'infiniment séduisant émane de lui. Il est à la fois doux et puissant, elle croyait que tous les hommes ressemblaient à son père, cassant comme un col de chemise. Il a quel âge ? elle se demande en l'examinant, elle respire son souffle. Il est sec, ses muscles sont lisses, ses cheveux dessinent une ligne droite sur la nuque, son cou est bronzé, cuivré. Un courant d'air soulève un pan de sa chemise. Elle fait tomber le trousseau de clés, s'accroupit pour le ramasser, il s'accroupit aussi, elle a conscience qu'elle a les jambes écartées, qu'il peut voir son slip blanc, ça l'excite, cet homme l'excite, il doit le sentir parce qu'il lui saisit la main, elle ne dit rien, ça fait plusieurs matins qu'elle l'observe. Il supervise, a dit son oncle. Faut pas croire, il a du métier !

Alors ce matin-là, elle se laisse faire. Il jette un regard à l'intérieur de la maison, un regard qui demande ils sont là ? Elle remue la tête, non, non. Il l'entraîne dans sa chambre, la plaque contre le mur, tombe à genoux, remonte doucement sa chemise, lui effleure les jambes, elles sont belles, elles sont douces, il a envie de les embrasser, il pourrait passer la journée à les caresser, il glisse son doigt à l'intérieur de sa cuisse, il attend un peu, remonte jusqu'à l'aine, il attend, il l'effleure, il attend, il enfonce un doigt. Elle tend les mains vers lui, supplie qu'il fasse quelque chose, elle ne peut plus attendre, elle ne sait pas ce qu'elle doit attendre mais elle se cambre, il est toujours à genoux devant elle, il a remonté sa chemise, elle a attrapé son visage, l'a collé entre ses jambes, elle ne sait pas pourquoi elle fait ça, elle ne sait pas, mais elle fait comme si elle savait, comme si elle avait « de l'autorité en la matière ». C'est une autre phrase de son père. Elle prend le visage de l'homme, le pose sur son sexe et il l'embrasse, là, à cet endroit qu'elle aime caresser en regardant la télé quand elle est seule dans sa chambre.

Il l'embrasse, là.

Tendrement. Comme s'il cajolait un enfant. Il la lèche, il la caresse, il la fouille, il la mouille de sa salive, elle ne bouge pas. Elle ne savait pas. Elle ne savait pas. Elle est comme un ressort qui va casser, je vais casser, elle dit, c'est sûr, elle ferme les yeux et le ciel devient noir.

Et elle reçoit la foudre. La foudre dans son corps. Elle est tranchée vive. Elle crie comme s'il l'égorgeait, il la bâillonne de sa main, alors elle crie plus fort, elle dit je vais mourir, elle se débat, elle croit que c'est vrai, elle va mourir. Il dit mais non, mais non, elle touche ses cheveux, ils sont noirs, ils sont drus, de la paille sèche, elle les tâte de peur qu'ils prennent feu. Elle lui caresse la tête comme on caresse une chose précieuse, un trésor. C'est ça, jouir ? Ce mot qu'elle trouvait si bête, qui faisait comme un marshmallow, tout mou, tout veule, tout pâle, c'est ça, elle demande, suppliante, aux yeux de l'homme. Est-ce que je peux passer le restant de ma vie avec vous ? Ne plus jamais vous quitter ?

Et elle s'écroule. Elle ne tient plus debout. Il la rattrape. Elle passe les bras autour de son cou, elle sanglote, elle ne va pas mourir ? Mais non, mais non, il dit, tu es belle, je t'avais vue, tu sais, je voulais marcher vers toi, je voulais te goûter, je voudrais prendre tout le plaisir du monde et te l'offrir, le graver sur tes hanches, tes jambes, entre tes seins, que tu marches en le montrant comme une médaille, ma beauté merveilleuse, ma beauté sulfureuse, ma beauté américaine. *Muchacha*, il chantonne, *mu-cha-cha.*

Mi muchacha.

Et il pose la main sur son ventre pour éteindre l'incendie. Pour calmer les derniers soubresauts du plaisir qui lui brûle le ventre, elle hoquette, elle pleure, elle rit, l'ouragan s'éloigne, elle respire enfin, elle écarte les mèches collées sur son front, elle se souvient, elle était terre, elle était sève, elle était soleil, elle était au début du monde.

Una muchacha.

Et après ?

Après, ils ne pouvaient plus se décoller.

Ils étaient comme deux chiens.

Ils se retrouvaient partout.

Il louait des chambres à six dollars dans des motels minables. Les draps sentaient le chlore, la salle de bains sentait le chlore, leurs pieds nus glissaient sur le lino vert ou jaune, les rideaux étaient orange avec des pamplemousses marron, des journaux pornos traînaient sous le lit. Il y avait une bible dans le tiroir et ça les faisait rire.

Ils restaient enlacés, haletants, les volets fermés, dans

ces chambres à six dollars. Sa peau collait à la sienne, leurs sueurs se mélangeaient, il disait je vais te lécher, te lécher à perdre le souffle, et elle se renversait, il s'enfonçait entre ses cuisses, elle avait la tête qui partait comme un boulet, elle poussait un cri, ouvrait ses jambes et il entrait en elle telle une majesté impavide, il lui prenait la peau des seins, la peau du ventre, l'eau de sa bouche, il balançait au-dessus d'elle comme un funambule sur son fil, balançait, faisait mine d'hésiter, de se reprendre, elle le suppliait, viens, viens, elle parlait en anglais, il la reprenait en espagnol, la grondait, parle ma langue, tu es à moi, et elle disait encore en anglais et il répondait *nunca más, nunca más, nunca más.* Et elle battait de la tête sur l'oreiller en plaquant les mains sur ses tempes pour ne pas exploser.

Elle avait un homme-feu dans son ventre.

Elle n'en avait jamais assez, elle voulait s'arracher la peau et il riait, l'appelait ma douce, mon affamée, ma belle fusée et elle ouvrait les jambes, ouvrait la bouche pour qu'il s'engouffre.

Ils restaient des heures dans ces chambres pourries. Il fallait changer de chambre tout le temps, il ne fallait pas que Rosita l'apprenne. Elle en mourrait, il disait, elle en mourrait de honte. Elle serait calcinée. Et moi alors ? elle demandait. Et moi ? Toi, tu es ma reine des nuits. Et il lui offrait du parfum français et une robe de reine des nuits. Un long fourreau bleu brodé de perles blanches. Elle l'enfilait, valsait sur le lino jaune, se laissait tomber sur le

lit, joignait les mains, fermait les yeux. Alors, il s'agenouillait, lui baisait les pieds et la chaussait d'escarpins de
fée. Reine et fée. *Mi reina, mi hada.* Ma folie, mon feu
follet, ma désirée, ma lancinante, je te couvrirai de parfum et de baisers. Et il versait sur la robe mille gouttelettes
d'«Ivoire» de Balmain. Ce sera notre parfum, tu le porte-
ras jusqu'à ta mort, l'eau de ton baptême de vie. Tu me
promets, ma fée ? Tu me promets ? Elle écoutait ses mots,
elle écoutait ses doigts sur sa peau, elle guettait l'œil qui
plisse, la lèvre qui tremble, la nuque qui se rebiffe, piquée
par le plaisir. C'était la langue qu'ils parlaient, mais
quand leurs corps explosaient, alors les mots éclataient en
anglais, en espagnol, en râles de morts-vivants.

Elle était prête à tout pour cet homme-là.

C'était il y a longtemps.

Elle avait dix-huit ans, elle était toute neuve.

Elle ne voulait plus retourner à New York.

Cela tombait bien, ses parents semblaient l'avoir
oubliée. Ils appelaient son oncle et sa tante de temps en
temps. Puis ils lui disaient quelques mots distraitement
et raccrochaient.

Je vais rester ici toute ma vie, elle chantonnait.

Et le temps passait, passait.

Contre la peau d'Ulysse.

Elle n'allait plus au lycée. Elle n'était pas inscrite à la
fac. Personne ne s'en souciait.

Elle croyait que la vie pouvait être simple, longue, belle,

il suffisait de le vouloir très fort et de se laisser emporter par la bouche d'un homme.

Elle regarde Calypso Muñez à la télévision. *Hola, muchacha! Muchacha* dans son berceau transparent au Jackson Memorial Hospital, 1611 NW 12th Avenue, Miami.

Elle avait lancé l'adresse au chauffeur de taxi, toute seule sur la banquette arrière, toute seule à se tenir le ventre, toute seule à essayer de reprendre sa respiration, un, deux, trois, elle comptait les espaces entre deux contractions comme elle l'avait vu faire dans les films, mais ce n'est pas du cinéma, *muchacha*, ce n'est pas du cinéma, tu vas avoir un enfant et tu as à peine vingt ans. Et tes parents sur Park Avenue, si empesés, si impeccablement coiffés, manucurés, ils vont être enchantés d'avoir un bébé de Fidel Castro! Tu imagines leurs têtes quand tu vas leur dire! Papa et son club si chic, ses déjeuners d'affaires à Wall Street, ses dîners de gala en l'honneur de Ronald Reagan, maman et ses amies *oh Nancy, my dear, you're divine*! Et toutes les soirées de bienfaisance, les *charities* à deux cent cinquante dollars la table, le gala du New York City Ballet et le bal du Metropolitan, ah, ah! Les robes Chanel et Saint Laurent, et les ambassadeurs et les diplomates et les secrétaires à la Défense qui viennent dîner à la maison en souriant de leurs dents blanches.

Leur fille unique livrée au « désir lubrique » d'un « rasta-quouère » ! Tu te rends compte, *muchacha* ? Et elle se tor-dait, saisie aux tripes par une nouvelle contraction. Elle avait à peine eu le temps de payer le taxi, de se traîner jusqu'aux urgences, s'il vous plaît, s'il vous plaît, je vais accoucher…

Elle avait eu les entrailles déchirées. Plus jamais, elle s'était dit, plus jamais. Oscar était venu la voir le lende-main avec un bouquet de douze roses rouges. Elle avait ricané quel plouc ! Les manches de sa veste lui couvraient les mains et l'acné lui trouait la peau, pauvre type. Il avait pris le bébé dans ses bras et le bébé avait pleuré. Ça com-mençait bien !

Elle s'était plainte d'être fatiguée, il était reparti en disant je reviendrai.

Oscar, elle lui avait promis, je vais t'épouser. Et il se peignait les cheveux avec de la gomina en sifflotant je vais épouser une Yankee !

Il était juste le dindon de la farce. Le type qui devait endosser le rôle officiel du père.

Mais ça, elle ne lui avait pas dit !

Elle attendait Ulysse. Les bras d'Ulysse, la voix d'Ulysse, son odeur, sa force, sa bouche, sa main dans ses cheveux.

Ulysse ne vint pas.

Le lendemain matin, elle s'était levée. Elle avait regardé les palmiers qui s'agitaient de l'autre côté de la fenêtre, leurs troncs écailleux, leurs palmes qui frémissaient comme des hélices langoureuses. Elle s'était retournée vers le bébé dans son berceau transparent. Une jolie petite fille, brune avec de grands yeux noirs, liquides. Et de longues mains qu'elle remuait comme des pattes de mouche. Elle avait les yeux grand ouverts. Un bébé, ça garde les yeux fermés normalement. Elle ne doit pas être normale. Elle la contemplait en balançant ses cheveux blonds au-dessus du berceau.

– *Hola, muchacha!* elle avait murmuré en lui tendant le doigt.

La petite avait attrapé son doigt et l'avait serré en tordant sa petite bouche, en mimant ce qui devait être un sourire chez un bébé de deux jours et qui ressemblait plutôt à une grimace.

Son cœur avait fait un bond, elle avait tendu les bras pour la prendre et s'était reprise, non, non, il ne faut pas, je ne pourrais plus jamais repartir. Ou il faudrait que je l'emmène avec moi.

– Et je ferais quoi de toi, *muchacha*? Hein? elle avait chuchoté derrière ses longs cheveux blonds, comme si elle se cachait pour prendre la fuite. On n'est pas bien vieilles, toutes les deux, ce ne serait pas malin! Je reviendrai te chercher, un jour. En attendant, ils vont veiller sur toi.

Elle avait posé deux gouttes de parfum derrière les

oreilles du bébé. Du parfum français, *muchacha*, te voilà femme et belle et désirée !

Elle avait murmuré *hasta la vista, muchacha* ! Elle avait enfilé sa robe en coton rose, son petit blouson en jean, mis ses tennis blanches, et elle était partie.

Elle avait pris soin auparavant d'épingler le nom de l'enfant sur sa grenouillère : Calypso. C'était son message d'adieu. Il n'avait qu'à comprendre. Il n'était pas idiot. Elle avait étudié l'*Iliade* et l'*Odyssée* au collège. Elle avait bien aimé, c'était pas trop casse-pied à lire. Il y avait des histoires d'amour impossibles et l'histoire d'un grand amour indestructible.

Elle croyait à l'amour indestructible.

C'était avant Calypso.

Elle se frotte la mâchoire et éclate en sanglots.

C'était il y a si longtemps.

Elle croyait qu'elle avait oublié.

— Mais qu'est-ce que tu as, *amore* ? Tu n'es pas heureuse ? Tu n'aimes plus mon petit oiseau ? Tu as du Campari, dis ? Je boirais bien un petit Campari.

— Les Romains écrivaient sur des feuilles de papyrus. Les feuilles collées les unes aux autres formaient un long ruban qui, enroulé sur lui-même, constituait un rouleau. Le rouleau était peu commode à lire et à consulter car il fallait le dérouler parfois entièrement avant de trouver l'information recherchée. En outre, la nature même du support rendait les illustrations difficiles et imposait de n'écrire que d'un côté.

Joséphine est face aux étudiants et parle tout en distribuant des polycopiés où sont notés les titres des livres de référence afin qu'ils s'y reportent pour rédiger leur thèse.

— Vous trouverez tous les renseignements concernant le cours d'aujourd'hui et davantage encore dans le très beau livre de Chiara Frugoni, *Le Moyen Âge sur le bout du nez* aux éditions des Belles Lettres. Vous avez tous votre polycopié ?

Les étudiants acquiescent.

— Alors, reprenons le texte de madame Frugoni. Au

Moyen Âge, on découvrit deux autres matériaux comme support d'écriture : le parchemin à base de peau de veau, plus souvent de mouton ou de chèvre, et le papier produit à partir de chiffons, dont la diffusion ne commence qu'à l'extrême fin du douzième siècle. Pour obtenir le parchemin, la peau des animaux était traitée et soumise à de nombreuses opérations jusqu'à ce qu'elle devienne blanche, souple, lisse et fine. La peau était ensuite découpée en feuilles, celles-ci étaient repliées en cahiers qui formaient les différents fascicules. Cousus ensemble et protégés par une couverture rigide, les fascicules constituaient enfin le codex, soit l'équivalent de notre livre. Le parchemin offrait la possibilité d'écrire sur les deux faces même si la face poilue à l'origine restait toujours plus rugueuse et sombre.

Un étudiant ricane dans la salle à l'idée qu'on puisse écrire sur de la peau de veau rugueuse et sombre.

– Dites, il en fallait beaucoup d'animaux pour imprimer par exemple une bible ? demande un autre en souriant.

– Énormément. Presque un troupeau. C'est pour cela que les livres coûtaient si cher et étaient réservés à une élite. En plus, ils étaient écrits exclusivement en latin.

– Et pour le tout-venant, on utilisait quoi alors ?

– Pour prendre des notes rapides, pour les brouillons, les cours universitaires, pour composer des poèmes d'amour, on utilisait des tablettes de cire. Celles-ci étaient déjà employées dans l'Antiquité et l'on sait que Charlemagne lui-même les utilisa pour apprendre à écrire, même si ce fut avec bien peu de succès.

– C'était un cancre, Charlemagne ? demande Jérémie, la mine ravie.

Juste avant le cours, Joséphine et lui se sont rencontrés à la cafétéria. Joséphine lui a demandé un service. C'était à la suite de la conversation qu'elle avait eue avec Hortense.

Et c'était bien sûr une idée d'Hortense.

Hortense avait appelé sa mère pour lui raconter le concert de la veille, elle avait la voix des bons jours, une voix qui claironne, prête à dialoguer, prête à écouter. Joséphine s'était dit je peux lui parler, elle ne va pas me rabrouer.

– Ça y est, maman ! Hier, pendant le dîner, Elena a annoncé notre association devant tous les convives. Je suis si excitée. Je vais débarquer à Paris. Alors il me faudra…

Avait suivi une longue liste de tout ce dont elle allait avoir besoin. Il faudrait lui faire de la place. Beaucoup de place. Elle voulait récupérer sa chambre, et pourrait-elle occuper le salon pour le transformer en atelier, sa mère y voyait-elle un inconvénient ? Elle pétaradait au téléphone, tu vas voir, maman, tu vas voir, va falloir t'accrocher, je vais être dure à suivre, à vos marques, prêts, partez ! Je vais travailler tout l'été, j'ai déjà pris rendez vous avec Jean-Jacques Picart, je suis si heureuse, si heureuse.

– Qui c'est ? avait demandé Joséphine.

— Mais je te l'ai déjà dit ! C'est l'homme qui lance les plus grands noms de la couture. Il va me recevoir, moi, Hortense Cortès, tu te rends compte et, bim et bam et boum, je vais emprunter le toboggan du succès.

— T'as pas le trac, un tout petit peu ?

— Que dalle, nénuphar !

— Tu es formidable, ma chérie.

— Et toi, maman, la vie est belle ? Il t'ennuie plus le zombie qui te poursuit ?

— Comment tu le sais ?

— C'est Zoé, elle m'a tout raconté. Alors ?

— Il est toujours là.

— Tu ne l'as pas chassé ?

— Non. Ne t'en fais pas, chérie, il va se décourager.

— Il n'en a pas l'air.

— Il va bien arriver quelque chose…

— Ce n'est pas les choses qui arrivent, c'est toi qui fais arriver les choses !

Joséphine n'avait pas répondu.

Hortense, imperturbable, avait continué :

— Fais-le coincer par quelqu'un. Tu n'as personne qui puisse t'aider ? Un étudiant qui t'aime bien ? Il le retient le temps que tu arrives et…

— J'oserai jamais.

— Arrête, maman ! T'es fatigante ! Tu préfères continuer à avoir la trouille ? Tout le temps ?

— Non mais…

— Tu crois que tu donnes envie en étant comme ça? On n'a qu'une obsession : ne pas te ressembler.

— Oh! avait dit Joséphine, meurtrie. C'est vrai?

— Oui. Et je vais raccrocher parce que quand tu es comme ça, je ne me maîtrise plus!

C'est alors qu'elle avait pensé à Jérémie. Elle lui parlerait. Elle l'enverrait en éclaireur pour retenir l'inconnu.

Elle avait éprouvé un élan de reconnaissance envers Hortense.

— Je t'aime, ma chérie, je suis heureuse que tu reviennes vivre à Paris, je vais pouvoir profiter de toi.

— Pas sûr! Je vais travailler comme une bête. Je ne lèverai pas le nez de mon travail. Direction, le succès!

Joséphine avait raccroché en se demandant une nouvelle fois comment sa fille pouvait être aussi sûre d'elle. Parler avec Hortense l'avait remise en selle.

Elle allait affronter l'homme.

Joséphine et Jérémie s'étaient beaucoup rapprochés depuis qu'il l'avait abordée sur le parking et elle en était arrivée à le tutoyer.

Il l'avait emmenée une fois dans un bouchon lyonnais. Ils avaient parlé de son intérêt pour les études, de sa thèse, ils avaient évoqué son avenir, il voulait savoir combien gagnait un professeur, combien elle avait de vacances, si elle voyageait beaucoup. Elle avait souri. Il lui avait raconté sa mère morte à sa naissance, son grand-père qui l'avait élevé, il parlait latin, vous vous rendez compte! Son visage avait soudain exprimé l'innocence émerveillée d'un enfant. Elle avait aimé surprendre cette expression sur son visage, elle s'était dit que c'était exactement pour cette raison qu'elle enseignait.

Ce jour-là, peu avant la fin du cours, il était prévu que Jérémie se lèverait quand l'inconnu refermerait la porte de l'amphi et qu'il le suivrait jusqu'à sa voiture.

— Tu lui parles du cours, de moi comme prof, tu dis n'importe quoi, mais tu le retiens de manière à ce que je puisse le voir et lui poser quelques questions. Je ne sais pas à quoi il ressemble…

— Vous l'avez jamais vu?

— Pas de près.

— Je lui dis quoi, par exemple?

— Tu lui demandes s'il prépare une thèse, quel en est le sujet, s'il est étudiant ou juste auditeur libre… Tu l'occupes le temps que je te rejoigne. Tu en es capable?

— Oui. Maintenant que vous m'avez tout bien expliqué…

Il avait dit ça comme si, justement, il n'avait rien compris.

— Les tablettes étaient constituées de planchettes en bois – celles de luxe étaient en ivoire dont une face était évidée de manière à aménager une cavité de dimensions légèrement inférieures à la surface. On remplissait cette cavité de cire fondue, laquelle, une fois lissée et refroidie, pouvait être incisée avec un stylet en os ou en métal. Le bout arrondi du stylet servait à effacer ce qui avait été déjà écrit pour pouvoir réutiliser la surface à écrire. Ingénieux, n'est-ce pas ?

— Et on appelait déjà ça des tablettes ? demande un étudiant. Comme aujourd'hui ?

— Tu as raison, Florian. Nous pouvons lire dans *Floire et Blancheflor* que certains jeunes «quand a l'escole venoient, les tables d'yvoire prenoient. Adonc lor veissez escrire lettres et vers d'amors en cire».

L'homme au fond de l'amphi se détache du mur, ouvre doucement la porte et disparaît. Jérémie referme cahiers, livres et le suit. Le cœur de Joséphine se met à battre. Elle se demande si elle n'expose pas Jérémie à un réel danger.

Elle déroule la suite de son cours à grande vitesse, arpente l'espace derrière son bureau, tente de jeter un œil par la fenêtre pour observer ce qu'il se passe dehors, si elle voit sortir l'homme puis Jérémie, mais elle n'aperçoit rien.

Elle lève les yeux sur l'horloge, la supplie d'avancer plus vite. Elle a encore dix minutes avant de clore son cours. Elle ne tiendra pas aussi longtemps. Elle se frotte les mains comme si elles avaient trempé dans du cambouis, puis, les croisant, déclare :

– Voilà ce que je peux vous apprendre aujourd'hui sur l'évolution de l'écrit au Moyen Âge. Nous verrons la suite dans quinze jours. Je compte sur vous pour lire le livre de Chiara Frugoni. Je vous remercie de votre attention et vous souhaite une bonne fin de semaine.

Elle ajoute qu'aujourd'hui, exceptionnellement, elle ne répondra à aucune question à la fin du cours mais arrivera en avance la fois prochaine pour être à la disposition de ceux qui auraient besoin d'elle. Elle lit la déception dans les yeux de certains et s'excuse avec un sourire embarrassé.

Elle court jusqu'au parking. Aperçoit Jérémie. Seul. L'homme n'est pas avec lui. Elle souffle, découragée. Ralentit le pas.

Jérémie tourne en rond entre deux voitures. Il semble contrarié.

Elle arrive à sa hauteur. Demande sur le ton du constat :

– Il est parti…

Il ne répond pas. Son regard fuit le sien. Il se gratte derrière l'oreille.

– J'ai pas eu le courage. Il est grand, madame, il est grand. Je ne savais pas comment l'approcher. Je suis resté à distance. Je suis désolé. Ah oui ! J'ai vu un truc quand même, il a un Kangoo rouge.

– Merci, Jérémie. Tu as essayé, c'est très bien.

– Vous m'en voulez pas ?

– Ce n'est pas grave, dit Joséphine. Ce n'est pas à toi de faire ça. Ce n'est pas si important finalement, cet homme ne fait rien de mal. Il faut arrêter de suspecter tout le monde.

Il a l'air soulagé.

- Vous m'en voulez pas, sûr?

– Sûr. On se revoit dans quinze jours?

– D'accord.

Il lui fait un petit signe de la main et s'éloigne.

Elle marche vers sa voiture, aperçoit Du Guesclin assis à l'avant. Il halète, il doit avoir soif. On dirait qu'il a léché la vitre. Elle lui sourit de loin. Toi, tu ne l'aurais pas laissé partir, hein, mon vieux chien!

Elle est en train de chercher ses clés de voiture dans son sac quand elle entend Jérémie qui lui crie :

– Madame! Madame! J'ai oublié!

– Quoi, Jérémie? elle crie à son tour.

– Il a laissé un truc sur votre pare-brise.

– Tu es sûr que c'est lui?

– Oui. Je l'ai vu faire.

Elle le remercie, arrive à la hauteur de sa voiture et aperçoit un petit papier blanc glissé sous un balai d'essuie-glace. Elle le prend, le déplie et lit :

«On pourrait se voir? Je veux vous parler de Lucien Plissonnier. »

En dessous, il y a un numéro de téléphone.

NOTE DE L'AUTEUR

Je le dis toujours : écrire, c'est ouvrir grand les bras et laisser la vie s'engouffrer. Et puis ramasser, trier, goûter, humer, écouter, développer.

La vie est un roman. On y trouve tout. « Les choses sont là. Pourquoi les inventer ? » disait Rossellini.

Des détails piochés dans les rues, le métro, les gares, les aéroports, des conversations volées, une silhouette sur un trottoir, un tableau dans un musée... des lambeaux de vie que j'attrape et que j'habille, que je transforme, que je tords et que j'étire.

Un vieil homme assis sur un banc devant un magasin à Jefferson, Texas, sera peut-être le personnage d'une nouvelle histoire.

S'approcher. Lui parler.

Prendre le risque de se faire rembarrer.

Scruter, écouter, laisser résonner.

Attendre l'étincelle.

Construire les personnages.
Les laisser écrire l'histoire.

Merci à Alain Castoriano qui m'a emmenée à Cuba, à Miami, m'a nourrie de détails et d'anecdotes, à Sarah Maeght dont j'aime les mots, à Sophie Legrand qui me parle par-delà la Manche, à Christophe Henriau qui m'a «envolée» à Tokyo, à Michael et son refuge de sans-abri à New York, à Carole Kressmann qui m'a ouvert son grand livre de musique, à Martine de Rabaudy, à Jean-Jacques Picart qui, non seulement a pris l'avenir d'Hortense au sérieux, mais a accepté de figurer en tant que personnage dans ce roman, à Marie-Louise de Clermont-Tonnerre, à Lilo à New York, à Christy Ferrer, à Marianne et Maggy à New York aussi, à Patricia Connelly qui m'a suivie tout au long du livre, à Franck Della Valle et Lise Berthaud, violonistes attentifs et généreux qui se sont glissés dans la peau de Calypso, à Béatrice Augier, toujours présente.

Merci aux journaux, aux émissions de France Culture, véritables coffres à trésors, aux *Nouveaux Chemins de la connaissance* d'Adèle Van Reeth. Merci à Gilbert Simondon.

Merci à :
Thierry Perret, toujours là.
Coco Chérie.
Dominique Hivet.
Octavie Dirheimer et Charlotte de Champfleury.

Muchachas

À Radio Suisse classique et Radio Suisse jazz que j'écoute sur ma radio Internet. Que des notes, pas de blabla.

Merci à Willy Gardett, homme orchestre de l'internet, et à Jojo le Roi.

Sans oublier les livres :
Chiara Frugioni, *Le Moyen Âge sur le bout du nez*, Belles Lettres, 2011.
Inès de la Fressange, *La Parisienne*, Flammarion, 2010.
Bruno Monsaingeon, son livre *Mademoiselle* sur Nadia Boulanger, Van de Velde, 1980, et son DVD, *Piotr Anderszewski, voyageur intranquille*, Idéale audience.
Georges Duby et Michelle Perrot, *Histoire des femmes en Occident*, tome 2, « Le Moyen Âge », Tempus, 2002.
Jean Verdon, *Le Plaisir au Moyen Âge*, Tempus, 2010.
Francis Dorléans, *Snob Society*, Flammarion, 2009.
Lang Lang, *Le Piano absolu*, Pocket, 2009.

Merci encore à Charlotte et à Clément, mes amours d'enfants. À Romain. À Jean-Marie. *Hello there !*

DU MÊME AUTEUR

Aux Éditions Albin Michel

J'ÉTAIS LÀ AVANT, 1999.

ET MONTER LENTEMENT DANS UN IMMENSE AMOUR…, 2001.

UN HOMME À DISTANCE, 2002.

EMBRASSEZ-MOI, 2003.

LES YEUX JAUNES DES CROCODILES, 2006.

LA VALSE LENTE DES TORTUES, 2008.

LES ÉCUREUILS DE CENTRAL PARK SONT TRISTES LE LUNDI, 2010.

MUCHACHAS 1, 2014.

Chez d'autres éditeurs

MOI D'ABORD, Le Seuil, 1979.

LA BARBARE, Le Seuil, 1981.

SCARLETT, SI POSSIBLE, Le Seuil, 1985.

LES HOMMES CRUELS NE COURENT PAS LES RUES, Le Seuil, 1990.

VU DE L'EXTÉRIEUR, Le Seuil, 1993.

UNE SI BELLE IMAGE, Le Seuil, 1994.

ENCORE UNE DANSE, Fayard, 1998.

Site Internet : www.katherine-pancol.com

Composition IGS-CP
Impression CPI Bussière en mars 2014
à Saint-Amand-Montrond (Cher)
Éditions Albin Michel
22, rue Huyghens, 75014 Paris
www.albin-michel.fr

ISBN broché : 978-2-226-25445-0
ISBN luxe : 978-2-226-18470-2
N° d'édition : 21224/01. – N° d'impression : 2008125.
Dépôt légal : avril 2014.
Imprimé en France.